Stephan Niederwieser
Denn ich wache über deinen Schlaf

Zu diesem Buch

Stephan Niederwiesers Roman »Denn ich wache über deinen Schlaf« erzählt von zwei Männern, Reiner und Nik, die Jahre nach ihrer Trennung durch ein schicksalhaftes Ereignis wieder zusammengeführt werden: Nik braucht Reiners Hilfe, aber ist er noch für ihn zuständig? Beide leben längst in neuen Partnerschaften – wäre das nicht die Aufgabe des Neuen? Wie in seinen vorangegangenen Romanen weiß der Meister der Gefühle erneut zu bewegen. Mit »Denn ich wache über deinen Schlaf« stellt Stephan Niederwieser die Frage nach der Verantwortung, nach dem, was Menschen jenseits der Rituale von Beziehung und Sex ein Leben lang verbindet. Er erzählt von Liebe und Treue und den Grenzen zwischen Wunsch und Wirklichkeit.

Stephan Niederwieser, aufgewachsen in Bayern, Berlin und New York, lebt heute als freier Schriftsteller in Berlin. »Denn ich wache über deinen Schlaf« ist nach »An einem Mittwoch im September«, »Das einzige, was zählt« und »Eine Wohnung mitten in der Stadt« sein vierter Roman.
Weiteres zum Autor: www.stephan-niederwieser.de.

Stephan Niederwieser

Denn ich wache über deinen Schlaf

Roman

Piper München Zürich

Kein Charakter, keine Situation und keine Aussage wurden erfunden, um zu verletzen, zu verurteilen oder zu diskriminieren.

Die Textpassage auf den Seiten 62–68 entstand in Anlehnung an »Begegnung am See«, entnommen aus Gerke van Leiden, »Das Weißwurstfrühstück und andere Sauereien«, mit freundlicher Genehmigung des Bruno Gmünder Verlags.

Von Stephan Niederwieser liegen in der Serie Piper vor:
Eine Wohnung mitten in der Stadt (3790)
An einem Mittwoch im September (4218)
Denn ich wache über deinen Schlaf (4219)

FSC

Dieses Taschenbuch wurde auf FSC-zertifiziertem Papier gedruckt. FSC (Forest Stewardship Council) ist eine nichtstaatliche, gemeinnützige Organisation, die sich für eine ökologische und sozialverantwortliche Nutzung der Wälder unserer Erde einsetzt (vgl. Logo auf der Umschlagrückseite).

Ungekürzte Taschenbuchausgabe
Piper Verlag GmbH, München
Juni 2005

Umschlag/Bildredaktion: Büro Hamburg
Heike Dehning, Charlotte Wippermann,
Alke Bücking, Kathrin Hilse
Foto Umschlagvorderseite: Thomas Ludwig
Foto Umschlagrückseite: Christoph Otto
Satz und Layout: Sergio Vitale
Papier: Munken Print von Arctic Paper Munkedals AB, Schweden
Druck und Bindung: Clausen & Bosse, Leck
Printed in Germany ISBN 3-492-24219-7

www.piper.de

die Entfernungen
geschehen leise
eine Sirene nur im Ohr der Liebenden

Mario Wirz, *Sieben Leben hat die Woche*,
AufbauTaschenbuchVerlag, 2003

In einer Nacht, die licht sein wird,
da werd ich bei dir schlafen.

Dann wacht bei uns ein guter Hirt,
bei uns, zwei dummen Schafen,

die durch den dunklen Tag geirrt,
bis sie sich endlich trafen.

Detlev Meyer, *Stern in Sicht*,
Männerschwarmskript, 1998

I.
Aus den Augen, aus dem Sinn

1.

Reiner schabt sich mit schnellen Strichen die eingeseiften Stoppeln aus dem Gesicht. Mit zweiunddreißig fühlt er sich zu jung für einen Bart. Aber selbst rasiert wirft er einen so starken Schatten, dass Reiner männlicher aussieht, als er sich fühlt. Noch während das Wasser abläuft, springt er unter die Dusche. Seife, Achseln, zwischen den Beinen, abspülen, Handtuch. Es ist acht, er will los.

„Fertig", sagt er laut zu Nik und stellt die Tasse schwarzen Kaffees mit einem Knall auf dem Nachttisch ab. Selbst mit dem zerzausten Haar und den Schlaffalten im Gesicht könnte Nik in einer Jesusverfilmung die Hauptrolle übernehmen, so fein sind seine Züge, so ätherisch seine Ausstrahlung. Reiner erinnert sich, wie er früher, morgens nach den Nachtschichten, in Niks Arme gekrochen ist und den Duft von seinem Schlaf in sich aufgesogen hat.

„Was ist?" Nik versucht, die Augen aufzuschlagen, aber das trübe Licht des Wintertages ist zu hell.

„Ich muss los", sagt Reiner und setzt sich an die Bettkante.

„Wohin?" Nik blinzelt und schiebt sich dann nach oben, als müsste er gegen eine imaginäre Kraft ankämpfen.

„Berlin. Die Weiterbildung." Reiner bleibt ruhig, obwohl es ihn nervt, dass er Nik immer alles dreimal erklären muss.

„Ach ja, richtig." Nik fällt erschöpft in sein Kissen zurück. „Das habe ich ganz vergessen. Und wann kommst du wieder?"

„Das Seminar geht bis Sonntagmittag. Mein Zug kommt um 22 Uhr 35 an."

„Okay. Ich hol dich vom Bahnhof ab."

Es freut Reiner, dass Nik das verspricht. Noch schöner wäre es, wenn er sich darauf verlassen könnte. „Also dann." Reiner möchte aufstehen, aber Nik hält ihn fest und fährt ihm durchs Haar.

„Ich weiß, sie sind zu lang, aber für den Frisör habe ich keine Zeit."

Nik schaut in die dunkelbraunen Augen, die früher mehr Glanz hatten. „Deine Haare sind wunderschön. Du weißt, wie sehr ich es mag, wenn du sie ein bisschen länger trägst."

Reiner beugt sich über Nik und gibt ihm einen Kuss. „Ich muss jetzt wirklich los."

„Hast du denn nächste Woche mal frei?"

„Wieso? Du bist doch sowieso ständig im Studio oder mit deinen Kumpels von der Band unterwegs."

„Zeit für dich, Reiner. Du siehst abgespannt aus. Wenn du nicht rechtzeitig Pause machst, wirst du nur wieder krank."

Es nervt Reiner, wenn Nik ihm Ratschläge erteilt, vor allem, wenn er dabei übersieht, dass Reiner versucht, ihnen beiden ein besseres Leben zu erarbeiten.

„Komm her!", sagt Nik und breitet die Arme aus.

Reiner schaut auf den Wecker, acht Uhr zwanzig. Er legt sich schnell in Niks Arme, die ihn warm umschließen – es entspannt ihn jedes Mal –, aber nur kurz. Er muss noch Geld aus dem Automaten holen.

„Jetzt aber." Er gibt Nik einen Kuss, steht auf und versichert sich, dass er das Statistikbuch eingepackt hat. „Tschüs!", ruft er, während er sich schon die schwere Jacke überwirft. „Ich hab dir die Telefonnummer von der Pension auf den Esstisch gelegt."

„Alles klar. Pass auf dich auf!"

„Mach ich." Reiner zieht die Tür hinter sich zu und nimmt dann mit jedem Schritt drei Stufen auf einmal. Der Aufzug dauert ihm zu lang.

Die Wohnungstür schlägt zu, und Nik atmet auf. Er greift nach dem Tabak und dreht sich in aller Ruhe eine Zigarette, zündet sie an, schmaucht und beobachtet, wie sie sich langsam in Asche verwandelt, dann führt er die zittrige Hand zum Aschenbecher. Wenn sie aufs Bett fiele, würde Reiner nur wieder meckern.

2.

Reiner klemmt die Füße unter die Sitzfläche seines Vordermanns und rutscht tiefer in seinen Stuhl, um unentdeckt Statistik pauken zu können. Das Geschwätz über den Tod bringt ihm nichts. Er nimmt nicht aus Interesse an diesem Seminar über die Arbeit mit Schwerkranken und Sterbenden teil, sondern weil er in die Pflegedienstleitung wechseln will und sich eine Liste von Fortbildungen in der Personalakte gut ausnimmt. Er hat genug von der Arbeit „am" Kranken. Als er mit der Krankenpflegerausbildung anfing, hatte er es noch als seine Berufung angesehen; jetzt, nach mehr als zehn Jahren des Helfens und so vielen Erlebnissen der Hilflosigkeit, will er weg davon. Nik nennt es Flucht, und das ärgert Reiner maßlos. Pflegedienstleiter, das macht doch was her, zudem wäre die Arbeit viel weniger belastend und zugleich um einiges lukrativer.

„Man kann keinen Frieden finden, indem man das Leben vermeidet." Der Störenfried zu Reiners Linken nickt auf das Statistikbuch. Reiner mustert ihn und einen Moment lang liegt ihm eine boshafte Erwiderung auf der Zunge, aber dieser Typ hat so etwas harmloses, dass Reiner stattdessen leise antwortet: „Ich arbeite auf der Intensivstation, ich weiß, was Leben bedeutet."

„Wie du meinst", flüstert der Typ.

Reiner fühlt sich so in Frage gestellt, dass er sich tief über sein Buch beugt, um deutlich zu machen, dass er an einer Unterhaltung nicht interessiert ist. Warum quatscht er mich an?, fragt er sich und mustert den anderen aus dem Augenwinkel heraus: dunkelblondes Haar mit Naturwelle, nicht sonderlich gut geschnitten. Zu große Brille, deren Gelenke ausgeleiert sind. Hemd mit abgewetztem Kragen. Eine Stoffhose, die sonst nur ältere Herren tragen, dabei wirkt er wie höchstens Mitte vierzig. Vermutlich vom Land, schließt Reiner, oder Theologe. Über diesen Gedanken muss er schmunzeln. Und wie er seinen Sitznachbarn mustert – eingerollte Schultern, die Knie zusammengepresst, die Ellenbogen in die Leisten gestützt – stellt er sich die Frage: Ist der schwul?

Sein Nachbar wendet sich ihm zu und lächelt. Reiner schaut schnell weg und tut so, als würde er das Diagramm auf der rechten Seite seines Buches angestrengt studieren.

Als der Vortrag endlich vorüber ist, wird Reiner wieder angesprochen: „Und, was machen wir jetzt?"

„Ich werde mich ein bisschen hinlegen", antwortet Reiner und massiert demonstrativ seinen Nacken. „Ich bin ziemlich verspannt."

„Ich könnte dir eine Massage anbieten", sagt der andere mit einem Schmunzeln. „Darin bin ich gut."

Reiner braucht einen Moment, um sich eine freundlich formulierte Absage auszudenken. „Oh, das kann ich vermutlich gar nicht bezahlen."

„Von bezahlen war auch nicht die Rede." Der andere grinst verschmitzt.

Seine charmante Direktheit entwaffnet Reiner und macht ihn neugierig. „Na gut, einverstanden", sagt er.

„Eine Massage." Das „Mehr nicht!" verschweigt er, weil er es als zu abweisend empfindet.

„Zu dir oder zu mir?", fragt Reiner.

„Bei mir geht's nicht", antwortet sein Gegenüber.

Reiner hat nichts dagegen, auf sein Zimmer zu gehen, denn er ist tatsächlich müde, so kann er danach entspannt liegenbleiben und muss nicht mehr in die Kälte hinaus.

„Ich heiße übrigens Günter", sagt der Masseur und streckt ihm die Hand hin.

Nachdem sie das Pensionszimmer betreten, stellt Günter seine Aktentasche, die an einer Seite notdürftig mit Klebeband geflickt ist, auf dem Schreibtisch ab und schaut sich um. „Ist ein bisschen komfortabler als die Klosterzelle, in der ich untergebracht bin."

„Klosterzelle?"

„Als Mönch hat man den Vorteil, überall auf der Welt sehr günstig unterzukommen."

„Du bist Mönch?" Reiner bleibt wie angewurzelt stehen.

„Ja", antwortet Günter, als wäre das so offensichtlich, während er die Decke sorgfältig zusammenrollt und am Kopfende des Bettes platziert. „Mit Öl oder ohne?"

„Was?"

„Die Gesichtsmassage", erinnert Günter und zieht ganz selbstverständlich seine Hose aus. „Wenn du ein Öl hast, bring es her." Dann steigt er aufs Bett, spreizt die Beine und klopft auffordernd auf die Matratze.

„Du hast nicht gesagt, dass du Mönch bist", sagt Reiner und setzt sich verdattert auf die Bettkante.

„Siehst du, es lässt dich unwohl fühlen. Viele haben Vorurteile über uns, deshalb sage ich es erst, wenn mich jemand schon kennen gelernt hat." Günter schiebt sein

T-Shirt wie beiläufig zurecht und gibt den Blick auf seine Unterhose frei.

Reiner, dessen Herz plötzlich im Hals klopft, rutscht zögerlich zurück.

„Willst du nicht zumindest den Gürtel aufmachen?", fragt Günter. „So ist das doch sehr unbequem."

Reiner zögert und zieht dann unter Günters prüfendem Blick Hose und Pullover aus, bevor er sich in Günters Schoß begibt.

Günter reibt sich die Hände und legt sie Reiner sanft auf die Stirn. Sie sind trocken, und die Wärme, die tief in seinen Kopf dringt, entspannt Reiner. Was will Günter von mir?, fragt er sich. Selbst wenn er nur auf Sex aus ist, betreibt er ganz schön viel Aufwand dafür. Oder will er etwa mehr?

Günter drückt seine Mittelfinger in die Muskulatur über dem Gelenk des Unterkiefers und bewegt sie kreisförmig, langsam und sanft. Dann streicht er mehrmals am Hals entlang.

Reiner überlegt, wie er Niks Namen in die Konversation einflechten kann, so dass Günter von seiner Beziehung erfährt, ohne ihn vor den Kopf zu stoßen.

Günter spürt, wie sich Reiners Arme, die auf seinen Schenkeln liegen, langsam entspannen. Zehn Minuten später hört er Reiners Atemzüge länger werden. So ein hübscher Junge, denkt Günter und betrachtet die fein geschliffenen Züge des Gesichts, die Haut trägt selbst im Winter noch den Glanz der Sonne in sich. Er streichelt darüber, dabei regt es sich in Reiners Unterhose. Günter lacht, beugt sich vornüber und küsst Reiners Stirn. „He!"

„Was?", stöhnt Reiner müde.

„Du bist eingeschlafen", antwortet Günter. „Oder zumindest ein Großteil von dir."

Reiner bricht durch die Oberfläche des Schlafes und spürt eine Spannung in seinem Unterleib, schaut an sich herab und legt die Hände über seine Erektion. „Entschuldigung", sagt er, sammelt seine Kräfte und rollt auf den Bauch. Sein Gesicht landet vor einer ausgebuchteten Feinripp-Unterhose. Und weil sein Blick langsam an ihrem Bund entlangwandert, entdeckt er auch, dass am Ende der linken Leiste die feuchte Spitze von Günters Glied hervorschaut.

„Was haben wir denn da?", rutscht es Reiner heraus, obwohl er geglaubt hat, nicht auf Sex aus zu sein; der Anblick erregt ihn zu sehr. „Will er denn befreit werden?" Reiner schaut auf und sieht Günter grinsen.

Mit rasendem Herzen und schweißnasser Stirn rutscht Reiner von Günter herunter und legt sich neben ihn. So liegen sie eine Weile Seite an Seite, bis sich ihr Atem beruhigt.

„Soll ich dir eine Geschichte vorlesen?", fragt Günter.

„Geschichten sind doch langweilig", erwidert Reiner. Die Hormone rauschen noch durch seine Adern, er will lieber das so selten gewordene Glücksgefühl der Ekstase in Ruhe auskosten.

„Das hängt von der Geschichte ab und von dem, der sie vorliest. Mein Freund zum Beispiel ist ein hervorragender ..."

„Du hast einen Freund?" Reiner rappelt sich auf, vorbei der Rausch.

„Scheint das so abwegig? Vielen Dank für das Kompliment."

„Nein, natürlich nicht ... Ich meine ..." Beim Sex kam Günter ihm so zügellos vor, so frei, ungebunden eben.

„Macht es ihm nichts aus, wenn du ... Sex mit anderen hast?"

„Nein, das ..." Günter schaut Reiner an, als würde er ihn abschätzen. „Ehrlich gesagt, macht es ihm was aus. Aber zwischen uns klappt Sex nicht mehr, und daher akzeptiert er das."

„Ihr habt keinen Sex mehr und bleibt trotzdem zusammen?"

Günter rollt herum, so dass er bäuchlings auf seinen Ellenbogen landet. „Ach, weißt du, wenn du erst mal den Richtigen gefunden hast ..." Er starrt in seine wie zum Gebet gefalteten Hände, als sähe er dort das Bild seines Freundes, und schweigt. Fast einen heiligen Augenblick lang.

Reiner sieht es, nimmt dieses zarte Flimmern unter seiner Haut wahr und erinnert sich: Monogamie war nie ein Thema zwischen Reiner und Nik gewesen, und trotzdem fühlte Reiner sich mies, nachdem er zum ersten Mal mit einem anderen Sex gehabt hatte.

„Hat es wenigstens Spaß gemacht?", war der einzige Kommentar von Nik.

„Es war nur Sex, mehr nicht", versicherte Reiner eilig, eine Begegnung wie ein flüchtiger Gruß von einem Reisenden zum anderen.

Und Nik hat ihn angeschaut. Durchdringend, einschätzend. „Verändert das was zwischen uns? Ich meine, liebst du ihn? Willst du mich verlassen?"

Reiner erschrak über die mögliche Konsequenz und widersprach vehement. „Nein ... *Nein!*"

Nik nahm ihn in die Arme und hielt ihn fest: „Mach, was für dich richtig ist!", flüsterte er ihm ins Ohr. „Aber pass auf dich auf! Ich will nicht, dass du krank wirst."

Dieser Satz rührte Reiner damals zutiefst. Er drang in ihn ein, und als hätte er dort ein Leck geschlagen, begann es aus seinen Augen zu sprudeln. Reiner grub sein Gesicht in Niks Schulter, bis sie heiß wurde von seinem Atem, seinen Tränen und der Scham über die Liebe. Mein Gott, wie lang ist das her?

„Woran denkst du?", fragt Günter.

„Wie lange du mit deinem Freund schon zusammen bist?"

„Im August werden es fünfundzwanzig Jahre", antwortet er.

Fünfundzwanzig Jahre?

Nik schaltet das Licht im Flur an und schließt die Tür hinter sich. In der Stille der Wohnung hallt der Lärm der vergangenen Stunden wider, in denen er im Studio die Begleitung für einen grauenhaften Schlager einspielen musste. Er stellt den Gitarrenkoffer ab, lässt die Schlüssel auf den Esstisch fallen und nimmt den Orangensaft aus dem Kühlschrank, dann setzt er sich an den Tisch, um sich eine Zigarette zu drehen.

Seit Wochen ist Reiners Laune wieder einmal auf Talfahrt. Nik kommt das immer vor wie eine sich langsam anschleichende Erkältung. Es beginnt jedes Mal damit, dass Reiners Fröhlichkeit, die wie ein erfrischender Quell vor sich hinsprudelt, nach und nach versiegt. Er wird dann wortkarg und schnippelt Stunden an seinen Pflanzen herum, bis sie aussehen wie Plastikblumen. Im fortgeschrittenen Stadium wirft er Nik Nebensächlichkeiten vor, über die sie schon tausendmal diskutiert haben. Zum Beispiel, dass es Nik schwer fällt, sich von Dingen zu trennen – „Man weiß ja nie, wann man sie wieder brauchen kann" – wie die ausgelesenen Musikzeitschriften, die er im Kleiderschrank lagert, oder die alte Stereoanlage unter dem Bett, bei der nur der Plattenspieler ein bisschen leiert. Ja, Nik fühlt sich überfordert, wenn Reiner ihn bittet, den Schreibtisch aufzuräumen. Aber deswegen auszuflippen, ist, wie jemandem Vorwürfe zu machen, weil er nicht jonglieren kann.

Wenn Nik will, dass es Reiner bald wieder besser geht, bleibt ihm nichts anderes übrig, als wieder einmal den Onkel Doktor zu spielen. Er zündet sich die Zigarette an, kramt den Zettel mit der Telefonnummer von Reiners Pension unter der Zeitung hervor und wählt die Nummer.

Das Klingeln des Telefons durchschneidet Reiners Gedanken: Ein Uhr früh, das kann nur Nik sein. Vermutlich war er mit den Jungs von der Band unterwegs und will meine Stimme hören, bevor er schlafen geht. Zu Hause weckt Nik ihn oft. „Hey, Babe! Schläfst du schon?"

„Es ist nach Mitternacht! Was erwartest du?"

„Ich wollte nur deine Stimme hören. Schlaf weiter! Ich besuche dich in deinen Träumen." Dabei träumt Reiner schon lange nicht mehr von Nik.

„Willst du nicht rangehen?", fragt Günter.

Reiner erschrickt. „Wer soll das schon sein?", antwortet er, traurig darüber, dass das schrille Läuten dieses seidige Gefühl der Gerührtheit in ihm zerrissen hat.

„Wenn es nicht die Rezeption ist, die wegen Feueralarm anruft, kann das ja wohl nur dein Freund sein, oder?", sagt Günter und zieht sich die Decke über die behaarte Brust.

„Lass uns schlafen!", sagt Reiner, schaltet das Licht aus und kehrt ihm den Rücken zu. Günter zieht ihn zu sich heran, als wäre es selbstverständlich, dass man mit einem Fremden so eine Nähe teilt, und Reiner fühlt sich wohl dabei.

3.

Nik tritt auf den Fußschalter des Synthesizers, dann steckt er sich das Plektrum in den Mund, um umblättern zu können.

„Es ist zehn", hört er den Tontechniker über den Kopfhörer sagen. „Ich wollte dich nur daran erinnern."

Nik schaut durch die Glasscheibe und hebt dankend die Hand. Dann blättert er die Noten um. In nur einer halben Stunde wäre er fertig damit und hätte diesen Mist wieder vom Hals. Im Grunde findet er es unnötig, Reiner abzuholen. Er hat keine schwere Tasche zu schleppen, und Nik braucht zum Bahnhof länger, als Reiner von dort nach Hause.

Nik kratzt sich an der Nase. Wenn er ihn aber nicht abholt, wird seine Stimmung nur noch schlechter.

„Okay, ich brech ab", sagt er durchs Mikro und rutscht vom Hocker.

Als er in die Nacht hinausgeht, sieht er, dass es immer noch schüttet. Er bleibt in der Einfahrt stehen und starrt auf die Regentropfen, die im grellen Licht der Straßenlaternen glitzern, als hagelte es Glasstäbchen. „Scheiße", flucht er, dann wirft er sich die Jacke über und tritt auf die Straße. Es prasselt so hart auf seinen Kopf, dass es schmerzt.

4.

Reiner schlendert gemächlich den Bahnsteig zur Halle hinunter und wundert sich über seine Mitreisenden, die eiligen Schrittes an ihm vorbeihecheln. Er genießt diese für den sonst so geschäftigen Bahnhof mäßige Ruhe: eine Durchsage, die von ihrem eigenen Echo erschlagen wird, das Flattern einer Taube über seinem Kopf, das gleichmäßige *Dschschsch* der Bodenputzmaschine, die ein älterer Herr vor sich her schiebt.

Es ist spät, es ist kalt. Vermutlich wollen die Gehetzten schnell ins Bett, denkt Reiner und wünscht sich an Günters Seite zurück, um noch mehr über die Beziehung zu hören, die so offensichtlich dessen Herz erfüllt, um dieses zarte Gefühl der Gerührtheit besser kennen zu lernen, das ihm in seiner Beziehung zu Nik so fremd geworden ist.

Er schlägt das Buch auf, das Günter ihm zum Abschied geschenkt hat, weil sie zum Vorlesen nicht mehr gekommen sind, und liest, wie schon ständig während der Rückreise, die Widmung darin: *Möge dich die Liebe leiten! Günter*. Trotz seines mönchischen Anklangs empfindet Reiner den Satz als glaubwürdig. Günter darf so etwas schreiben, ihm steht das zu. Und einen kurzen Moment lang hat Reiner den kindlichen Wunsch, Günter möge ein Heiliger sein und seine Widmung ein Segen.

„Hey, Babe!"

Reiner erschrickt und lässt das Buch sinken. „Mit dir habe ich gar nicht gerechnet."

„Hab doch versprochen, dass ich dich abhole."

Reiner starrt, bis Nik ihn in die Arme schließt. „Gute Fahrt gehabt?"

Er erwidert die Umarmung. Schnell und nur kurz. „Es ist kalt. Lass uns heimgehen!"

Nik bietet Reiner die Hand an. Er hat sie immer gern genommen. Anfangs fand Nik das albern, bis er kapierte, dass Menschenmassen Reiner ängstigen. Reiner legt seine klamme Hand hinein, dann nehmen sie die Rolltreppe zur U 2 hinunter.

„Gut?" Nik deutet auf das Buch in Reiners Hand.

Bis auf die Widmung hat Reiner nur den Titel gelesen: *Umarmungen am Ende der Nacht*. Er zuckt mit den Schultern und lässt das Geschenk in seiner Jackentasche verschwinden.

Reiner hat sich eigentlich vorgenommen, gleich von Günter zu erzählen – er erzählt Nik immer von seinen Abenteuern –, aber der Hauptbahnhof erscheint ihm dafür nicht geeignet. Wenn es einfach nur Sex gewesen wäre …

„Ich hab gestern Nacht bei dir angerufen", sagt Nik.

„Ach, wirklich?"

Die Bahn kommt, der Wind lässt Niks Haar auffliegen.

„So gegen eins."

Sobald der Zug hält, steigen sie ein. „Ich hab mich mit jemand ein bisschen verratscht."

Die U-Bahntür schließt mit einem dumpfen Knall.

Nik schaut Reiner durchdringend an. „Hat es in Berlin auch so geschüttet?"

„Schrecklich", sagt Reiner.

Der Zug fährt an, beschleunigt und taucht in den Tunnel ein.

Zu Hause präsentiert sich Reiner ein vertrautes Bild: Tabakkrümel auf dem Tisch, ein schmutziges T-Shirt über der Stuhllehne, der Sportteil der *Süddeutschen* auf dem Boden. Es ist nicht anders als sonst, und doch kommt es Reiner anders vor. Als ob er in einer fremden Wohnung gelandet wäre. Er schaut Nik an.

„Ich hab bis eben gearbeitet", sagt Nik, zieht das T-Shirt von der Stuhllehne und wirft es im hohen Bogen ins Bad, dann schiebt er die Zeitung zusammen. „Es ist doch eine Wohnung und kein Museum", knurrt er, während Reiner seine Jacke auszieht, dann geht Nik in die Küche und stellt die Herdplatte an, auf der schon ein Topf mit Gulasch steht.

Reiner beobachtet, wie Nik den Deckel hebt, mit dem Kochlöffel umrührt und das Essen kostet. Das lange Haar, das über das Ohr rutscht und ins Gesicht fällt, der leicht gekrümmte Rücken. Er hat für mich gekocht, stellt Reiner fest. Er hat mich vom Bahnhof abgeholt, obwohl es regnet, obwohl es saukalt ist.

„Hast du Durst?", fragt Nik.

„Nein, danke. Hab gerade eine Flasche Wasser gehabt."

Nik setzt sich zu ihm an den Tisch. Das wäre der Zeitpunkt, um ihm von Günter zu erzählen, aber er bringt es nicht über die Lippen. Er beobachtet, wie sich Nik eine Zigarette dreht: das Rascheln des Papiers, das Aneinanderreiben des Tabaks, ein Geräusch, als würde man über eine leicht behaarte Brust streicheln.

„Ich muss dir was sagen", flüstert er zu sich selbst, als hätte er Angst, das längst Überfällige durch lautes Aussprechen zu verscheuchen. Dann stützt er den Kopf in die Hände, weil ihm aufgeht, dass Günter nicht das Problem ist, sondern seine Beziehung zu Nik. Warum kann er diese Gefühle, die Günter für seinen Freund empfindet, für Nik nicht mehr aufbringen?

Nik zündet seine Zigarette an und steht auf, um nach dem Gulasch zu sehen. Reiner reibt sich das Gesicht. „Was bedeutet das?", fragte er damals, als er neben Nik im Supermarkt stand. Er hatte schon öfter Menschen mit drei tätowierten Punkten zwischen Daumen und Zeigefinger gesehen und wollte endlich wissen, wofür das steht. Nik schaute sich um, als wäre jemand hinter ihm her, dann schätzte er Reiner misstrauisch ab und sagte mit unsicherem Lächeln: „Ich gehöre einem Geheimbund an. Das ist unser Zeichen."

Nik faszinierte ihn, weil er sich mit so ganz anderen Dingen beschäftigte als Reiner und die Schwulen in seinem Umfeld. Wer kannte schon Carlos Castaneda, den Nik in einer Tour zitierte: „Nur weil der Tod uns umschleicht, ist die Welt ein unergründliches Mysterium"? Wer hörte Ginger Baker, Frank Zappa, Alvin Lee? Und wer hatte Sex mit einer solchen Intensität? Nik liebte es, über Reiners Körper zu streicheln und an bestimmten Stellen innezuhalten: „Was spürst du unter meiner Hand?" Und wenn Reiner seine Aufmerksamkeit auf sie richtete, fühlte er, wie sich seine Haut entspannte und heiß wurde. Nik nahm sich auch Zeit für Stellungen und Spiele, die nicht auf Anhieb klappten, wenn Reiner schon längst bereit war, aufzugeben.

Und was ist davon geblieben? Castaneda liest selbst Nik nicht mehr, an den Musikgeschmack konnte sich Reiner beim besten Willen nicht gewöhnen. Und Sex? Wie viel Sex hat man nach über acht Jahren Beziehung noch? Aber da muss doch mehr sein, tönt eine Stimme in Reiner.

„Findest du, dass unsere Beziehung in Ordnung ist?"

Nik hält die Luft an. Bis eben sah er in Reiners Verstimmung nur die alte, andauernde, immer wieder aufbegehrende Unzufriedenheit, die vor allem in den grauen Wintermonaten, in denen sich alles andere verschließt und zurückzieht, in schillernden Farben erblüht. Jene Unzufriedenheit, die, wie er aus den Erzählungen von Reiners Vater weiß, immer schon da gewesen ist und Reiner vermutlich sein Leben lang begleiten wird, so wie andere die Höhenangst. „Findest du, dass unsere Beziehung in Ordnung ist?" Die Frage eröffnet ganz neue Perspektiven, an die Nik bisher nicht gedacht hat. Nun zweifelt Reiner also sogar an ihrer Beziehung.

„Babe, was ist los?", fragt Nik und macht einen Schritt auf ihn zu. Natürlich wäre es schön, wenn Reiner nicht so getrieben wäre und das Leben gelassener nehmen könnte. Nik hätte auch nichts dagegen, wenn er öfter mal kochen würde. Aber das ändert doch nichts an seinen Gefühlen für ihn.

„Ich meine nur ..."

Nik schaltet die Herdplatte aus und saugt an seiner Zigarette, bis sie glüht. Es ist nicht die Frage allein, die ihn verunsichert. Sie legt ein neues Gewicht auf den Schrecken in Reiners Augen vorhin am Bahnhof, auf die Kälte seiner Hand. Und warum hat Reiner so komisch reagiert, als ich ihn auf das Buch angesprochen habe?

Nik hält die Kippe unter den Wasserstrahl. „Natürlich ist unsere Beziehung in Ordnung. Du setzt dich nur zu sehr unter Druck." Dann geht er zu Reiner und legt seine Arme um ihn.

Es entspannt Reiner immer noch und lässt die Angst und die Nervosität verschwinden – zumindest für den Moment. Reiner schaut auf, sieht die Zuneigung in Niks Augen, und es kribbelt in seinen Gliedern. Vielleicht sind die Gefühle zwischen uns ja nur eingeschlafen, denkt Reiner, so wie ein Bein, das zu lange in einer Position verharren musste. Warum spüre ich diese Nähe zu Nik nur noch so selten? Arbeite ich tatsächlich zu viel?

„Babe?"

„Nichts, Nik. Es ist nichts." Reiner steht auf und schleppt sich ins Schlafzimmer hinüber. Nik schaut ihm dabei zu, wie er sich noch halb angezogen aufs Bett fallen lässt, wie an den Tagen, nach denen er Doppelschichten gearbeitet hat, und das Gefühl beschleicht ihn, dass ihm der Junge entgleitet. Ich muss mit ihm reden, beschließt er, gleich morgen früh! Dann trägt er den übervollen

Aschenbecher vorsichtig zur Mülltonne hinüber und leert ihn aus, kratzt das Gulasch in eine Kühlbox und lässt den leeren Topf mit Wasser voll laufen.

Bei einem Blick auf das Ergebnis seiner Aufräumaktion kommt ihm die Wohnung klinisch rein vor, nur Reiner wird das nicht genügen.

Nik legt Tabak auf ein Blättchen und rollt es zusammmen. Die Krümel wischt er vom Tisch und schiebt sie mit dem Fuß in den Schatten des Tischbeins. Dann zündet er die Zigarette an und spürt dem Rauch nach, der bedächtig in seine Lunge kriecht und seinen Kopf leicht macht. Dann geht er ins Arbeitszimmer hinüber, setzt den Kopfhörer auf und steckt seine Gitarre an den Verstärker an.

5.

„Reiner! Kommst du?" Hildegard steht plötzlich im Schwesternzimmer und trommelt auffordernd mit den Fingern am Türstock. „Die Verlegung!"

Den Patienten hat er völlig vergessen. Das passiert ihm in letzter Zeit öfter, weil er seit der Begegnung mit Günter vor zwei Wochen ständig über seine Beziehung nachdenkt. Er trinkt den Kaffee aus und folgt seiner Kollegin hinaus auf die Station.

Mit Nik sind keine Probleme entstanden, es ist nur über die Jahre so viel weggefallen. Früher hat Reiner sich mit Nik auf einen Platz gesetzt und eine Stunde lang stillschweigend die Welt beobachtet. Er ist mit ihm nach Finnland gefahren, so weit in den Norden, dass man keine Vögel mehr singen hört, weil es dort keine gibt, weil Nik einmal die absolute Stille erleben wollte. Aber wenn Reiner ausgehen will, dann macht Nik das nicht mit. Nik hat seine Musikerkollegen, das reicht ihm. Lieber setzt er sich vor den Fernseher und guckt Fußball oder Tennis.

Hildegard hat schon damit begonnen, den Patienten an die mobilen Geräte anzustöpseln, damit er verlegt werden kann. Der Mann ist Mitte vierzig, seine Kleidung und seine teure Uhr, die in einem Sack auf dem Bett liegen, bezeugen, dass er aus guten Verhältnissen kommt. Die Operation, wegen der er ins Krankenhaus gegangen ist, zählt nicht zu den riskanten. Krampfadern. Fast schon ein Kinderspiel. Er hatte einfach nur das Pech, in einem Einzelzimmer untergebracht werden zu wollen. Die Luft muss ihm so schnell weggeblieben sein, dass er nicht mehr auf die Klingel drücken konnte. Die Krankenschwester fand ihn blau. Jetzt schlägt sein Herz zwar wieder, aber sein Hirn ist tot. Nun soll er zum Sterben verlegt werden.

Reiner streicht über die Akte, die bald im Archiv des Krankenhauses verschwinden wird.

„Reiner! Träumst du?"

Er löst die Bremsen und zieht das Bett Richtung Ausgang. Vor der Tür warten eine etwas festere Dame mit blondiertem, onduliertem Haar und ein älterer Herr, der in Anzug und Krawatte den Eindruck erweckt, als würde er zu einer Beerdigung gehen. Als die beiden den Patienten sehen, bricht die Frau in Tränen aus, und der Mann hält sie fest, als befürchtete er, sie könnte kollabieren. Man sieht, dass es auch ihm nahe geht.

Reiner hat sich längst an solche Szenen gewöhnt. Irgendwann muss man einsehen, dass ein Patient nicht mehr zu retten ist. Aber wann trifft man die Entscheidung? Und das in Anbetracht einer Medizingeschichte, die gespickt ist mit Verstorbenen, die plötzlich wieder geatmet haben, gierigen Tumoren, die ohne medizinische Logik geschrumpft sind, sowie anderen „Wundern". Aber diesmal geht ihm das sehr unter die Haut. Über Leben und Tod will er niemals entscheiden müssen.

Um drei tritt Reiner in den Tag hinaus. Das Wetter ist grau und trübe und passt zu seiner Stimmung. Die Grübelei geht ihm auf die Nerven. Anstatt nach Hause zu fahren, entscheidet er sich daher für einen Spaziergang durch die Fußgängerzone. Mal wieder eine Tasse Kaffee trinken und in Ruhe Zeitung lesen. Vielleicht hilft mir das, um mich abzulenken.

Etienne muss ihn schon von weitem gesehen haben, denn Reiner ist noch nicht am Laden, da kommt er auf die Straße heraus. „Liebes, was machst du nur für ein Gesicht? Du siehst ja schlimmer aus als die Merkel, und das geht ja eigentlich gar nicht."

Weil Reiner schon mehrere Verabredungen abgesagt hat, befürchtete er, Etienne würde gar nicht mehr mit ihm reden. Der Dekorateur ist auch einer, mit dem Nik nichts anfangen kann. Dabei ist er so unterhaltsam. „Ich hab gehofft, dass man mir es nicht ansieht."

Etienne nimmt Reiner an der Hand und zieht ihn hinter sich her Richtung Personalraum. „Mädels, ich mach Pause!", ruft er den Verkäuferinnen zu, die gerade Polo-Shirts in die Regale sortieren. Sobald die Tür zu ist, sagt er: „Jetzt bin ich ganz Ohr."

Solange Reiner sich selbst noch nicht über seine Beziehungszweifel klar ist, will er nicht darüber sprechen. „Ich hab nur zuviel Arbeit."

„*Aaaach*, dann ist es ja gut. Ich habe schon befürchtet, du hättest Beziehungsstress."

„Wieso?"

„Carlo, na, du weißt schon. Willst du eigentlich einen Kaffee oder was? Ich bin ja gar nicht bei mir."

„Espresso bitte. Was ist passiert?"

Etienne winkt ab, dann steht er auf, steckt sich die Zigarette in den Mund, stellt zwei Tässchen in die Maschine und drückt auf den Knopf. „Dieses Ding war ja zu keiner eigenen Entscheidung fähig. Wenn ich ihn gefragt habe, was er essen will, hat er geantwortet: ‚Und was willst du?' So ging das mit allem."

„Dabei hat eure Beziehung so viel versprechend ausgesehen."

Etienne stellt die Tassen auf den Tisch. „Zucker?"

Reiner schüttelt den Kopf.

„Liebes, ich sag's dir. In der Szene sind nur noch Verrückte unterwegs. Sei froh, dass du unter der Haube bist."

6.

Als Nik am Abend nach Hause kommt, geht er an den Kühlschrank, um Saft herauszunehmen. Eine Glasschüssel steht darin, die mit Frischhaltefolie zugedeckt ist. Kartoffelsalat! Im Fach darunter eine Papiertüte vom Metzger. Er tastet sie ab: dicke, feste Dinger.

„Reiner?"

Reiner schreckt aus dem Schlaf.

„Hab ich etwa meinen Geburtstag vergessen?", fragt Nik.

Reiner schmunzelt. „Glaube nicht, wieso?" Dann spürt er Niks Hand auf seiner Brust. Sie liegt einfach nur da. Ein wenig unentschlossen. Ein Angebot. Reiner führt sie vorsichtig an seinen Mund heran und küsst sie. Nik beugt sich über ihn, und Reiner zieht ihn zu sich ins Bett, riecht Nikotin und Elektrizität und denkt: Er muss wieder im Studio gewesen sein.

Er hat mein Lieblingsgericht gekocht, denkt Nik, Reiner kann so lieb sein. Endlich geht es ihm wieder besser.

Wie gut Küsse schmecken, lange, intensive, für die man sich Zeit nimmt, hat Reiner fast vergessen. Es ist so einfach, Nik das Hemd aufzuknöpfen, sich an ihn zu drücken, an ihm zu reiben und im Nu erregt zu sein.

„Lass uns was essen, Babe", sagt Nik danach und streichelt Reiners Gesicht.

„Ich würd am liebsten ewig hier liegen bleiben", flüstert Reiner und schlingt seine Arme um ihn.

„Würd ich auch, aber ich kann nicht. Hab noch Probe mit der Band verabredet."

„Kannst du die nicht abblasen?"

Nik zieht seinen Arm unter Reiners Nacken hervor und wälzt sich vom Bett. „Wir spielen doch am Donnerstag auf diesem Polterabend. Dafür müssen wir noch ein paar Songs üben."

Reiner weiß, dass Nik schon lange keinen Gig mehr gespielt hat, aber versucht trotzdem, ihn zu halten: „Könnt ihr die Stücke immer noch nicht?"

„Nur bis eins, ich versprech's!", sagt Nik und drückt ihm einen Kuss auf die Nasenspitze. „Um eins bin ich wieder hier."

Reiner schaut Nik beim Anziehen zu, wie seine langen, schlanken Beine in der ausgetragenen Cordhose verschwinden, wie er sich das karierte Hemd gedankenverloren zuknöpft. Brauntöne stehen ihm wirklich gut.

Reiner will ihn halten. „He, gehen wir mal wieder ins Kino?", fragt er.

„Klar, gerne."

„Ich könnte so eine Schnulze wie *Maurice* gebrauchen."

Nik verzieht das Gesicht im Scherz. „Super! Du weißt, wie sehr ich Schnulzen liebe."

Reiner versetzt ihm einen sanften Fußtritt. „Sag sofort, dass das ein großartiger Film ist."

„Er ist *grooooßartig*. Wirklich. Total ergreifend und dabei gar nicht melodramatisch." Nik verdreht die Augen und grinst.

„Sonntag?", fragt Reiner und springt aus dem Bett.

„Ich kann es kaum erwarten. Wär's nur schon Sonntag!", lacht Nik, geht an den Kühlschrank und stopft sich Kartoffelsalat in den Mund. „Mmh, lecker."

Reiner stellt eine Pfanne auf den Herd.

„Heb mir ja ein paar Würste auf", droht Nik. „Ich mach sie mir später."

„Aber …"

„Ich muss jetzt los." Nik gibt Reiner einen Kuss auf die Stirn. „Schönen Abend noch."

Als die Tür hinter Nik ins Schloss fällt, fühlt sich die Wohnung sehr leer an. Reiner spürt, dass er flach atmet. Als hätte die Stille Gewalt. Als dürfte sie nicht gestört werden, wie eine Mutter, die gedankenversunken an ihrem Leben zweifelt.

Nik konnte ja nicht wissen, dass dir ausgerechnet heute einfällt, einen Versöhnungsabend zu inszenieren, sagt er sich. Reiner schaut auf die Pfanne. Appetit hat er keinen.

Reiner kriecht ins Bett, um ein wenig zu lesen. Einmal nicht lernen, nimmt er sich vor. Es ist lange her, seit er den letzten Roman gelesen hat. Die Autobiographie von Reinaldo Arenas, die Nik ihm zu Weihnachten geschenkt hat, liegt unberührt neben dem Bett. Sie lockt ihn nicht.

Reiner zieht die Schublade seines Nachtkästchens auf und nimmt das Buch heraus, das Günter ihm geschenkt hat. *Umarmungen am Ende der Nacht*. Schon der Titel … Reiner streichelt über das Cover und fühlt das flirrend seidige Gefühl der Gerührtheit wieder.

7.

„Hast du denn auch die Erdbeertörtchen gekauft, die Reiner so gern isst?", fragt der Vater über das Sonntagskonzert aus dem Kofferradio hinweg.

„Muss denn immer ich an alles denken?", antwortet seine Frau.

„Warum bist du nur so gereizt, Renate? Jedes Mal, wenn der Junge kommt, hast du schlechte Laune. Es ist ja kein Wunder, dass er uns nur alle paar Monate mal besucht."

Sie baut sich vor ihrem Mann auf, so dass er die Zeitung senkt und zu ihr aufschaut. „Du musstest ja nicht mit der Angst leben, bei der Geburt verrecken zu können, mein lieber Georg", presst sie zwischen engen Lippen hervor, damit ihre Enkelin sie nicht hört. „Ich wäre auch lieber *vor* dem Kreißsaal gesessen und hätte gewartet, bis alles vorbei ist. Aber ich war nun mal die Hauptperson in diesem Spektakel."

Er faltet die Zeitung zusammen und nimmt die Brille ab. „Du willst doch nicht sagen, dass du ihm böse bist, weil er eine schwere Geburt war."

„Wer behauptet, dass ich *ihm* böse bin?" Sie stemmt die Hände in die festen Hüften. „Wenn überhaupt, dann bin ich *dir* böse, weil ich nur *deinetwegen* diese Tortur über mich habe ergehen lassen."

„Aber Renatchen, ich bitte dich." Georg legt Zeitung und Brille auf den Tisch und steht auf, um seine Frau in den Arm zu nehmen. „Wie oft willst du das noch aufkochen?"

„Nicht *ich* habe damit angefangen." Ihre Stimme überschlägt sich. „*Du* fängst immer wieder damit an."

Georg drückt sie an sich und rollt die Augen. Wenn er geahnt hätte, welche Konsequenzen das bisschen Sex, das er damals alle paar Wochen von ihr erbeten hat, nach sich ziehen würde, hätte er sich lieber einen Knoten in den Pimmel gemacht.

Er liebt seinen Sohn, Renate dagegen kann besser mit der Tochter. Netti hier, Netti dort: „Aber gerne strecken wir dir die Kaution vor, bis du wieder eine richtige Arbeitsstelle hast", „Nein, es macht uns gar nichts aus, dir deinen Umzug zu bezahlen", „Aber natürlich kümmern wir uns um deine Tochter, wenn du in Urlaub fährst."

„Oma, Opa, wann kommen denn nun Onkel Nik und Onkel Reiner? Es ist schon drei Uhr."

Renate putzt sich die Nase und tupft die Tränen weg, bevor sie sich ihrer Enkelin zuwendet. „Mäuschen, du weißt doch, dass deine Onkels es mit der Zeit nicht so genau nehmen."

„Ich will sie aber jetzt sehen. Ich warte schon *sooo* lange." Nicole stampft mit dem Fuß auf und verzieht ihre schön gezeichneten Lippen zu einem Schmollmund.

„Sie haben sich erst für drei Uhr angemeldet", versucht ihr Großvater sie zu beruhigen. „Es dauert bestimmt nicht mehr lange."

„Komm mit in die Küche, junge Lady!", sagt Renate. „Wir schlagen Sahne, und bis wir damit fertig sind, sind die Buben bestimmt hier."

„Au ja!" Nicole macht einen Luftsprung und klatscht in die Hände, dann ergreift sie die Hand ihrer Großmutter und zerrt sie in die Küche.

Georg stellt sich ans Fenster und schaut über die Dächer der Stadt in die Alpen, die an diesem Sonntagnachmittag im Mai orange schimmern. Renate ist und bleibt ein launisches Weib. Manchmal beneidet er seinen Sohn.

„Onkel Nik! Onkel Nik! Onkel Nik!" Nicole stürzt sich so heftig auf Nik, dass er einen Schritt zurücktreten muss, um nicht zu stürzen.

„Hallo, kleine Dame. Meine Güte, was bist du gewachsen." Er ist erleichtert, Reiners Nichte anzutreffen, denn ohne Ablenkung ist die Spannung bei den Eltern schwer zu ertragen.

„Und guck mal, mir fehlt schon ein Zahn!" Sie zieht die Oberlippe mit ihrem lackierten Fingernagel nach oben.

Wieso finden Kinder einen fehlenden Zahn eigentlich klasse?, fragt sich Reiner und fährt Nicole durch das schulterlange, blonde Haar, das im grellen Sonnenschein wie Lametta glitzert. Als Erwachsener würde man sich zu Tode schämen.

Reiner mag seine Nichte, auch wenn sie ganz unverhohlen zeigt, dass er nicht ihr Lieblingsonkel ist. Die Tochter seiner Schwester ist bisher das einzige Enkelkind der Familie und wird entsprechend verwöhnt. Das reizt sie natürlich voll aus. Allerdings, auch das muss er zugeben, fällt es schwer, ihr etwas auszuschlagen, weil sie es sich entweder auf kindliche Weise erschleicht oder einen ganz charmant belügt und einem dabei direkt in die Augen schaut, ohne auch nur zu blinzeln. Die geborene Geheimagentin, wie Reiner findet. Und wenn man ihren Schmu durchschaut, kichert sie so köstlich, dass sie Julia Roberts glatt Konkurrenz machen könnte.

„Hallo, Mama." Reiner schüttelt ihr die Hand und bückt sich dann, um die Schuhe auszuziehen.

„Hallo, mein Junge", sagt sie und tritt zur Seite, damit Reiner seinen Vater begrüßen kann. „Nik, du hast ja ein Loch in den Socken ..."

Reiner schaut auf Niks Füße und schüttelt den Kopf. Er weiß doch, dass ich das nicht leiden kann.

„Anstatt den Kopf zu schütteln, solltest du es ihm lieber stopfen", sagt die Mutter vorwurfsvoll, und Reiner möchte am liebsten gleich wieder gehen.

„Mein Sohn kümmert sich wirklich gar nicht um dich", sagt sie dann zu Nik, während sie ihn tröstend umarmt.

Wie jedes Mal denkt Reiner, dass es ihn ärgern sollte, wenn sie sich Nik gegenüber mütterlicher verhält als zu ihm. Aber er fühlt nur Erleichterung.

Georg legt seinem Sohn die Hand auf die Schulter. „Na, alles i.O. bei euch?" Dieses „i.O.", ein Überbleibsel aus dem Beamtendasein, mit dem sein Vater fünfunddreißig Jahre lang Dokumente freigegeben hat, hört Reiner gern. Es klingt so gewollt jugendlich und aus dem Munde eines Pensionärs einfach zum Schreien.

„Wie wär's mal wieder mit einem heimlichen Bier?", flüstert Reiner seinem Vater zu.

„Im Moment ganz schlecht", flüstert der zurück. „Sie hat ihre Tage." Reiner weiß, dass er mit „ihren Tagen" keineswegs die Regel meint, von der in ihrem Alter nicht mehr die Rede sein kann. „Sie gebärdet sich so, als hätte sie sie", erklärte ihm der Vater einmal. „Schwierig, gereizt, ewig nörgelnd und launisch."

Sie gehen ins Wohnzimmer. Nik und Reiner setzen sich auf die Couch, der Vater in den Sessel. Nicole klettert auf Niks Schoß. „Beim Sportfest war ich schneller als alle Jungs!", berichtet sie stolz.

„Sapperlot", antwortet Nik, „du wirst ja eine richtige Räuberbraut."

Sie kichert.

Reiners Mutter kommt mit dem Nähkasten. „Junge, gib mir deinen Strumpf!"

„Also Mama!"

„Mach mir jetzt nicht auch noch Vorwürfe, wenn ich dir Arbeit abnehme."

Es macht Reiner wütend, dass sie ihm die Verantwortung für die Löcher in Niks Socken aufbürdet. Als ob ich mich nicht schon genug um seinen Kram kümmern würde.

Nik hebt Nicole auf Reiners Schoß, zieht den Strumpf aus und gibt ihn Reiners Mutter.

Reiner schaut seinen Vater an, der lächelt ihn gelassen an.

„Die Qualität geht mit allem bergab", sagt sie. „Den hast du bestimmt noch nicht oft getragen, stimmt's? Ich weiß nicht, wo das hinführen soll. Am besten, man strickt wieder selbst ..."

„In Rechnen werde ich eine Eins kriegen", redet Nicole dazwischen, als würde sie gar nicht bemerken, dass ihre Großmutter wieder in einen Monolog verfallen ist.

„Gratuliere!" Reiner beobachtet das Mädchen dabei, wie es sich offensichtlich konzentriert, um alles, was sie bewegt, aufzuzählen.

„Nächste Woche müssen wir ein Diktat schreiben. Und meine Freundin Mirabell hat vorgestern zum Geburtstag einen Hund bekommen. Gehst du mal mit mir reiten?"

„... im Quark schon dreimal Dinge gefunden, die nicht hineingehören", sagt die Mutter. „Das erste Mal war es wohl ein Stück, ich nehme an, Pappkarton, beim zweiten Mal ..."

Nicole klettert auf Niks Schoß zurück. Reiner blendet das Geplapper seiner Mutter aus und fragt sich, wieso es für einen Erwachsenen so anstrengend ist, die Eltern zu besuchen. Ganz gleich, mit wem er darüber spricht, jeder bestätigt das.

Seinen Vater mag Reiner gern. Im Laufe der letzten Jahre hat er zu ihm sogar eine Art kumpelhafte Beziehung aufgebaut. Ab und zu, wenn seine Mutter mit ihren Freundinnen unterwegs ist, trifft er sich mit ihm allein auf ein Bier. Georg hat es sogar schon fertig gebracht, ihr ein Fußballspiel vorzulügen, damit er mit seinem Sohn heimlich zum Baden fahren konnte.

Aber an die Mutter, die nach allen in Stein gemeißelten Gesetzen als des Schwulen beste Freundin gilt, kommt er einfach nicht heran. Manchmal ertappt er sich dabei, sie als hohl zu bezeichnen. Über ein „Willst du noch ein Stück Kuchen?" und „Nimm eine Tafel Schokolade mit!" ist er mit ihr nie hinausgekommen.

Diese Distanz kennt er schon aus seiner Kindheit, dabei schwört seine Schwester Stein und Bein, dass sie ohne die Mutter die Pubertät nicht überstanden hätte. So hohl kann sie also nicht sein. Warum aber fühlt er sich ihr nicht nahe?

Reiner mustert seinen Vater, der still in seinem Sessel sitzt, als würde er mit offenen Augen schlafen. Ob es seinem Vater genauso geht? Er wird wohl kaum mit ihr zusammengeblieben sein, wenn er sie nicht lieben würde. Oder?

„Wieso ist Reinerchen nur immer so müde?", fragt die Mutter, und Nicole zupft ihn am Hemd.

Für Reiner klingt das wie einen Vorwurf.

„Er hat eine anstrengende Nachtschicht hinter sich", sagt Nik, während Nicole vom Schoß rutscht und in der Küche verschwindet.

Reiner ist dankbar für die Lüge. Ohne Nik wären diese Besuche noch unerträglicher.

„Er lässt immer noch keine Fortbildung aus", setzt Nik hinzu. „Ich glaube, er will ins *Guiness Buch der Rekorde* aufgenommen werden."

Dafür knurrt Reiner ihn an, und Nik legt ihm die Hand aufs Knie, beruhigend, beschützend fast. Renates Augen glänzen.

„Du siehst schlecht aus, Reinerchen, hörst du", sagt sie. „Du solltest nicht so viel arbeiten."

Das ist wieder typisch. „Ja, ja, verbündet euch nur."

„Du brauchst gar nicht so zu tun", sagt sie. „Wir machen uns bloß Sorgen um dich."

Bestimmt!, denkt Reiner. Dabei weiß sie nicht mal, wie mein Leben aussieht. Dann schaut er auf die Standuhr. Er bleibt immer ziemlich genau eine Stunde, als würde er für mehr nicht bezahlt. „Hast du eine Tasse Kaffee?"

„Aber natürlich, wo habe ich nur wieder meinen Kopf? Komm, Niki, hilf mir mit dem Kuchen!"

Nicole läuft ihnen mit Sahne an der Nase entgegen.

„Du kleines Biest!", schimpft die Mutter scherzhaft. „Hab ich dich beim Naschen erwischt?"

Reiner und sein Vater gehen an den Tisch hinüber. „Wie hältst du das nur aus?", fragt Reiner leise.

„Fast fünfundvierzig Jahre Training", antwortet er verschmitzt.

„Hier, nimm Sahne!", fordert Renate ihren Sohn auf und stellt sie ihm vor die Nase.

„Du weißt, dass ich keine Sahne vertrage."

„Dann nimm wenigstens noch ein Stück Apfeltorte!"

Als die beiden gehen, zupft Renate einen Fussel von Reiners Kragen und hält ihm eine Frischhaltedose mit dem restlichen Kuchen hin.

„Aber Mama. Wir essen das nicht."

„Willst du lieber eine Tafel Schokolade?"

Sobald die Tür des Aufzugs hinter ihnen zufällt, atmet Reiner auf.

„Wieso ist das nur so schwer für dich?", fragt Nik und stellt die Stofftasche mit dem Kuchen ab. Es ist rhetorisch gemeint, denn eigentlich lässt er damit nur seinen eigenen Druck ab.

„Es geht mir auf die Nerven, dass du ihnen immer den biederen Schwiegersohn vorgaukelst", sagt Reiner giftig.

Der Zornausbruch erschreckt Nik. „Wär's dir lieber, ich würde bei eurem Aufeinander-Rumhacken mitspielen? Im Übrigen geht es mir gehörig auf den Zeiger, wie du dich in deinem Mutterhass suhlst."

„Na, fein. Jetzt ist es auch noch meine Schuld, ja?"

Der Aufzug hält im ersten Stock, ein älterer Herr öffnet die Tür und tritt ein, ohne die beiden anzusehen. Reiner und Nik starren auf das schüttere, säuberlich gekämmte Haar.

Wortlos und reichlich verärgert treten die beiden in einen blendenden Maisonntag hinaus, an dem die Sonne so viel Wärme verspricht, aber außer ein paar Knospen nicht viel zu bieten hat.

Nik dreht sich eine Zigarette, um sich zu beruhigen, aber es hilft nicht: „Du beschwerst dich immer, dass deine Mutter nie für dich da war. Aber wenn sie dir mal was schenkt oder sich Sorgen macht, dann lehnst du es ab. Wieso bist du nur so misstrauisch?"

„Du weißt genau, dass sie mich damit nur kontrollieren will."

„Mit einer Tafel Schokolade?", fragt Nik und zündet sich die Zigarette an. „Findest du das nicht wenigstens ein bisschen absurd?"

„Deine Ironie kannst du dir sparen!" Reiner atmet flach. Diese Schwere in seiner Brust. „Meine Mutter ist schrecklich, das weißt du genau. Warum verteidigst du sie denn jetzt?"

„Weil du es mit mir genauso machst. Ich koche für dich, ich höre mir deine Probleme mit der Arbeit an, ich akzeptiere, dass du zu deinen Extraschichten noch ständig lernst und Fortbildungen machst, und was krieg ich dafür? Vorwürfe, dass ich dich nicht lieben würde."

„Du tust ja gerade so, als würde ich zu unserem Leben nichts beitragen. Wer räumt dir denn deinen Mist hinterher? Wer organisiert denn unser ganzes Leben, vom Miete-Bezahlen bis hin zum Termine-Verwalten?"

„Darum habe ich dich nie gebeten."

„Wer würde es denn sonst tun? Und jetzt sag nicht, du selbst."

Nik hält ihn am Arm fest und schaut ihm in die Augen. „Du musst alles regeln, alles kontrollieren, alles planen. Lass es doch einfach mal passieren!"

„Jetzt kommen wieder die weisen Ratschläge."

„Ich lebe im Moment", hatte Nik jahrelang gepredigt, bis Reiner die Organisation ihres Lebens stillschweigend übernahm. Das klingt sehr praktikabel. Für Eremiten. Und für verkrachte Musiker. Wenn man aber vorwärts kommen will, so wie Reiner, muss man planen. Nik begegnet diesem Argument immer nur mit einem milden Lächeln.

Reiner reißt sich los und geht weiter Richtung Bushaltestelle.

Nik schaut ihm verständnislos hinterher, dann ruft er: „Was willst du eigentlich?"

Reiner bleibt stehen und dreht sich um. „Aufmerksamkeit zum Beispiel. Du bist genau wie meine Mutter: immer nur mit dir selbst beschäftigt."

„Aufmerksamkeit?" Nik zieht an seiner Zigarette. „Das ist ja wohl die Höhe!" Ja, manchmal entzieht sich Nik ihm, weil ihm Reiner mit seinem unstillbaren Hunger zu sehr auf die Pelle rückt, aber meistens tut er doch, was Reiner will, eben um ihm zu beweisen, wie sehr er ihn liebt. Die Abende mit seinen dämlichen Schwuchtelfreunden zum Beispiel, und die Besuche bei den Eltern. Aber es ist Reiner nie genug. „Soll ich dir sagen, warum du meinst, keine Aufmerksamkeit zu kriegen?"

„Ja, bitte schön, Herr Freud."

„Weil du dir selber keine Aufmerksamkeit schenkst. Die richtest du nämlich immer nur auf andere. Auf die Löcher in meinen Socken, auf das, was andere über dich denken, auf deine Mutter und was sie damit bezwecken könnte, wenn sie dir eine Tafel Schokolade schenkt." Während er spricht, quillt Rauch aus Mund und Nase. „Da sollst du mal hinschauen." Nik deutet auf Reiners Brust. „Nicht immer nur auf die anderen."

Reiner schaut zu Boden. Es ist ihm wichtig, was andere denken, und ja, Dinge wie Löcher in den Socken und Asche auf der Bettdecke stören ihn nun mal. „Trotzdem möchte ich bitte, dass du mich lieb hast", mault Reiner.

Nik geht auf ihn zu und nimmt ihn in den Arm. Was ist bei Reiner nur schief gelaufen, dass er das nicht endlich kapiert? Nik spürt Reiners heißen Atem auf seiner Schulter und streichelt ihm über den Rücken.

Reiner entspannt sich. Er möchte Frieden, nicht Streit. Er möchte etwas Schönes mit Nik unternehmen. „Hast du geguckt, in welchen Film wir gehen könnten?"

„Film?"

Reiner schaut auf. „Wir wollten doch heute ins Kino."

Nik lässt den Kopf hängen. Schon seit Stunden freut er sich darauf, ein bisschen Zeit für sich allein zu haben, bevor er in der nächsten Woche jeden Tag im Studio rumhängen und grässliche Riffs für Schlager einspielen muss. Aber wenn er das jetzt tut, wird Reiner es wieder als Beweis anführen, dass sie nie was zusammen unternehmen. Er fühlt sich in der Falle, ihm platzt der Kragen.

„Du redest, als wäre ich dein verdammter Sklave. Wir haben gar nichts ausgemacht. Wir haben gesagt, dass wir das mal wieder tun *könnten*. Und wie es aussieht, habe ich jetzt keine Lust, ins Kino zu gehen. Und weil ich ein erwachsener Mensch bin und laut Grundgesetz ein Recht auf Freiheit habe, entscheide ich mich in diesem Moment, nicht ins Kino zu gehen. Nix Kino, du verstehen?"

Nun tritt Reiner einen Schritt zurück. Es ist Jahre her, dass er Nik so außer sich erlebt hat. Natürlich haben sie ausgemacht, heute ins Kino zu gehen, daran erinnert er sich ganz genau. Aber selbstverständlich darf Nik seine Meinung ändern. Nur findet Reiner, dass man in einer Beziehung Entschlüsse gemeinsam fällen sollte. Wenn jeder macht, was er will, hat man schließlich keine Beziehung. „Man kann mit dir eben nichts planen", schnaubt er.

Sie stehen sich schweigend gegenüber, bis die Kippe in Niks Fingern brennt. Er schnippt sie ins Gebüsch. „Wo soll denn das hinführen?"

Reiner schaut auf, er sucht Niks Augen, um diese Hürde, die plötzlich zwischen ihnen steht, zu überwinden, tut sich aber schwer, Niks Blick standzuhalten. Wenn er ehrlich ist, hat er ja selbst keine Lust auf Kino. Trotzdem möchte er Nik am liebsten ins Gesicht springen. Diese Schwere auf seiner Brust. „Ich weiß es nicht. Sag du's mir!"

Zu Hause stellt Nik den Kuchen auf dem Esstisch ab und geht geradewegs ins Arbeitszimmer zu seiner Gitarre.

Reiner stellt den Kuchen in den Kühlschrank und schleicht sich dann an die Tür heran, um Nik zuzuschauen. Er kann nur das Zupfen an den Saiten vernehmen, trotzdem verwandelt sich der Raum in eine Arena, und

Nik – mit geschlossenen Augen und wehendem Haar – in einen ausgeflippten Rockmusiker. Manchmal bewundert Reiner seinen Freund, wie jetzt, wenn Nik genauso unerreichbar ist wie Keith Richards von den *Rolling Stones* für einen pickeligen Fan.

Reiner geht in die Küche und holt sich einen Schokoriegel, dann schnippelt er an seinen Pflanzen herum und zupft das Unkraut aus den Töpfen. Die Amaryllis reckt ihren langen Hals weit zur Seite, um die Nachmittagssonne mit ihrem großen, roten Kelch einzufangen. Er bindet sie fest, damit sie kein Übergewicht bekommt und umknickt, dann schlurft er ins Bad.

Um die Wäschetonne herum, die Reiner extra für Nik in dieser Größe angeschafft hat, liegen Strümpfe, ein paar Unterhosen und ein Hemd, in Reiners Augen ein Zeichen für die stetig wachsende Kluft zwischen ihnen.

Von wegen kontrolliert, sagt er sich, lässt die Sachen einfach liegen und dreht den Wasserhahn der Badewanne auf. Ein heißes Bad wird mir gut tun.

Nik klimpert lustlos auf seiner Gitarre herum. Die Riffs wollen nicht so richtig fließen, weil er in Gedanken ist: Reiner reagiert wie ein geschlagener Hund, den man streicheln will. Er knurrt dich an, und wenn man den Mut aufbringt, ihn trotzdem anzufassen, läuft man Gefahr, gebissen zu werden. Nik versteht nicht, was mit seinem Freund in letzter Zeit los ist.

Frustriert stellt Nik die Gitarre ab und wischt mit einem weichen Tuch über den Steg, dann schleppt er sich ins Schlafzimmer.

Reiner sieht Nik im Bett liegen. Er will sich kommentarlos schlafen legen, aber Nik würde darin nur wieder einen

Vorwurf sehen. So setzt sich Reiner ans Bett. Nik reagiert nicht einmal. Nun ist er es, der beleidigt reagiert. So kommen sie aber nicht weiter. Reiner hebt Niks Zudecke und drückt sich an ihn heran.

Nik öffnet die Augen und wirft ihm einen abschätzenden Blick zu. Als er sieht, dass Reiners Gesicht halbwegs freundlich dreinschaut, dreht er sich um. „Hey, Babe. Alles wieder gut?"

Reiner nickt und kuschelt sich näher an Niks glatten, unbehaarten Körper heran, der weich und bettwarm ist und heiß wird, je mehr die Erregung zunimmt.

Nik umarmt ihn. Er liebt es, Reiner mit feuchter Zunge zu lecken: Achsel, Hals, Nacken, Stirn, Augen, Nase, Wangen, dann wieder Hals und Brust und Bauch.

Reiner schließt die Augen und gibt sich hin und einen Moment lang glaubt er, in den Armen von Günter zu liegen.

8.

Renate massiert Nachtkerzenöl in ihr Gesicht ein. Dann schlüpft sie unter die Bettdecke. Georg wirft seiner Frau über die Brille hinweg einen kurzen Blick zu und versenkt sich dann wieder in seine Lektüre. „Gute Nacht, mein Tönnchen", sagt er und streichelt ihr durchs Haar.

„Nacht", murrt sie, schaltet das Licht auf ihrer Seite aus und kehrt ihm den Rücken zu.

In dieser Nacht hat sie einen Traum. Sie ist jung, so unbeschreiblich jung, dass es keine Probleme und Sorgen zu geben scheint. Es ist Sommer und alles von gleißendem Licht bestrahlt, so dass die Konturen stechend scharf sind. Ihre neunjährige Tochter hüpft die abschüssige Allee zur Eisdiele hinunter. „Ein Eis, Mama. Ein Eis, ein Eis!"

„Ja, Netti, wir sind doch gleich da."

Der Eisverkäufer steht mit dem Rücken zu ihnen und wischt das verspiegelte Regal aus. Er sieht sie, lächelt und dreht sich nach ihr um. Renate fühlt das Blut in ihren Kopf steigen.

„Eine Kugel Erdbeer und eine Kugel Schokolade", fordert Netti, obwohl sie weiß, dass sie nur eine Kugel bestellen darf. Der Eisverkäufer gibt ihr sogar noch eine dritte dazu, Malaga. Dafür setzt sie sich auch gerne draußen in den Schatten der Eiche, während sich ihre Mutter unterhält.

Renate verehrt Giovanni. Er hat die fein geschliffenen Züge einer römischen Statue, dazu eine Haut in der Farbe von Walnusseis und Locken, die sich weicher anfühlen als Seidenstrümpfe.

Er schmiegt seine Wange in ihre Hand und küsst sie. „Nächste Woche muss ich nach Italien zurück."

Sie erschrickt, als stünden seine Lippen unter Strom. Dann schaut sie zu Boden, springt auf und zerrt ihre Tochter nach Hause.

„Mein, Eis, Mama, mein Eis!"

Später am Abend, als Netti von ihrem Vater zu Bett gebracht wird, radelt sie mit wehendem Rock zurück in die Stadt. Ein Kuss, nur ein Kuss zum Abschied. So kann sie ihn nicht gehen lassen.

Am nächsten Morgen erwacht Renate zu einem wunderbaren Gefühl der Entspanntheit – wie immer nach diesem Traum.

„Guten Morgen, mein Tönnchen", sagt ihr Mann.

Sie öffnet die Augen. Er lächelt sie an, so verdammt nett, dass sie ihn dafür nur verachten kann.

9.

„Ich habe hundert Jahre nach einem Parkplatz gesucht." Etienne stürzt an Nik vorbei in die Wohnung und pellt sich dabei aus seiner viel zu engen Jeansjacke. „Es wird Zeit, dass ihr eine Tiefgarage bauen lasst. Ach, was sage ich, kauft das ganze Viertel hier!"

„Heute allein?", fragt Robert. „Wo ist Carlo?"

„Carlo? Wer ist Carlo?", erwidert Etienne und begrüßt alle nacheinander mit Wangenküsschen. „Roberta, Teuerste, dir ist dein Silikon verrutscht", sagt er und kneift Robert in die Wampe, woraufhin der kichert. „Andrea, dein Haar, einfach ein Gedicht. Daniela und Michelle ... Immer im neuesten Fummel. Und Ziska. Was soll man sagen? Lass dich drücken. Renatchen, Süße, hallo."

Reiner hasst es, mit dem Namen seiner Mutter angesprochen zu werden, aber Etienne verzeiht er es, weil der Urbayer französischer Abstammung dabei ganz unbedarft tut. Man kann ihm einfach nichts übel nehmen.

„Carlo hat ja auch gar nicht zu dir gepasst", lästert Mike, und Reiner denkt, wie treffend verlogen er das formuliert, hat er doch kaum die Augen von Etiennes Ex abwenden können.

„Richtig", bestätigt Etienne. „Wo ist der *Deinhard*?"

Reiner reicht das Tablett herum: „Hopfenkaltschale."

Mike greift prompt nach dem einzigen Glas Apfelschorle. „Nein, das ist für Nik", sagt Reiner und begegnet dem fragenden Blick mit einem „Diät!" und einem Grinsen, das jede Nachfrage verbietet. „Hiermit erkläre ich den Umesser-Abend für eröffnet."

Im Februar luden Franz und Robert zu ihrem Dreijährigen ein. Neben Nik und Reiner waren noch drei andere Paare zu Gast, Andi und Gerry, Dani und Mike sowie Etienne und Carlo. Weil sich die zehn Jungs so gut miteinander verstanden, gründeten sie die „Umesser". Seither treffen sie sich ein Mal im Monat, wobei immer ein Paar die anderen bekocht und die Kosten zehn Euro pro Nase nicht übersteigen dürfen.

Dani und Mike stellten ihren Abend unter das Motto „Karibik" – im bitterkalten März! –, wozu sich jeder entsprechend (ent-)kleiden musste. Bei Andi und Gerry war „Tanz der Vampire" angesagt, und alle würgten Blutwürste und Schlachtplatten mit Johannisbeergelee hinunter. Zu trinken gab es ausschließlich Vino tinto, und zum Nachtisch natürlich Blutorangen.

Das letzte Essen hieß „Ein Abend in der Oper", mit Gerichten, die im Musiktheater eine Rolle spielen, dazu leierten irgendwelche Diven den ganzen Abend lang Sterbearien herunter. Natürlich stand reichlich Prosecco auf der festlich gedeckten Tafel. „Das kriegt ihr doch nie für zehn Euro hin!", rügte Mike, der Geizkragen.

„Der Prosecco ist eine Stiftung der Gesellschaft zur Erhaltung homosexueller Esskultur", antworteten Etienne und Carlo unisono einstudiert.

Im Juni nun sind sie an der Reihe. Weil Reiner wusste, dass dieser Abend ein Zugeständnis von Nik ist – der sieht es als Zeitverschwendung an, mit Schwulen Szenegespräche zu führen –, recherchierte er im Internet und tat ein paar sehr ausgefallene Rezepte für einen „Abend im All" auf.

„Babe, du glaubst doch nicht im Ernst, dass ich bei diesem Wettbewerb der Selbstdarstellung mitspiele", sagte Nik und blies einen dicken Rauchkringel in die Luft.

„Du würdest natürlich wieder Wollwürste und Kartoffelsalat servieren."

„Mmmh!" Nik leckte sich die Lippen.

Typisch!, konstatierte Reiner. Aber bitte. Ich werde mir nicht vorwerfen lassen, unser Leben zu kontrollieren.

So ist ein bayrischer Abend daraus geworden, und es gibt tatsächlich Wollwürste mit Reiners Kartoffelsalat. Das alles – entgegen Niks Wunsch – auf einer weißblauen Tischdecke mit echten Maßkrügen.

Sobald jeder auf sein Plätzchen gerutscht ist, begibt Nik sich an den Herd.

Etienne sieht die Würste und sagt: „Bestimmt so was von Witzigmann, mit Hummer und Meeresfrüchten", und Reiner möchte am liebsten im Boden versinken.

„Aber nicht doch", erwidert Nik lächelnd. „Bei uns kommt nur die Wahrheit auf den Tisch. Stimmt's, Reiner?"

Das Fett prasselt, und Nik wendet die Würste.

„Wow, das ist ja genial", sagt Robert, der den ersten Teller serviert bekommt. „Und wir haben uns schon gefragt, wie ihr den Opernabend toppen wollt."

Reiner ist sich bei all der Ironie unter seinen Gästen nicht sicher, ob das nun als Lob oder als Verarschung gemeint ist.

„Saure Ritterzipfel hätten aber auch gut gepasst", frotzelt Andi.

„Ja, und G'wichste dazu. Allein die Vorstellung!" Andis Freund Gerry spießt ein Stück Wurst auf und leckt hingebungsvoll daran.

„Ich hatte ja was anderes geplant", entfährt es Reiner.

„Bin ich neurotisch, oder spüre ich hier Spannungen im Raum?", fragt Etienne und schaut abwechselnd von Nik zu Reiner.

„Du bist neurotisch", antwortet Nik schnell und wirft ihm ein künstliches Lächeln zu. Reiner nimmt schnell sein Bierglas und trinkt es mit großen Schlucken leer.

Als Nik die letzten beiden Teller aufträgt, schlingt er die Arme um Reiner, lehnt den Kopf an ihn und streichelt ihm über die Brust.

Reiner, überrascht von der unerwarteten Demonstration der Zuneigung, hält Nik an den Hüften fest, und dann weiß er auch, was ihm fehlt: das Gefühl, zu Nik zu gehören. Die anderen Paare scheinen so vertraut, das Leben gehört ihnen gemeinsam: gemeinsame Pläne, gemeinsame Entscheidungen, gemeinsame Zukunft. Reiner dagegen kommt es vor, als lebten er und Nik nur nebeneinander her. Zusammengehörigkeit hat er gesucht, aber mit Nik nicht gefunden.

„Ach, schaut sie an, die Turteltäubchen. Das ist doch unglaublich", sagt Dani, der erst ein halbes Jahr mit seinem Mike auf dem Buckel hat. „Fast neun Jahre zusammen und noch immer voll der Liebe. Sag mal, welche Drogen nehmt ihr eigentlich?"

Nik schaut Reiner an, aber der stiert auf seinen Teller.

„Die Droge heißt Liebe", antwortet Nik gelassen und breitet die Serviette über seinen Schoß. „Wenn man sich wirklich liebt, übersteht man schon die eine oder andere Krise. Stimmt's, Babe?"

Reiner schaut in die Runde, die ihn erwartungsvoll anstarrt. „Stimmt! Ohne Liebe geht nix."

„Und was gibt's zum Nachtisch?", fragt Mike, als Reiner sich daran macht, die Teller abzutragen.

„Bayrische Creme, natürlich", sagt Etienne, der für seine sexuellen Anspielungen bekannt ist. „Nichts Geringeres wäre einem Abend unter Mädels angemessen."

Nik hatte geplant, Kaiserschmarrn zu backen, aber Reiner stellt eine große Schüssel hellgelber, schaumiger Masse auf den Tisch.

„Nein!", sagt Etienne und schlägt die Hände zusammen. „Eine Götterspeise aus Natursekt, wie einfallsreich!"

„Das ist eine Zabaione aus selbst angesetztem Bierlikör", erklärt Reiner. „Zwar nicht hundertprozent bayrisch, aber ..."

„Wir wissen ja, dass dir Italien gehört", springt Etienne Reiner zur Seite. „Du hast es gekauft, und seither ist die Zabaione ein bayrisches Nationalgericht!"

Während die Jungs Reiner für seine Kochkünste loben, wirft Nik ihm einen „Du bist doch unverbesserlich"-Blick zu. Reiner grinst stolz zurück.

„Nun sag doch endlich, warum du nicht mehr mit Carlo zusammen bist."

„Teuerste Roberta, lass dir gesagt sein." Etienne hebt den Zeigefinger. „Liebhaber sind schlecht für die Figur. Du bist ein leuchtendes Beispiel dafür." Dann schnippt er die Asche seiner Zigarette affektiert ab.

Robert errötet. Er hat im letzten Jahr tatsächlich heftig zugenommen.

„Sag's ihm nur!", heizt Franz an. „Von mir will er es ja immer nicht hören."

„Ist doch sein Bauch", kommt Nik ihm zu Hilfe, der sieht, wie Robert immer mehr in sich zusammensackt.

„Ja, aber auch seine Gesundheit", sagt Franz. „Und wenn er einen Herzinfarkt kriegt, muss ich damit leben."

„Ich finde auch, dass man als Partner dazu was sagen darf", sagt Reiner. „Sich um den anderen kümmern gehört doch auch mit zu einer Beziehung."

Etienne hört den aggressiven Unterton in Reiners Stimme und stellt fest, dass er doch Recht gehabt hat. Um Reiner zu bremsen, wirft er ihm einen fragenden Blick zu, aber der ist so mit sich beschäftigt, dass er das nicht mitkriegt. So wechselt Etienne schnell das Thema: „He, wer hat Lust, Montagabend ins Kino zu gehen? Da zeigen sie doch immer schwule Filme."

Andi gibt die Frage an Gerry weiter: „Wollen wir?"

„Oh, das ist ja eine Ausgeburt an Selbständigkeit!", frotzelt Etienne. „Nur keine eigenen Entscheidungen treffen, das schadet der Symbiose."

„Ich geh mit", sagt Reiner; Nik schaut er dabei nicht an.

„Könnt ihr mal lüften?" Andi wedelt den Rauch vor seiner Nase weg.

Etienne greift hinter sich und öffnet das Fenster sperrangelweit.

„Zieht dir das nicht zu sehr?", fragt Reiner. „Wir können auch das Fenster in der Küche aufmachen."

„Ach, ich leide gerne. Andrea will ja atmen. Solange sie nur glücklich ist." Etienne legt sich beide Hände wie im Schmerz auf die Brust und macht sich so über die symbiotische Beziehung von Andi und Gerry lustig.

Es ist noch nicht elf, da seufzt Etienne laut auf und steckt sein Feuerzeug in die Zigarettenschachtel. „Tja, meine Lieben, für mich wird es langsam Zeit."

Mike schaut ihn fragend an.

„Eine geschäftliche Verabredung", erklärt Etienne mit einem Augenzwinkern. „Ihr versteht ..." Dann steht er auf und geht.

Kaum fällt die Tür ins Schloss, lästert Mike: „Das Bett ist noch warm von Carlo, da geht er schon wieder jagen."

„Ich find ihn mit seinen Mädchennamen ohnehin sehr anstrengend. Ich hasse es, wenn man mich als Frau anspricht."

„Und diese maßlosen Übertreibungen, einfach nervig."

„Hatten wir nicht ausgemacht, dass nur Paare zu diesen Treffen eingeladen sind?"

10.

Reiner schließt die Spülmaschine und schaltet sie ein. Nik setzt sich an den Tisch. Reiner zieht ihm die fleckige Tischdecke voller Brotkrümel unter den Ellenbogen weg und schüttelt sie auf dem Balkon aus und bringt sie dann ins Bad.

„Nik?"

„Was, Babe?"

„Wir müssen reden."

Nik beugt sich nach vorn. „Worüber?"

Reiner setzt sich zu ihm. „Ich ... finde, dass es zwischen uns nicht mehr stimmt. Wir unternehmen nichts miteinander, jeder lebt vor sich hin, und ab und zu nehmen wir uns mal in den Arm."

„Und woran meinst du liegt das?"

Reiner spürt einen Anflug von Ärger in sich aufflammen. „Zum Beispiel daran, dass du kein Interesse hast, was anderes zu tun, als Gitarre zu spielen, Fußball zu gucken und mit Musikern abzuhängen."

„Ich hab doch diesen Umesser-Firlefanz mitgemacht, oder nicht?"

„Ja, aber mit welcher Laune?"

„Muss ich mich jetzt auch noch freuen, wenn ich meine Zeit verschwende?"

Reiners Kopf fühlt sich plötzlich furchtbar schwer an. Er stützt sich auf. „Kannst du nicht mal mit mir in eine Kneipe gehen? Oder mal tanzen? Oder zum Straßenfest? Ist es so schwer, Spaß zu haben?"

„Das interessiert mich alles nicht, Reiner, das weißt du. Aber wenn du das tun willst, mach das doch!"

„Und was ist das für eine Beziehung, wenn jeder nur noch sein Ding durchzieht?"

„Ich weiß nicht, was es für dich ist."

„Und für dich?"

„Unsere Verbundenheit. Ich denke an dich, und noch bevor ich zum Hörer greifen kann, rufst du an. Es tut mir gut, zu wissen, dass es dich in meinem Leben gibt. Ich freue mich, wenn ich nach Hause komme und du bist da."

Reiner hört angestrengt zu. „Das kann ich von Etienne auch sagen, mal abgesehen davon, dass ich nicht mit ihm lebe."

Nik schaut Reiner durchdringend an. „Egal, was passiert, ich werde immer für dich da sein. Kannst du das auch über Etienne sagen?"

Reiner schlägt die Augen nieder. In den entscheidenden Momenten ist Nik wirklich immer da gewesen. Trotzdem stimmt etwas nicht. Haben wir uns denn auseinander gelebt? Ist es überhaupt möglich, mit jemandem ein Leben lang dieselben Interessen zu teilen? Das würde ja voraussetzen, dass man sich entweder nicht entwickelt – was ohne Zweifel grässlich wäre – oder parallel entwickelt, was in Anbetracht der Unterschiedlichkeit von Menschen unwahrscheinlich ist. Sind gemeinsame Interessen also überhaupt ein Kriterium in einer langjährigen Beziehung?

Reiner schaut auf.

Nik lächelt ihn an. „Komm her!", sagt er und breitet seine Arme aus, aber Reiner schüttelt den Kopf. „Ich bin todmüde, ich geh ins Bett."

11.

Reiner kommt ziemlich abgehetzt am Kino an. „Hallo, Etienne. Sorry!"

„Liebes, meine Haare sind ganz grau geworden, so lange warte ich hier schon. Wo warst du nur?" Er schnippt die Asche echauffiert von seiner Zigarette.

„Ich komme direkt von der Spätschicht, die Übergabe hat länger gedauert. Hast du schon die Karten?"

„Es *giiiiibt* keine mehr, stell dir vor!" Etienne stemmt die Faust in die Hüfte und macht ein entsetztes Gesicht. „Ich habe mir natürlich sofort den Geschäftsführer kommen lassen und gesagt, Schätzchen, wenn ihr so mit eurer Kundschaft umgeht ..."

Reiner lacht lauthals los. „Ah, du bist herrlich. Ich könnte dir stundenlang zuhören." Dann nimmt er Etienne in den Arm.

„Na, wenigstens lachst du wieder. Hör mal, Liebes. Bei euch stimmt doch was nicht. Das rieche ich Meilen gegen den Wind."

Reiners Gesicht verfinstert sich. „Merkt man das?"

„Komm, Liebes, wir gehen jetzt ein Bier trinken, und dann erzählst du mir alles! So kann es nicht weitergehen, du siehst ja tausend Jahre älter aus."

Etienne steckt sich eine weitere Zigarette an. „Ihr seid im verflixten siebten Jahr, mit nur einer klitzekleinen Verspätung. Das vergeht, glaub mir!"

„Meinst du?", fragt Reiner und bedeutet dem Wirt, ihm noch ein Bier zu bringen. „Was mich irritiert, ist, dass ich Nik zwar mag, aber es fehlt ... na etwas, verstehst du?"

„Weil du zu viel arbeitest. Da vergeht einem doch alles."

„Das stimmt nicht." Reiner trinkt einen Schluck Bier. „Als ich in Berlin war, hatte ich was mit jemand."

„Du Sau!", sagt Etienne mit einem Augenzwinkern und knufft ihn in die Rippen.

„Da hab ich dieses Etwas sehr wohl gespürt, und ich hab mich erinnert, dass ich das mit Nik auch mal hatte. Verdammt lang her."

Etienne drückt die Zigarette aus. „Willst du damit sagen, dass du nur noch aus Gewohnheit mit ihm zusammen bist?"

Reiner fährt sich durchs Haar. „Ich weiß es nicht."

„Das solltest du aber herausfinden, meine Liebe. Du bist nicht mehr die Jüngste, vergiss das nicht!"

12.

Würde Susanne ihre Ellenbogen nicht auf dem Tisch abstützen, sähe sie aus wie ein nasser Kittel, der an einem verbogenen Kleiderbügel hängt.

„Wann trennst du dich endlich von ihm?", fragt Reiner, weil er keine Lust mehr hat, sich immer wieder die Klagen über ihren Verlobten anhören zu müssen.

Die junge Frau richtet sich bestürzt auf. „Aber ich liebe ihn doch!"

„Hast du nicht Angst, eines Tages aufzuwachen und zu merken, dass du dein Leben in der falschen Beziehung verschwendet hast?" Diese Frage stellt sich ihm in letzter Zeit immer häufiger.

„Nein!", antwortet sie empört und zieht eine Zigarette aus der Schachtel. „Das wüsste ich schon rechtzeitig."

„Wie denn?"

Sie lässt das Feuerzeug aufflammen, saugt am Filter und denkt nach. „Keine Ahnung. Das weiß man eben."

Wenn es nur so einfach wäre, sagt sich Reiner. Er grübelt nun schon seit Wochen, wägt das Für und Wider seiner Beziehung ab, stellt sie gänzlich in Frage, redet mit Nik darüber, mit seinen Freunden, ja sogar mit seiner Schwester, aber er weiß es eben nicht. „Du brauchst ein bisschen Abstand", sagte Etienne auf dem Heimweg. Vielleicht hat er ja Recht.

Reiner tauscht mit Kollegen, um mehr Nachtschichten zu bekommen und an den Wochenenden arbeiten zu können, an denen Nik frei hat. Seine Freizeit verbringt er an der Isar, im Englischen Garten oder in schwulen Cafés. Zeit für sich, das ist ihm neu, denn bisher hat er sich immer bemüht, möglichst viel mit Nik zusammen zu unternehmen. Und von den Fragen, die ihn ständig begleiten, einmal abgesehen, tut ihm das Alleinsein gut: Ich muss keine Rücksicht auf Niks Wünsche nehmen, ich kann tun, was ich will, ich kann mein Leben leben.

Nik spürt, dass Reiner sich mehr und mehr entzieht. Am Anfang ist er froh, Reiners finsteres Gesicht nicht mehr so oft zu sehen, weniger Vorwürfe über sich ergehen lassen zu müssen und von den ewigen Zweifeln seines Freundes mal verschont zu bleiben. Eine Weile lang schien es sogar, als würde es Reiner besser gehen. Er wirkte ausgeglichener, nahm es mit der Ordnung in der Wohnung entspannter und war nicht mehr so feindselig gestimmt. Aber jetzt, nach mehr als drei Wochen, hat Nik das Gefühl, dass der Abstand zwischen ihnen immer größer wird. Als wäre Reiner dabei, emotional auszuziehen.

Als Nik am Abend nach Hause geht, kommt Reiner ihm frisch gestriegelt entgegen. „Hey, warte mal", sagt Nik und hält ihn fest. „Können wir reden?"

Reiner schaut auf die Uhr. „Worüber?"

„Was ist denn los mit dir?" Nik bemüht sich um einen freundlichen Ton, dennoch rutscht es ihm kühler heraus als geplant.

„Was mit mir los ist? Du meinst, weil ich deinen Dreck nicht mehr wegputze, nicht mehr auf allen vieren vor dir herumrutsche und nicht mehr ständig darauf warte, dass du etwas mit mir unternimmst?"

Nik schaut ihn entgeistert an; mit so einer Antwort hat er nicht gerechnet. „Wo nimmst du nur diese Wut her?"

„Denk mal drüber nach!"

„Die hat nichts mit mir zu tun", sagt Nik bestimmt.

Reiner sieht, dass er ihn getroffen hat. „Ach nein? Dann muss ich vermutlich mal wieder selber damit fertig werden", sagt er. Es sollte ein Vorwurf werden, aber als er raus ist, bleibt der bittere Geschmack der Erkenntnis, dass er so unwahr nicht gesprochen hat. Er dreht sich um und geht.

Alles reden ist für die Katz, denkt Nik verbittert und schaut ihm hinterher. Reiner kann ja nicht mal sagen, was ihm fehlt. Das geht nun schon seit Monaten so, nur dass die Abstände zwischen den Auseinandersetzungen immer kürzer werden, jede immer heftiger ausfällt und es jedes Mal ein bisschen länger dauert, bis sie wieder normal miteinander reden können.

Nun ist Reiner zum ersten Mal aus einer Auseinandersetzung geflüchtet, obwohl sie sich einmal versprochen haben, zu reden, bis geklärt ist, was geklärt werden muss.

13.

An einem heißen Samstag im Juli stiert Hannes auf die Motorhaube, die die Straße Kilometer für Kilometer in sich hineinzufressen scheint. „Wir müssen reden!"

„Worüber?", erwidert Jürgen. Es klingt herausfordernd und streitsüchtig.

Sie leben neunzig Kilometer voneinander entfernt, und genau so empfindet Hannes die Beziehung auch. Oder eher wie neunzigtausend.

„Wir reden doch andauernd! Ich weiß gar nicht, was du hast", fährt Jürgen fort. „Reden, reden, reden. Also gut, dann sag doch, wenn du wieder mal was loswerden musst! Na los! Sprich schon!"

Und Hannes schweigt.

Jürgen betritt die Party seines Ex, als wäre er derjenige, auf den alle gewartet haben. Hannes bleibt an der Tür stehen und schaut den Lippen seines Freundes zu, die wie ein Schmetterling von einer Wange zur nächsten flattern. Er selbst kennt hier niemanden, und Jürgen scheint gar nicht daran zu denken, ihn den anderen vorzustellen.

Zu zweit ist ihre Beziehung noch erträglich, aber Situationen in der Öffentlichkeit machen Hannes immer wieder aufs Neue klar, dass er an seinen Freund nicht herankommt. Er sollte es beenden, aber er kann nicht. Etwas lässt ihn festhalten. Dieses Etwas, das selten in Form einer Umarmung oder eines Lächelns zu Tage tritt, ist es ihm wert.

Samstag früh stellt Hannes die Kühltasche mit den Getränken in den Kofferraum, bevor sie zum Baden fahren.

„Es macht dir doch nichts aus, wenn Martin mitkommt, oder?", fragt Jürgen.

Hannes denkt nach. „Welcher Martin?"

„Du weißt schon, der Große von der Party gestern Abend."

Es reicht Jürgen also nicht, sich in den Büschen vom Isarspitz herumzutreiben, denkt Hannes, er muss auch noch jemanden mitnehmen, damit er garantiert Sex kriegt. Na warte, Bürschchen!

Am Fluss und durch die Büsche klebt Hannes an seinem Jürgen und diesem Martin wie ein Schatten. Er weiß, dass er sie nicht immer daran hindern kann, aber heute, wenigstens heute kann er es versuchen.

„Und jetzt ins *Edelheiß*?"

„Großartige Idee", sagt Martin.

Sie betreten die Kneipe, und wieder bleibt Hannes an der Tür stehen. Dieser Martin ist offensichtlich mit der halben Szene bekannt, denn ständig wird er begrüßt, geküsst und umarmt, Jürgen an seiner Seite als Busenfreund integriert.

Sie rutschen auf die Bank, und Hannes setzt sich dazu. Er hasst Martin, und er hasst alle, die ihn begrüßen, küssen und umarmen.

„Ach, du liebe Güte, sie auch noch", ruft Martin, als ein etwas beleibterer Enddreißiger im roten Karohemd hereinkommt. Hinter vorgehaltener Hand zischelt er Jürgen zu: „Die hatte ich schon zweimal. Ganz nett, aber bevor sie sich hinlegt, muss man sich das ganze Drama mit ihrem Ex anhören. Schrecklich!"

„Bussi, Bussi, Teuerste", empfängt er kurz darauf seinen Two-Night-Stand, und Hannes möchte Martin am liebsten eine knallen.

„Ach, Martin, das Lifting sieht man dir kaum an."

Hannes steht dieses aufgesetzte Szenegeplauder bis zum Hals. Er möchte weg, aber das will er Jürgen auf keinen Fall zu verstehen geben, sonst würde der es nur als Vorwand nehmen, um ohne Hannes weiterzuziehen.

„He, Martin." Ein junger, schlanker Typ klopft Martin auf die Schulter.

Hannes schaut kurz auf. Im Gegensatz zu den anderen sieht der Neue wenigstens aus wie jemand, dem es nicht darum geht, mit Jürgen Sex zu haben.

„Ach, dass du mal wieder raus darfst! Das ist Reiner", stellt Martin vor und schaut ihn dabei hungrig an. „Reiner, das sind Jürgen und Hannes."

Reiner nickt den beiden zu. Jürgen wirkt desinteressiert, und dieser Hannes ist ein richtiger Stinkstiefel, schließt er. Aber er hat was. Hinter diesem schmollenden Rückzug steckt eine Verletzung, eine Sensibilität, eine Sehnsucht, die Reiner neugierig macht. „Ist bei euch noch ein Plätzchen frei?"

Hannes zieht bedacht langsam an seiner Zigarette und bewegt sich keinen Millimeter. Bald hockt das ganze G'schwerl hier, sagt er sich erbost.

Reiner setzt sich an die Kante mit gerade so viel Körperkontakt zu Hannes, dass es nicht respektlos ist, aber genug, um ihn zu spüren.

Hannes schaut verwundert auf.

Ein Blick in diese trüben Augen bestätigt Reiner seine erste Einschätzung. „Kommt ihr von außerhalb?", fragt Reiner und wendet sich an Hannes, nicht nur, um ihm eine Antwort zu entlocken, sondern auch um einen Vorwand zu haben, ihn besser anschauen zu können: weit über vierzig, Drei-Tage-Bart, ruhig wie ein Berg, stechend blaue Augen von Schwindel erregender Tiefe. Reiner hätte nichts dagegen, ihn zu trösten.

„Sieht man uns das an?", erwidert Jürgen die Frage.

„Nein, ich hab euch nur noch nie hier gesehen. Wo kommt ihr her?"

„Ich komm aus Kitzingen, und er aus Fürth", sagt Jürgen trocken; Hannes zieht wortlos an seiner Zigarette.

„Und was macht ihr in München?"

Hannes beobachtet Reiner aus dem Augenwinkel heraus: Seine Stimme gefällt ihm, er scheint nicht so ein oberflächlicher Mensch zu sein wie die anderen. Aber am meisten Aufmerksamkeit widmet Hannes seinem linken Schenkel, der Reiner berührt. Diese Wärme ...

„Mein Ex hat seinen Vierzigsten gefeiert", sagt Jürgen, „und heut waren wir baden. Wo war das?"

„Am Isarspitz", sagt Martin.

Reiner gibt auf. Wenn dieser Hannes nicht reden will, dann soll er es bleiben lassen. „Die Bedienung schläft mal wieder", sagt er und erhebt sich. „Ich hol mir mal ein Bier. Wir sehen uns."

Hannes schaut zu, wie Reiner aufsteht und an die Bar hinübergeht. Obwohl er so jung ist, liegt eine Schwere in seinen Bewegungen, als trüge er eine schwere Last.

Martin klopft Reiner zum Abschied auf die Schulter. „Tschau."

„Tschüs", sagt Jürgen.

Hannes will wortlos gehen, aber Reiner hält ihn auf: „Ich wünsch dir alles Gute."

Hannes schaut verdutzt auf. In einer schwulen Kneipe hat das noch nie jemand zu ihm gesagt. Dann sieht er Reiner auf sich zugehen, spürt Arme, die ihn halten, und Lippen so sanft, dass es ihm schwer fällt zu widerstehen.

„Wenn du mal Lust hast, ruf mich an!", sagt Reiner und steckt ihm einen Zettel in die Brusttasche.

Hannes schaut Reiner noch einmal an, wie um zu prüfen, ob er träumt, und folgt dann seinen Freunden verwirrt in die warme Nacht hinaus.

Jürgen und Martin senken ihre Stimmen, sobald er auf die Straße tritt. Sie haben sich verabredet, vermutet Hannes, und zu seinem Erstaunen berührt es ihn nicht.

„Tja, dann", sagt Jürgen und schüttelt Martin demonstrativ distanziert die Hand. „Ich wünsch dir was."

„Ich dir auch", sagt Martin und zwinkert.

Ihr mich auch, denkt Hannes und bricht den Filter von seiner Zigarette, steckt sie sich in den Mund und zündet sie an. Er kann kaum glauben, dass Jürgen nach Hause will, denn es ist gerade mal zehn.

„*Tschü-hüs*, Hannes." Martin winkt, Hannes nickt und folgt Jürgen, der sich Richtung Sendlinger Tor in Bewegung setzt. Es sollte ihn ärgern, dass Jürgen nicht einmal sagt, was er vorhat, aber auch das stört ihn nicht. Hannes ist zu sehr mit der Frage beschäftigt, wie Reiner den letzten Satz gemeint hat: „Wenn du mal Lust hast, ruf mich an!" Anrufen, wenn ich möchte, oder lag die Betonung eher auf der Lust? Und warum hat er *mich* geküsst, aber nicht die anderen?

Als Hannes Reiners Kuss nachschmeckt, spürt er die Worte in sich aufsteigen. „So geht das nicht weiter, Jürgen. Ich hab die Nase voll."

Jürgen stopft die Hände noch tiefer in die Taschen seiner kurzen Hose und rollt die Schultern nach vorn, wie um sich vor starkem Regen zu schützen. Ab und zu seufzt er laut auf.

„Ich weiß, dass dir das lästig ist, wenn ich dir sage, was ich denke, aber ich habe es satt, wie eine türkische Mutti hinter dir herzutraben. Für jeden hast du Worte, mit jedem kannst du lachen und herumalbern, nur mit mir nicht. Als wäre ich gar nicht da. Inzwischen stellst du mich nicht mal mehr vor."

„Bist du jetzt endlich fertig?", fragt Jürgen genervt.

Nein, Hannes ist noch lange nicht fertig, aber er versteht, dass es keinen Sinn hat zu sprechen. Jürgen fehlen nicht nur die Worte, es fehlt ihm auch das Verständnis.

Reiner zahlt gerade, als sein Handy brummt. *Kurzmitteilung* steht auf dem Display. *Es war schön, dich kennen zu lernen. Würde mich freuen, dich wiederzusehen. Hannes.*

Reiners Herz klopft. Er hat schon befürchtet, einen Affen aus sich gemacht zu haben, als er Hannes seine Handynummer zugesteckt hat. *Gerne. Jederzeit. Ruf einfach an! R.* schreibt er zurück.

Kaum ist die Nachricht weg, flattert schon die Antwort herein: *Versprich nichts, was du nicht halten kannst! Ich suche einen Freund. H.*

Ohne nachzudenken, antwortet Reiner frech: *Beinhaltet diese Freundschaft auch Sex?* :-). Er zögert, bevor er auf den Knopf drückt, weil ihm ein wenig mulmig wird. Dann tut er es doch, und starrt danach erwartungsvoll auf das Handy.

Die Antwort lässt auf sich warten. Statt der SMS ein Anruf. „Hallo, Reiner, hier ist der Hannes."

Reiners Herz pocht im Hals, so stark, dass er nicht sprechen kann. Er geht nach draußen auf die Straße, damit er Hannes besser versteht.

„Hallo?"

Reiner räuspert sich. „Ja, ich ... Schön, dass du anrufst."

„Ich hab mir gedacht, wenn du schon so freche SMS schickst, dann kann ich dich auch frech anrufen."

„Ja, äh, ja. Was meintest du mit ‚Ich brauche einen Freund'?"

„Ich hab mit meinem Lover so viel Stress, und ich kann mit keinem reden."

„Der Typ war dein Freund?"

„Glaubt man gar nicht, gell?"

Doch, das kann Reiner sehr wohl glauben. „Sag mal, wo bist du jetzt eigentlich?"

„Ich steh in Neuhausen vor der Wohnung von Freunden, bei denen wir übernachten."

„Willst du nicht in die Stadt kommen? Der Abend ist jung."

Der Wagen schaukelt über Wurzeln und durch die Schlaglöcher des unbefestigten Waldwegs.

„Park hier vorne!", sagt Reiner. „Den Rest gehen wir zu Fuß."

Hannes stellt den Wagen ab. Ein leichter Nachtwind rauscht durch die Bäume, die zu singen scheinen. Hannes nimmt die Matten und Handtücher aus dem Kofferraum und schließt zu.

„Komm, hier entlang!" Reiner tastet sich vor. Die Nacht wird zwar vom Mond erhellt, aber unter dem dichten Blätterwerk ist es finster. Die Dunkelheit scheint ihm ein guter Vorwand, um Hannes anzufassen. Er greift nach seiner Hand. „Geht's?"

„Schon okay." Hannes erwidert seinen Händedruck, bleibt dann stehen, zieht Reiner an sich heran und gibt ihm einen innigen Kuss. Reiner weiß nicht, was er sagen soll und zieht Hannes wortlos weiter. Der Boden wird immer weicher, er federt unter ihren Schritten.

Sobald sie aus dem Wald hinaustreten, stehen sie vor einem See, der im Licht dieser hellen Sommernacht wie eine Glasscherbe schimmert. Dahinter die Berge wie geraffter Samt.

Sie hören das Wasser ans Ufer schlagen, mit jedem Schritt sinken sie tiefer in den moorigen Boden. Flattern, Rascheln, ansonsten ist es still. Um ein halbwegs trockenes Plätzchen auf dem platt gelegenen Schilf zu finden, müssen sie lange suchen. Hannes rollt die Matten aus und legt die Handtücher darauf.

Reiner zieht sich das T-Shirt über den Kopf, Hannes tut es ihm nach. Als sie sich bücken, um aus ihren Hosen zu schlüpfen, stoßen ihre nackten Hintern aneinander.

Reiner spürt das Blut in seinen Unterleib schießen und rennt ins Wasser, schwimmt in den seidig weichen

See hinaus und dreht sich erst weiter draußen um, weil er befürchtet, Hannes könnte ihm die Erregung ansehen.

Hannes steht noch am Ufer, aber er hat sich aufgebaut, die Hände in die Hüften gestemmt. Und weil im Nachtlicht die Konturen zerfließen, wirkt es fast so, als würde er auf seine Körpermitte zeigen.

Reiners Erregung steigt.

„Ist es kalt?", fragt Hannes.

„Nein, es ist pipiwarm."

Hannes steigt ins Wasser, taucht unter, schiebt eine Welle vor sich her, bis die Oberfläche des Sees bricht und zuerst die Finger, dann die Hände und der Kopf sichtbar werden und Hannes schließlich wie eine schwere Galeere auf dem Wasser treibt. Alles an ihm ist schön, die Muskeln, die unter der Haut tanzen, wenn er seine Arme hebt, um das Wasser vom Gesicht zu streichen, der Brustkorb, der sich wie ein Trichter aus dem schmalen Becken emporschraubt, die eckigen Schultern. Und jede seiner Bewegungen ist von einer Bedächtigkeit, von einer Stärke, die Reiner das Gefühl gibt, er könnte sich an ihn anlehnen.

Wenn Hannes Reiner so mit dem Bauch nach oben treiben sieht, die nassen Locken ans Haupt geklebt, kommt er ihm noch dünnhäutiger und zerbrechlicher vor als angezogen. „Das war eine gute Idee", ruft er.

„Nicht wahr?"

Hannes schwimmt auf ihn zu, fühlt das Wasser an seinen Flanken entlangstreichen und genießt die Empfindung. Reiner wirft sich herum und spritzt ihm Wasser ins Gesicht. Hannes dreht sich weg und hält die Hand schützend vor die Augen. „Ich trage Kontaktlinsen."

„Sorry", sagt Reiner und rudert an ihn heran. „Das wusste ich nicht."

Hannes schüttelt den Kopf. Er öffnet die Augen, blinzelt, schließt sie wieder. „Schon okay."

Reiner legt eine Hand auf Hannes' Schultern und küsst seine Lider. Hannes zieht ihn fest an sich heran, dann spürt er etwas Hartes zwischen seinen Beinen. Ihre Zungen tasten behutsam, gleiten zwischen Zähnen und Wangen, schmecken den Atem des anderen.

„Mir wird kalt", sagt Reiner.

Hannes dreht ihn auf den Rücken und schiebt ihn wie ein Stück Treibholz ans Ufer, und Reiner erinnert sich, wie er als Kind von seinem Vater gehalten wurde, bis er das Schwimmen lernte.

Sie klettern über das glitschige Gras hinaus und suchen ihren Platz. Sobald Reiner sein Gesicht abgewischt hat, rubbelt er Hannes den Rücken trocken.

Hannes dreht sich um und nimmt Reiner in den Arm. Er spürt die kühle Haut, die warme Zunge. Reiner schmeckt das Nikotin in Hannes' Mund und den hitzigen Atem. Er zieht Hannes auf die Matten, das Schilf knistert. Hände auf seinem Körper, Hannes' Zunge auf seinen Wangen, seinem Hals, der Brust. Er kratzt über seinen Rücken, wirft sich auf ihn und beißt ihn in den Rücken, hart, bis Hannes zuckt, dann rollt er herum und zieht ihn über sich, schiebt sich zwischen seine Beine.

In diesem Licht sehen die Bäume auf der anderen Seeseite aus, als wären sie mit Zucker bestreut. Hannes steht auf, klemmt sich die Zigarette zwischen die Lippen und geht ans Wasser.

Reiner schaut zu, wie er sich wäscht, wie er zurückkommt, die Zigarette im Mundwinkel, die Arme abgespreizt, sodass es nicht auf den Körper tropft, der Fußballergang, die Brust. Und als Hannes sich neben ihn setzt, lässt Reiner sich zurückfallen und starrt auf die Wolken, die über sie hinwegziehen.

Hannes stützt sich neben ihn auf die Ellenbogen und kommt mit seinem Gesicht nah an Reiners heran. Er ist so umsichtig, fällt Hannes auf. Er tut, was Jürgen schon lange nicht mehr tut.

Weil seine Gedanken in eine Richtung jagen, die ihm nicht behagt, fragt er: „Warum bist du eigentlich Krankenpfleger geworden?"

Reiner stützt sich auf und lacht. „Meine Oma erzählt jedem, dass Humpelliese daran schuld ist."

„Humpelliese?"

„Liese hieß unsere Katze. Ein Auto hat sie angefahren, und weil sie danach humpelte, haben wir sie Humpelliese genannt. Und um die habe ich mich dann gekümmert, obwohl ihr außer dem bisschen Humpeln nichts gefehlt hat. Viecher kommen mit so was ja ziemlich locker zurecht."

Reiner streicht Hannes ein paar Wassertropfen von der Brust und bettet dann seinen Kopf darauf.

„Dann bist du also wegen einer Katze Krankenpfleger geworden?"

„Das ist nur die Story meiner Oma. Ich hatte halt immer schon das Bedürfnis, für andere da zu sein. Mir ihre Probleme anzuhören, ihnen zu helfen, sie zu trösten."

„Eine Florence Nightingale also." Hannes stützt sich auf und schaut in das mondbleiche Gesicht, das in den Himmel starrt. Er ist versucht, es zu streicheln, aber er hält sich zurück.

„Ach, du darfst auch Mutter Teresa zu mir sagen", sagt Reiner und lacht.

„Und wer kümmert sich um dich?" Hannes legt sich wieder hin, mit dem Arm als Kissen unter dem Kopf.

Reiner überlegt. „Gute Frage. Nik jedenfalls nicht."

„Du hast einen Freund?"

Reiner setzt sich auf. „Traust du mir keinen zu?"

„Quatsch. Du hast bisher nur keinen erwähnt."

„Das sagt doch alles, oder?" Es klingt so erschöpft.

Hannes stützt sich wieder auf. „Entweder stehst du nicht zu ihm, oder zwischen euch klappt es nicht mehr." Er kratzt sich am Kopf. „Was letztendlich auf dasselbe hinausläuft."

Der Mond zeichnet tiefe Schatten unter Reiners Augen. „Wir murksen seit Monaten rum."

„Das ist gar nichts. Ich murkse schon seit drei Jahren rum."

Reiner springt auf und bringt sich in den Schneidersitz. „Was?" Nun wird ihm auch klar, warum Hannes so verschlossen war und gleichzeitig so hungrig nach Nähe. „Wie hältst du das aus?"

Das fragt sich Hannes schon lange. Reiners Aufschrei weckt ein neues Gefühl in ihm, so etwas wie Scham. „Sich zu trennen ist nicht so einfach."

„Vielleicht müsste man es mal ausprobieren", sagt Reiner.

Hannes horcht auf. „Wie? ‚Ich zieh mal aus und schau, ob's mir besser geht. Wenn nicht, dann komm ich wieder'?"

„Das ist ein bisschen krass formuliert. Aber ist es nicht so, dass manche Paare erst durch eine Trennung zueinander finden?"

Hannes hat oft den Eindruck, dass Jürgen sich nur deshalb so rücksichtslos verhält, weil er sich Hannes' so sicher wähnt. „Aber das Risiko ist auch verdammt hoch, nicht? Was ist, wenn du zurück willst, dein Partner sich aber mit der Trennung pudelwohl fühlt?"

„Und was ist, wenn dein Partner mit der Trennung nicht klarkommt?"

„Was meinst du?"

„Manchmal hab ich die Angst, Nik könnte sich was antun, wenn ich ihn verlasse."

„Das ist kein guter Grund, um mit jemandem eine Beziehung zu haben. Auch du, Florence, hast das Recht, glücklich zu sein."

Reiner boxt Hannes auf den Arm. „Hab ich denn keine Verantwortung?"

„Fragen, Fragen, Fragen", sagt Hannes und legt sich zurück. Sein Ellenbogen schmerzt vom Aufstützen, und es überwältigt ihn, dass er die Antworten eigentlich alle hat und sie trotzdem nicht umsetzen kann. „Ich will das nicht mehr!", sagt er, nimmt einen tiefen Zug; der Schein der Glut färbt seine Augen rot.

Ich will das nicht mehr! Das kann auch Reiner sagen. Er beugt sich nach vorn, geht auf alle Viere und küsst Hannes' Bauch. Zentimeter für Zentimeter, lauter kleine, sanfte, liebevolle Küsse. Sie versprechen Trost, und sie erzählen von Sehnsucht. Küsse auf die Brust, Küsse auf den Hals, Küsse auf die Wange.

Als Reiner Hannes' Mund sucht, nimmt der seinen Kopf fest zwischen die Hände. „Reiner, das geht mir zu schnell."

Reiner verharrt. Erstarrt. Dann steht er auf und sucht seine Klamotten zusammen. Hannes setzt sich hin und schaut Reiner dabei zu, wie er in die Hosenbeine seiner Jeans schlüpft. „Warte!"

Aber Reiner reagiert nicht.

„Tu das nicht!" Hannes kniet sich hin, umklammert ihn mit seinen festen Pranken und zieht ihn zu sich herunter.

Reiner versucht sich zu befreien, aber Hannes hält ihn noch fester, packt seine Hände und hebelt seine Beine aus, fängt ihn auf und schließt ihn in die Arme.

Reiner atmet schwer, aber er hält still.

„Es ist zu früh", flüstert Hannes und streichelt Reiner durchs Haar. „Ich bin mit Jürgen nicht fertig, du nicht mit Nik."

Reiner entspannt sich, verlagert das Gewicht nach vorn und lehnt sich an Hannes an.

„Wir können im Moment bessere Freunde füreinander sein als Liebhaber, glaub mir."

Reiner schlingt seinen Arm um Hannes und drückt sich fest an ihn heran.

Morgens um sechs gibt Nik auf. Er kann einfach nicht einschlafen. Das Bett neben sich ist immer noch leer. Weil es ihm zu anstrengend ist, aufzustehen und die Vorhänge aufzuziehen, zupft er im Halbdunkel Tabak auf ein Blättchen und rollt es zu einer Zigarette. Es geht wie von selbst, das muss es auch, denn er nimmt in sich etwas wahr, das seine ganze Aufmerksamkeit fordert. Als wären seine Gefühle Musik, laut und lebendig, und etwas dreht die Lautstärke herunter, weiter und weiter, bis er am Ende nur noch das Kratzen der Nadel auf der Schallplatte wahrnimmt. Er weiß, dass die Musik da ist, aber erkennen kann er sie nicht mehr. Das kommt ihm bekannt vor. Woher, daran kann er sich beim besten Willen nicht erinnern. Aber er hat eine Ahnung, dass es kein gutes Zeichen ist.

Die Vorhänge sind zugezogen. Es ist zu dunkel, um etwas zu erkennen, aber Reiner ahnt, dass Nik im Bett sitzt und ihn anstarrt, er kann es fast spüren. Deshalb geht er direkt unter die Dusche, lässt sich beregnen und lehnt den Kopf an die Fliesen. Sein Körper prickelt, als hätte er Fieber. Das Wasser fühlt sich gut an.

Langsam seift Reiner sich ein und spürt den kleinen Verletzungen nach, die er sich vor wenigen Stunden beim Sex mit Hannes zugezogen hat. Er erinnert sich daran, wie er in den Armen gelegen und sich aufgehoben gefühlt hat, gehalten, getragen, alles, was ihm Nik schon lange nicht mehr geben kann. Reiner verfolgt den Strom von weißem Schaum, der seine Brust hinunterkriecht, sich in seinem Nabel fängt und über seinem Schwanz teilt. Am liebsten würde er sich hier drin verschanzen.

Er stellt das Wasser ab, rubbelt sich trocken und geht ins Schlafzimmer hinüber, um Wäsche aus dem Schrank zu nehmen.

„Wo warst du?", hört er Nik fragen.

„Willst du mir Vorwürfe machen?"

„Wir haben ausgemacht, nie über Nacht wegzubleiben. Wir haben ausgemacht, anzurufen, wenn es später wird. Du hältst dich nicht an unsere Abmachungen. Warum tust du das?"

„Warum tust du *das*?"

„Was?"

„Da sitzen und mir das Gefühl geben, ich hätte ein Verbrechen begangen?"

„Du hast unsere Abmachung nicht eingehalten. Ich frage nur, warum."

Reiner will diese Diskussion nicht nackt führen. „Wir haben was ganz anderes abgemacht", sagt er, während er in die Unterhose schlüpft. „Nämlich uns zu lieben und füreinander da zu sein. Was ist denn daraus geworden?" Er schlüpft in ein T-Shirt.

„Ich war immer für dich da."

Die Hose. „Das denkst du vielleicht! Aber deine therapeutischen Ratschläge hätte ich auch von einem Freund kriegen können. Von dir habe ich mir Liebe gewünscht."

„Und wie sieht die deiner Meinung nach aus? Wie ein Paket mit einem hübschen Schleifchen drum?"

„Ja, zum Beispiel. Wann hast du mir zum letzten Mal was geschenkt?"

„Ach, du willst dich doch nicht wegen der Geschenke trennen, die du nicht bekommen hast."

„Was liebst du denn an mir?", fragt Reiner herausfordernd und zieht sich die Socken an.

Nik hält still, und Reiner würde zu gern wissen, was er tut.

„Siehst du, du kannst mir diese Frage nicht mal beantworten."

„Natürlich kann ich sie beantworten. Was mich wundert, ist, dass du sie offensichtlich nicht beantworten kannst."

„Dann tu's doch!" Reiner spürt, dass sich seine Miene siegessicher verzieht, eine Mimik, die ihm an sich selbst nicht gefällt.

„Ich kann mit dir reden, Babe. Du bist nicht so hohl wie neunzig Prozent der Typen da draußen. Dein Leben dreht sich nicht ausschließlich um Schwulsein. Wir empfinden ähnlich, wir denken ähnlich."

„Ja, aber nur, weil ich bisher immer getan habe, was du wolltest."

Nik wird klar, dass Reiner nicht nach einer Lösung sucht. Er will nichts klären, er will nur alles aufzeigen, was schlecht ist, und das Gute unter den Tisch kehren. Nik schiebt die Decke zur Seite und kriecht ans Bettende. „Was ist nur mit uns geschehen?"

Reiner steht mit fest verschränkten Armen vor dem Schrank.

„Wo ist mein Babe, das sich mit mir nachts in die Wiese gelegt und in den Himmel geschaut hat? Wo ist der Verrückte, der als Liebesbeweis vom 10-Meter-Brett gesprungen ist, obwohl er sich dabei fast in die Hose gemacht hätte? Wo ist unsere Sehnsucht nach Nähe geblieben? Wir schweigen oder schreien uns an, anfassen fällt uns schwer. Das sind doch nicht wir."

Reiner schnaubt. „Was haben wir denn noch gemeinsam? Warum sind wir überhaupt noch zusammen?", fragt er leise. „Wir sind doch nicht mehr als eine Wohngemeinschaft."

„Ist das alles, was du für mich empfindest?"

Nik ist nun nah genug, dass Reiner ihn sehen kann, und starrt in seine Augen. Am liebsten würde er ihm eine knallen. Er versteht seine eigene Wut nicht.

„Wenn du wirklich keine Gefühle mehr für mich hast, Babe, machen wir Schluss. Aber wenn dir etwas nicht passt, dann lass uns versuchen, es zu ändern. Gib uns eine Chance!" Und weil Reiner nicht antwortet, fragt Nik. „Oder hast du schon einen anderen?"

Reiner denkt an Hannes und an Günter. Nein, es hat nichts mit den beiden zu tun. Zwischen ihm und Nik stimmt es schon lange nicht mehr. Er war nur so sehr mit dem Alltag beschäftigt, mit dem „*Wie* kriege ich das hin?", dass er sich nie gefragt hat, *ob* er es überhaupt noch hinkriegen will. „Nein", antwortet er.

Nik geht auf die Knie, zieht Reiner zu sich heran und nimmt ihn in die Arme. Früher hat Niks Umarmung Reiner entspannt, jetzt fühlt sie sich wie eine Fessel an.

14.

Keine drei Wochen später beugt Reiner sich über Nik, um besser aus dem Fenster schauen zu können.

„Du kannst die Skyline von hier aus nicht sehen. Sie ist viel zu weit weg." Nik ist blass, er atmet flach und presst sich tief in seinen Sitz.

Als Reiner ihm einen fragenden Blick zuwirft, wiegelt Nik ab. „Es ist das Kreisen über dem Flughafen. Es macht mich nervös."

So richtig glauben kann Reiner ihm das nicht. New York war so ziemlich das Letzte auf Niks Reiseliste. Er hat nur deswegen eingewilligt, weil er von Reiner einen gemeinsamen Urlaub verlangt hat, um zu sehen, ob ihre Beziehung nicht doch noch zu retten ist.

Als sie endlich landen, rollt das Flugzeug eine weitere Viertelstunde über das verzweigte Netz der Landebahnen, bevor es an einer Gangway andockt. Die Motoren fahren herunter, das Dröhnen in den Ohren klingt nach, die Luft wird schnell stickig.

Lange Schlangen vor der Passkontrolle. Als Reiner endlich an der Reihe ist, steht er einer afroamerikanischen Beamtin gegenüber. Aber es ist nicht die dunkle Hautfarbe, die ihn erschreckt, sondern der finstere Gesichtsausdruck. *„Hi."* Reiner versucht freundlich zu lächeln, weil er sich eingeschüchtert fühlt.

„Zu welchem Zweck sind Sie in die *US of A* gereist?"

„Bitte?" Er schaut sich hilflos nach Nik um, weil seine Sprachkenntnisse kaum ausreichen, um Englisch zu verstehen, und der amerikanische Akzent ihn überfordert.

Nik will an den Schalter herantreten, aber die Beamtin hebt abwehrend die Hand, ohne Nik auch nur eines Blickes zu würdigen.

„Business oder privat?"

„Privat."

„Wie lange?"

„Fünf Tage."

„Wo?"

Reiner zieht die Buchungsbestätigung für das YMCA aus dem Rucksack.

Sie drückt wortlos einen Stempel in seinen Pass und gibt ihn zurück. „*Next!*"

Als auch Nik sein Visum bekommen hat, streben beide auf die Gepäckausgabe zu. Nik wirkt noch abwesender, als Reiner das gewöhnt ist. Sie laden ihre reichlich verschmutzten Reisetaschen auf den verbeulten Gepäckwagen und schieben sie an den Sicherheitsleuten vorbei, die so schlecht sitzende und schäbig wirkende Polyesteruniformen tragen, dass es Reiner schwer fällt, sie für echt zu halten. Die Pistolen und Schlagstöcke überzeugen.

Sobald sie durch die schwere Glastür vor das Flughafengebäude treten, hat Reiner den Eindruck, jemand hätte ihm eine schallende Ohrfeige erteilt. Höllenlärm von der Baustelle gegenüber, mehrere Busse, die mit den Taxis ein Wettrennen zu veranstalten scheinen. Das größte Problem jedoch ist die bedrückende Schwüle, die ihm nach dem Aufenthalt im eisgekühlten Innenbereich des Flughafens zu schaffen macht.

„Ich habe dich gewarnt", sagt Nik und kneift die Augen zusammen, um im grellen Sonnenlicht die Schilder ausmachen zu können, dann steuert er auf eine Haltestelle zu.

„Wie kommen wir in die Stadt?", fragt Reiner.

„Wir nehmen die U-Bahn. Taxis sind rasend teuer."

Überwältigt folgt Reiner Nik durch das Chaos. Im Bus, der sie zur Station bringt, lehnt er sich nicht an, weil die Klimaanlage unsichtbares Eis auf ihn herunterbläst. Dann wieder die Hitze im Freien. Sie schieben sich in die erste Bahn Richtung Innenstadt, obwohl der Waggon schon voll ist. Die Türen klemmen sogar Reiners Rucksack ein. Dann stehen sie eng an ein Paar und deren beiden Kinder gepresst, zwischen ihnen die Kühlbox, Kassettenrekorder und Sonnenschirm. Gleich daneben ein rotnasiger Mann, der Selbstgespräche führt, und eine junge, dunkelhäutige Dame im Nadelstreifenkostüm, die mit ihrem langen Fingernagel versucht, eine Wimper aus dem Auge zu streichen.

Reiner schaut nach draußen: Barackensiedlungen, ein gigantischer Friedhof mit Blick auf Manhattan und endlich auch die lang ersehnte Skyline. Dann tauchen sie in einen Tunnel ein, der sie unter dem East River hindurch in „die" Stadt befördert.

Reiners Faszination für New York begann schon im Kunstunterricht, als sie sich mit Architektur beschäftigten, mit dem Empire State Building, dem Woolworth, dem Flatiron. Ihn interessieren die Museen, allen voran das *Museum of National History* mit dem Originalskelett eines Dinosauriers, und natürlich das Manhattan von Woody Allen. Aber vor allem wünscht er sich, dass Nik ihm zeigt, wo er jahrelang gelebt hat. Um ihn besser zu verstehen, um vielleicht wieder näher an ihn heranzukommen, um vielleicht doch noch etwas zu finden, das ihn mit Nik verbinden könnte.

Sie beziehen ihr winziges Zimmer, und obwohl beide müde sind, drängt Reiner, noch etwas zu unternehmen. Nik führt ihn in den Central Park hinauf, weil er hofft, dass es unter den Bäumen kühler ist. Sie nehmen die Lexington Avenue zur berühmten 57sten Straße und schleppen sich vorbei an edlen Designerläden und Restaurants, die schon von weitem zu schreien scheinen: „Alles unter 100.000 Euro Monatsgehalt halte sich fern!". An jeder

Straßenecke Obdachlose, Verrückte, Lärm, Abgase; klebriger Schweiß auf der Haut.

Nik muss Reiner zur Seite ziehen, weil er sonst über einen Hydranten gestolpert wäre, denn er hat den Kopf ständig im Nacken, um an den Wolkenkratzern emporzuschauen, dem protzigen Trump Tower, dem majestätischen Chrysler Building, dem edlen Plaza Hotel. Nun, da Reiner sie live erlebt, fühlt er sich wie eine Ameise.

Nik schwenkt in den Central Park und geht quer hindurch, bis zu einem Platz. In seiner Mitte ein Kreis aus einem Mosaik mit drei Blumensträußen, die bereits die Köpfe hängen lassen. Ein sehr kräftiger Herr Anfang vierzig und mit beginnender Glatze lässt sich auf dem Boden nieder und bringt sich in Pose, eine Frau, vermutlich die seine, kniet mit einer Kamera vor ihm. „Willst du es küssen?", fragt sie.

Er winkt verärgert ab: „Nun mach schon, ich komme mir wie ein Idiot vor."

Sie kichert und drückt auf den Auslöser.

Nik setzt sich auf eine Bank und zieht den Tabakbeutel aus der Tasche. „Ist das nicht bewegend? John Lennon ist schon zwanzig Jahre tot, und noch immer legen die Leute Blumen auf seinem Denkmal nieder."

Reiner weiß, dass der ermordete *Beatle* Nik viel bedeutet, deshalb lässt er sich auf die Verschnaufpause ein. „Hier ist das Dakota, vor dem er erschossen wurde." Nik deutet auf das große Wohnhaus an der Ecke, in dem Yoko Ono noch lebt. „Und dieses Stück vom Park wird *Strawberry Fields* genannt. Der Mann hat echt was bewegt."

Nik sinniert, so lange, bis die Zigarette herabbrennt. Bewunderung schwingt in dem mit, was er erzählt, und Reiner fragt sich zum ersten Mal, ob Nik sich als Verlierer fühlt. Als Jugendlicher träumte er von einem Leben als Musiker. Und so weit Reiner das beurteilen kann, ist Nik tatsächlich gut. Aber mehr als Backgroundmusik im Studio einzuspielen und hier und da in einer Kapelle alte Herrschaften zum Tanzen zu animieren, ist aus dem Traum nicht geworden.

Als sich Nik eine weitere Zigarette dreht, wird Reiner ungeduldig: „Zeigst du mir jetzt, wo du gewohnt hast?"

Nik leckt das Blättchen ab und rollt den Tabak zusammen, so dass Reiner für einen Moment den Eindruck gewinnt, Nik hätte ihn gar nicht gehört, dann sagt er: „Es ist schon nach acht. Lass uns das morgen machen, Babe, okay? Ich bin sehr müde."

Als ob man dafür wach sein müsste, denkt Reiner.

Nach dem Frühstück, das Nik zu Reiners Erstaunen ungewöhnlich ausgiebig zelebriert, steht Nik schwerfällig auf und fährt mit ihm hinunter ins Schlachthofviertel, watet mit ihm durch den Gestank verwesenden Fleisches vor das Haus, in dem er fast zwei Jahre zugebracht hat. Das Gebäude erinnert Reiner an ein überdimensionales Tortenstück, das jemand zwischen zwei Straßen vergessen hat.

„Die Fenster vorn an der Spitze gehörten zu unserem Zimmer."

„Unserem Zimmer?"

Nik erzählt ihm zögerlich, dass er in einer Wohngemeinschaft gewohnt hat, mit Fred, einem Mittdreißiger, der querschnittsgelähmt war, weil ihn ein Drogensüchtiger durch die Wohnungstür hindurch angeschossen hatte. „Ich glaube, die Wohnung gehörte ihm sogar, ganz klar wurde uns das nie." Und Damon war da, ein selbst ernanntes Medium, das sie als wandelnde Wetterstation nutzten, weil er nur dazu zu gebrauchen war. Den Fehlschlägen entgegnete er: „Hey, ich übe noch, okay?" Und weil Niks Geld für ein eigenes Zimmer nie reichte, teilte er sich seines mit dem Gitarristen Scott Harrison. Er war zwar nicht George Harrison und schon zweimal kein John Lennon, aber immerhin.

„Dein Lover?", fragt Reiner.

Nik schüttelt nur kurz den Kopf, bevor er weitererzählt, dass die Wohnung nur an den Tagen beheizt wurde, an denen das Büro unter ihnen besetzt war. Dafür hatten sie immer frisches Fleisch, das sie aus den Hallen klauten, denn einen vollen Unterhalt hätte Nik nicht bestreiten können.

„Klingt ziemlich romantisch", sagt Reiner und sieht in Niks Augen, wie dumm seine Bemerkung war.

Nik tritt an das Gebäude heran und legt seine Hand an eine der gusseisernen Säulen, die es stützen. Die Fleischhallen sind einer schicken Shoppingmall gewichen, in der sich eine Galerie mit ziemlich wüster Kunst befindet, ein Coffeeshop und ein Unterwäscheladen namens *Freudian Slip*.

Als Reiner sieht, dass Nik darüber schmunzelt, fragt er: „Was heißt das?"

„Freud'scher Versprecher." Dann deutet er auf den vierstöckigen Ziegelbau mit gusseisernen Feuerleitern auf der anderen Straßenseite. „Bei dem Koreaner haben wir so ziemlich alle anderen Lebensmittel gekauft. Früher hatte er immer Bottiche mit Eukalyptus vor dem Laden. Der Duft hing über der Straße, da bist du dir wie in Australien vorgekommen."

Nik geht hinüber. „Hier habe ich meine erste Mango gegessen."

Mangos, Papayas und anderes tropisches Obst liegen aufgeschnitten und in Plastikschälchen verpackt auf Eis.

„Willst du was?", fragt Reiner.

Nik kratzt sich am Kopf. „Nein."

Was Nik erzählt, scheint Reiner so unwirklich, so wenig greifbar, als ob er nur die Hälfte preisgäbe. Mit Informationen über seine Vergangenheit ist er immer sparsam gewesen. „Das ist vorbei", lautet sein Motto, „Wer an der Vergangenheit festhält, der hat keine Zukunft."

Reiner bohrt nach: „Und was hast du hier gemacht?"

„Musik. Ich hab's zumindest versucht. Aber das weißt du doch."

Reiner starrt ihn an und versucht ihn zu verstehen. „Ist denn niemand von damals übrig? Du hast mir doch mal von diesem Bassisten erzählt."

„Jack?"

„Der den Plattenladen aufgemacht hat. Lass uns mal sehen, ob es den noch gibt."

Nik kneift die Augen zusammen. „Ich weiß nicht." Dann fährt er sich durchs Haar.

„Komm schon, Nik, bitte!"

Nik schleppt sich mit Reiner in der brütenden Mittagssonne quer durch Lower Manhattan ins East Village. Nachdem Niks Schwester ihm den Job in München besorgt hatte, hängte auch sein bester Freund Jack die Musik an den Nagel, ein „Bassist von Gottes Gnaden mit dem Selbstbewusstsein einer Maus", wie Nik ihn beschreibt, worauf ein Menschen fressendes Business wie die Musikbranche keine Rücksicht nimmt. Jack eröffnete den Plattenladen *Final Vinyl*.

„Findest du nicht, dass es sich wie ein Altersheim für Rockmusiker anhört", fragt Reiner.

„Nein, eher wie ein Beerdigungsinstitut für silikonbusige Hollywoodblondinen."

Nik starrt auf das Gebäude. Der Plattenladen ist dem *Space Center 1-0-1* gewichen, das Videospiele an Kids mit Baseballmützen und viel zu großen Hosen verkauft.

„Siehst du? Weg", sagt Nik und steuert auf die U-Bahn zu.

Reiner schaut ihm hinterher. Er hätte erwartet, dass Nik traurig darüber sein würde, aber er schien erleichtert.

Nachdem der Besuch ehemaliger Lebensstationen Nik schwermütig und noch verschlossener gemacht hat, beschließt Reiner, seinen Freund in den nächsten Tagen durch die Museen zu schleppen. Am Tag vor ihrer Abreise sitzen sie in ihrem winzigen Hotelzimmer auf dem Bett. Obwohl die in die Fensterscheibe eingebaute Klimaanlage rattert, brennt die Sonne auf der Haut, weshalb sich beide an die Wand lehnen, wo es etwas Schatten gibt.

„New York ist schon immer eine schnelle Stadt gewesen", sagt Nik leise, „jetzt hat sie sich selbst überholt." Es klingt mehr als melancholisch. Fast schon wie aufgegeben.

Reiner spürt, dass Nik ihn braucht, aber er kann sich einfach nicht dazu bringen, ihn anzusprechen, geschweige denn, ihn in den Arm zu nehmen. Deshalb starrt er weiter auf die Mattscheibe, tut so, als würde er der Quizsendung folgen, und stopft dabei einen Schokoriegel nach dem anderen in sich hinein.

„Du hast dich längst verabschiedet, stimmt's?" sagt Nik.

Dieser Satz trifft Reiner so sehr, dass er gar nicht antworten kann.

„Babe?"

Reiner zögert. Er hat Angst, das einzig Wahre auszusprechen. „Es stimmt einfach nicht mehr", antwortet er schließlich. Leise, kaum laut genug, um das Gequake aus dem Fernseher, das immer wieder von künstlichem Applaus unterbrochen wird, zu übertönen.

„Vielleicht hast du recht", sagt Nik. Es klingt einstudiert, als hätte er nur auf das Stichwort gewartet. Als wäre es längst klar und müsste nur noch ausgesprochen werden.

Erleichtert findet Reiner endlich genug Kraft, sich seinem ehemaligen Lebensgefährten zuzuwenden. „Lass uns Freunde bleiben", sagt er, aber es klingt leblos, unwirklich, eben wie die Floskel, die es letztlich ist.

„Unsere Freundschaft wird anders aussehen, als du es dir jetzt vorstellst, Babe", sagt Nik und starrt ihn mit beängstigend weiten Augen an. Sie sehen aus wie Knöpfe aus Glas, über die jemand Sandpapier gerieben hat. Dann klettert er über Reiner hinweg und zieht Schuhe an.

Reiner ringt noch um Worte, weil er weiß, dass es jetzt nötig wäre zu sprechen, da knallt Nik schon die Tür hinter sich zu.

Von wegen, wer in der Vergangenheit lebt, hat keine Zukunft, denkt Reiner. Für Nik ist die Vergangenheit schlichtweg zu bedrohlich.

15.

Gleich nach ihrer Rückkehr beginnt Reiner damit, seine Klamotten auszusortieren. T-Shirts, alte Hosen, die nicht mehr passen, eine Jeansjacke mit einem Tintenfleck, die schon seit Jahren ungetragen im Schrank hängt.

Als Nik nach Hause kommt, stellt er sich schweigend in die Schlafzimmertür und schaut ihm zu.

Wenn Reiner allein ist, galoppieren seine Gedanken wie ein Pferd mit Scheuklappen auf das neue Ziel zu, aber wenn Nik dabei ist, verliert er es aus den Augen, lahmt, bleibt stehen. Mit hängendem Kopf.

Nik bückt sich und zieht einen Pullover aus dem Haufen Altkleider heraus. „Den hab ich dir zum Geburtstag vor zwei Jahren geschenkt. Weißt du noch?"

Natürlich erinnert sich Reiner, aber was soll das?

„Und das T-Shirt hast du angehabt, als wir mit deiner Schwester und Nicole in Kärnten Urlaub gemacht haben."

„Nik, bitte!"

„Wir sind mit dem Boot gerudert und hatten plötzlich keine Kraft mehr umzukehren."

Reiner reißt Nik das T-Shirt aus der Hand und wirft es zurück auf den Boden. „Und?"

„Willst du das wirklich alles einfach so wegwerfen?"

Reiner sieht, wie Niks Augen rot werden, wie Nik vor ihm in die Knie geht, seine Beine umklammert und zu weinen beginnt. „Geh nicht, Babe! Bitte geh nicht! Ich halt das nicht aus."

Mit New York hatte Reiner den letzten Versuch unternommen, und dieser Urlaub hat ihm noch deutlicher gemacht, dass er mit Nik nicht mehr leben will. Er muss gehen, bevor er anfängt, ihn zu hassen. „Nik, bitte. Das hat doch keinen Sinn."

Reiner versucht, Nik an den Schultern nach oben zu ziehen, aber der lässt es nicht zu.

„Bitte! *Nik!*" Er streicht ihm über den Kopf und versucht dabei, ihn vorsichtig wegzuschieben, bis Nik ablässt, die Nase hochzieht und an die Wand rutscht, um sich anzulehnen. „Es gibt doch einen anderen", sagt er.

„Nein, verdammt!", fleht Reiner. „Es hat nichts mit einem anderen zu tun." Und fast hätte er gesagt: „Ich kann dich nicht mehr ertragen. Mich nervt deine Art zu essen, wie du dich bewegst, deine ständige Qualmerei ..."

„Okay", sagt Nik gefasst. „Ich bleibe, du gehst." Und beim letzten Satz schaut er Reiner an, direkt in die Augen mit einem Blick, der ihn wie eine Lanze aufspießt. „Und du brauchst nicht zu meinen, dass du irgendetwas mitnimmst. Alles hier in dieser Wohnung gehört in unsere Beziehung, und du bist derjenige, der sie verlässt. Also nimm deine Zahnbürste und hau ab!"

In dieser Nacht schlafen sie zum ersten Mal in getrennten Räumen, Nik im Schlafzimmer, Reiner auf dem Gästebett im Arbeitszimmer, so nah an Niks Gitarre, dass er sie fast riechen kann. Und er hasst sie. Er hasst sie abgrundtief.

Am Morgen, es ist noch dunkel, schleicht Nik zu ihm. „Schläfst du?"

„Wie denn?", fragt Reiner und merkt, dass sein Hals eng ist.

Nik kniet vor dem Bett nieder. „Babe, das meinst du doch nicht ernst. Du willst doch nicht wirklich gehen, oder?"

Reiner streckt die Hand unter der Decke hervor und streichelt Niks Wange. Es tut ihm Leid, dass es Nik so schwer fällt. Aber es gibt kein Zurück. Nicht jetzt. Nicht in diesem Moment. Reiner braucht Abstand. Er braucht sein eigenes Leben, um sich selbst zu finden, weil sich bisher alles immer nur um Nik gedreht hat. Und wenn er sich erstmal sortiert hat, wird alles besser.

Nik schiebt seinen Arm unter Reiners Nacken, hebt die Decke und kriecht zu ihm. Reiner legt sein Knie zwischen Niks Beine. Die Wärme, die Nähe, der Geruch. Das Vertraute kehrt zurück, so wie ein vergessener Schulfreund am Geburtstag plötzlich vor der Tür steht, und für eine Weile verschwinden die Sorgen über die bevorstehende Zukunft.

Das vertraute Gefühl hat einen weiteren Bekannten im Schlepptau, den Reiner und Nik früher oft zu Gast hatten: Sex. Alles geht wie von selbst, als würde es von Zauberhand gelenkt. Das Streicheln, das Halten, das Drücken, die Handgriffe, die Küsse …

Danach liegen sie still, als versuchten sie angestrengt, den Geräuschen der Stadt zu lauschen. Sie atmen sogar kaum, bis Nik aufsteht, sich auf den Bettrand setzt und fragt: „Hast du das eben aus Mitleid getan?"

Reiner weiß nicht, was er antworten soll. Er weiß schon lange nicht mehr genau, was er tut und warum. Es passiert einfach, als hätte er den Autopiloten eingeschaltet. Das Ziel ist klar, von der Route hat er jedoch keine Ahnung.

„Ich fahre für eine Woche weg", sagt Nik. „Nimm, was du willst. Wenn ich wiederkomme, muss das vorbei sein." Dann steht er auf und geht.

Reiner schaut ihm hinterher, dem schlanken, weißhäutigen Mann, dessen Körper er in mehr als neun Jahren in- und auswendig kennen gelernt hat und nun vielleicht zum letzten Mal nackt sieht. Dem er vielleicht nie wieder so nahe kommen wird. Und das Einzige, was ihm in den Sinn kommt, ist, dass er sich einen Moment wie diesen dramatischer vorgestellt hat. Tränen gehören dazu, ein Schmerz, irgendein Gedanke über den Verlust, aber Reiners Kopf ist leer, sein Körper taub.

Nik stopft ein paar Sachen in eine Tasche und schmeißt sie neben die Wohnungstür, dann öffnet er den Koffer. Die akustische Gitarre liegt in blauem Samt gebettet.

Reiner sitzt noch immer auf dem Bett, regungslos. Nik wartet einen weiteren Moment, ob Reiner vielleicht doch noch etwas sagen will. Ein „Warte!" würde ihm genügen. Aber Reiner scheint unwillig, auch nur mit einer Silbe auf die Situation eingehen zu wollen, deshalb flieht Nik aus der Wohnung und schlägt die Tür hinter sich zu.

Der Zug bringt ihn nach Freising, wo ihn sein alter Kumpel erwartet, mit dem er sich alle paar Jahre trifft. Tin, kurz ausgesprochen wie das englische Wort für „Blech".

Ein sehr avantgardistischer Name für das oberbayrische Flachland, zumindest während ihrer Jugend.

Tin heißt Konstantin, aber wenn sie mit ihrer Band Erfolg haben wollten, mussten die Bauernbuben-Vornamen markanteren weichen. So wurde Dominik zu Nik, Heinrich zu Ricky und Klemens zu Lemon. Nach der Amerikanisierung kam es ihnen vor, als würde ihr Haar doppelt so schnell wachsen, worauf Nik stolz war, bis sein Vater ihn beim Abendessen anschnauzte: „Rennst ja rum wie eine Pisskachel!" – womit er Frauen bezeichnete. Leder wurde zu ihrer zweiten Haut, Jeansjacken mit Aufnähern von brennenden Kreuzen und finsteren Totenkopfschädeln zu ihrem Markenzeichen. Lange bevor sie ihr erstes *Smoke on the Water* ins Mikrofon brüllten, hatten die vier Freunde als *Bitter Lemons* bereits einen Ruf.

Gegen den Bandnamen setzte Nik sich anfänglich zur Wehr. „Das ist ja so", argumentierte er, „als hätten sich die Pilzköpfe anstatt *The Beatles* die *Lustigen McCartneys* genannt, und John Lennon wäre gar nicht erwähnt worden." Aber dann wurde ihm klar, dass mit Klemens als Lemon dem Rest der Band das „bitter" blieb, und das brachte sein Lebensgefühl genau auf den Punkt.

Für das Logo verwendeten sie die schlanken, schlichten, schnörkellosen Kleinbuchstaben einer Schreibmaschine, um der Konvention zu trotzen und um schon optisch klarzumachen, dass sie dem trägen Lebensgefühl der Siebziger mindestens einen Schritt voraus sein wollten.

Die *Bitter Lemons* lärmten auf Privatpartys in Scheunen, ließen sich auf Schulfesten von ihren Freundinnen bejubeln, eroberten die Landdiskotheken und schafften es sogar in die Stadthalle von Freising. Das war zwar nicht das Fillmore East oder die Hollywood Bowl, aber es war ein Anfang, und der versprach viel.

„Nik. Der Geist meiner Vergangenheit!", ruft Tin und klopft ihm kumpelhaft auf die Schulter.

Tin, der Drummer der *Bitter Lemons*, den sie immer scherzhaft Ringo nannten, weil er anfänglich ebenso schlecht spielte wie der berühmte Schlagzeuger, sah in Nik immer den großen Bruder, den er selbst nicht hatte. Er schaute zu ihm auf, verehrte ihn, kümmerte sich um ihn, bis alles aus dem Ruder lief. Damals schimpfte Nik ihn einen Feigling. Erst viel später begriff er, dass Tin eine weise Entscheidung getroffen hatte, indem er in das biedere Leben dieser Kleinstadt zurückkehrte, den Hof seiner Eltern übernahm, heiratete und Kinder bekam. Nach der Scheidung versuchte er sich als Ökobauer, legte dann den Hof still und lebt nun von den Einnahmen, die ihm die EU für die brachliegenden Felder bezahlt, besser als von der ganzen Plackerei davor.

„Gute Reise gehabt?", fragt Tin und legt den Gitarrenkoffer auf die Rückbank.

Nik findet die Floskel treffend, denn ihm kommt sie tatsächlich einer Weltreise gleich. Diese Ecke der Welt hat er schon vor fünfundzwanzig Jahren von seiner inneren Landkarte gestrichen.

„Ich hab noch ein bisschen Jetlag", sagt er scherzhaft und steigt in den weinroten Transporter, der nach feuchtem Hund riecht.

Sie fahren an dem Haus vorbei, in dem Nik einen Teil seiner Kindheit zubrachte – den vermeintlich behüteten und doch so schutzlosen. Es lässt ihn kalt. Seine Eltern sind schon vor zwanzig Jahren in eine Villa an den Stadtrand gezogen, umgeben von einer hohen Mauer und Bäumen, die in den Himmel zu ragen scheinen.

„Hat sich alles ein bisschen verändert, was?"

„Verändert? Sieht aus wie eine neue Stadt." Nik deutet auf eine Backwarenkette. „War hier nicht der Bäcker, bei dem wir immer die Abziehbilder geholt haben?"

„Ja, du hast sie kartonweise gekauft, und die begehrtesten dann gegen teures Geld verschachert." Tin lacht und klopft Nik auf die Schulter. Nik erschreckt diese Erinnerung: Wie sich das Talent der Eltern doch auf die Kinder überträgt.

„Und hier hat deine Freundin Inge Thalhammer gewohnt. Kannst du dich an die noch erinnern?"

„Puh, ich bin ja noch weiter von hier weg, als ich geglaubt habe."

„Sie hat letzte Woche zum dritten Mal geheiratet." Tin wirft Nik einen Blick zu, der wohl viel sagen soll, was Nik aber nicht versteht.

„Sie hatte offensichtlich nie Glück mit Männern." Nik versucht zu lachen, aber es fällt ihm schwer.

Sie biegen von der Bundesstraße ab und steuern direkt auf den Bauernhof zu, auf dem Niks Vater geboren wurde. Weiter hinten, von der Straße nicht einsehbar, der Hof seiner Mutter. Bald darauf fahren sie in Tins Hof ein. Zwei Hunde laufen ihnen entgegen und springen bellend am Wagen hoch, und sobald sie halten, rennen sie auf Niks Seite, der eine fletscht die Zähne.

„Keine Angst", sagt Tin, „die beißen nur ins Fleisch, deine Knochen lassen sie heil."

Nik öffnet die Tür. Die Hunde weichen zurück und nähern sich dann vorsichtig wieder, bellen, springen auf, schnuppern und jagen schließlich davon.

Die Kiesel knirschen unter seinen Schuhen, während Nik auf das Haus zugeht. Eine Frau tritt vor die Tür; sie hat langes, schwarzes Haar und scheint so bewegungslos wie Mona Lisa.

„Anneliese, das ist Nik."

Sie schüttelt Nik die Hand. „Hab schon viel von dir gehört", sagt sie, und Nik fragt sich, was Tin ihr erzählt hat. „Kaffee?"

„Ja, setz mal eine Kanne auf! Ich zeige Nik derweil die Umbauten."

Auf dem Weg zum ehemaligen Hühnerbrutstall erzählt Tin dann, dass Anneliese mit ihrer fünfundzwanzigjährigen Tochter zu ihm gezogen ist und dass er Sex mit beiden hat. Nik freut sich, dass Tin wenigstens etwas aus ihrer gemeinsamen Vergangenheit mitgenommen hat.

Vor fünf Jahren hat Tin dann mit der Malerei angefangen. Er öffnet das Tor und lässt Nik in sein Atelier. „Jetzt zeige ich den frustrierten Ehefrauen der Großbauern, wie man dem grauen Alltag des Lebens einen bunten Anstrich verleiht", sagt Tin und strahlt. Nik ahnt, dass Tin das nicht nur mit Farbe tut.

Nik schaut sich auf dem Hof um. Er sollte ihm vertraut vorkommen, schließlich hat er hier einen Großteil seiner Kindheit verbracht. Aber er ist ihm so fremd, als wäre er zum ersten Mal hier.

Abends, als die beiden über einem Glas Apfelmost und einem vom Nachbarn selbst gemetzgerten Presssack zusammensitzen, fragt Tin dann seinen viel zu schweigsamen Freund: „Was treibt dich eigentlich hierher? Als ich vor zwei Jahren bei dir in München war, hast du noch geschworen, nie wieder einen Fuß hier rauszusetzen."

„Reiner und ich haben uns getrennt."

„Sapperlot." Tin legt das Messer weg und hört auf zu kauen.

„Wie das denn? Ich hab in euch das Traumpaar gesehen."

„Reiner meint, wir hätten uns auseinander gelebt."

„Und du?" Tin kaut weiter und schneidet sich noch ein Stück Wurst ab.

Nik zuckt mit den Schultern und rollt sich gedankenversunken eine Zigarette. „Ja, wir machen heute nicht mehr so viel zusammen wie früher. Aber ist das nicht normal? Geht das nicht jeder Beziehung so? Er lernt und macht Fortbildungen und hat einen Fulltimejob, und ja, ich kann mit seinen schwulen Freunden nicht viel anfangen, aber wir haben doch uns, jeden Tag, jede Stunde, auch wenn wir nicht zusammen sind. Ich kann einfach nicht glauben, dass es vorbei ist."

„Das kann man am Anfang nie. Ich weiß es auch erst, seit meine Alte versucht, mir unmöglich zu machen, meine Kinder zu sehen."

„Hast du denn nach der Trennung nie das Gefühl gehabt, dass ihr immer noch zusammengehört?" Nik zündet sich die Zigarette an und bläst einen dicken Schwall Rauch aus.

„Nein, ich war heilfroh, als sie endlich weg war."

„Siehst du. Und ich weiß ganz genau, dass es nicht vorbei ist. Etwas sagt mir, dass wir zusammengehören, egal, was jetzt passiert."

Tin nimmt Niks Hand und hält sie fest. „Mensch, Alter, lass bloß den Kopf nicht hängen!"

Nik schaut auf, sucht die Augen des Freundes und sieht ihn durch die Tränen verschwimmen.

16.

Eine Woche. Wie soll man in München innerhalb von einer Woche eine Wohnung finden? Reiner hat gleich ins Internet geschaut und Etienne angerufen, der versprochen hat, seine Fühler auszustrecken. Die anderen

Freunde will er noch nicht einweihen. Nun ist er auf dem Weg in die Klinik, um sich für das Schwesternwohnheim zu bewerben. Dort gibt es zwar jede Menge Wohnungen, aber bei den Münchener Mietpreisen noch viel mehr Bewerber, was ihm der zugeknöpfte Herr mit der zu großen Brille bestätigt.

„Können Sie es denn nicht ein wenig beschleunigen?", bettelt Reiner.

„Ich wüsste nicht wie", antwortet der Mann und schiebt seine Brille mit dem Knöchel des Zeigefingers nach oben.

Bück dich, und ich zeig's dir!, denkt Reiner, entscheidet sich dann aber doch für den hilflosen Dackelblick. „Hören Sie, mein Freund hat mich gerade verlassen." Vielleicht hilft dieser Klemmschwester ja die Vorstellung von meinem bevorstehenden Single-Dasein. Ihn damit zu ködern findet Reiner zwar nicht fair, aber in Zeiten des Krieges ...

„Oh, das tut mir aber Leid."

„Wir waren neun Jahre zusammen. Er hat mich einfach vor die Tür gesetzt", legt Reiner nach, um zu dramatisieren.

Der andere blättert in seinen Unterlagen.

„Ich bitte Sie, es muss doch eine Möglichkeit geben."

„Also, ich kann Sie auf der Warteliste ein paar Positionen nach vorn setzen, aber das ist auch alles. Für die nächsten drei Monate habe ich noch nicht mal eine Kündigung vorliegen. Ich kann Ihnen nur raten, dass Sie Anschläge an den Schwarzen Brettern der Stationen anbringen. So könnten Sie zumindest vorübergehend eine Wohnung untermieten."

Das ist doch zumindest eine Perspektive.

Schon am Nachmittag läuft Reiner von Station zu Station und heftet die DIN-A-4 Blätter mit seinem Wohnungsgesuch an die Türen der Stationszimmer und steckt sie im Wohnheim in die Briefkästen. Dann geht er zurück in die Wohnung und überlegt, was er mitnehmen soll.

Viel Platz wird er nicht haben. Er braucht Töpfe und Geschirr, und vielleicht eine Lampe. Der Computer muss mit, Nik benutzt ihn ohnehin nicht. Und die Pflanzen. Nik wird sich keinesfalls um sie kümmern. Mit Ausnahme des Küchenschranks hat Reiner nichts mit in die Wohnung gebracht. Den Rest haben sie gemeinsam angeschafft. Etwas davon mitzunehmen, kommt ihm vor, wie eine Wunde zu schlagen.

Dann geht er den Schreibtisch durch, um seinen Reisepass und die Kontoauszüge herauszunehmen, dabei fallen ihm ein paar Fotos in die Hände. Zu Beginn ihrer Beziehung haben sie viele geschossen: sie beide am Ufer des Inari-Sees in Väylä, Finnland. Nik schlafend unter einem Baum, während ihrer ersten Bergwanderung. Reiner nackt am Meer. Was soll damit werden? Wegnehmen will er sie Nik auf keinen Fall, das käme ihm vor wie Diebstahl. Abzüge machen lassen?

Sein Handy läutet. „Ich habe gerade Ihren Anschlag gesehen. Also meine Wohnung wäre vorübergehend zu haben."

17.

Nik wälzt sich in diesem fremden Bett hin und her, um sich von dem Bild der ausgeräumten Wohnung zu befreien. Wie konnte ich Reiner damit nur alleine lassen?, wirft er sich vor, dabei kennt er die Antwort schon: Er hätte unmöglich dabei zusehen können, wie er die Wohnung auseinander reißt. Aber wie soll er ihre gemeinsame Wohnung in dem Wissen betreten, dass sie ausgeräumt sein wird? Und wann wird er Reiner wiedersehen? Vielleicht ist Reiner noch gar nicht weg? Er könnte es sich doch anders überlegt haben.

Eigentlich wollte Nik bis Sonntag bleiben, aber er hält den Druck nicht mehr aus. Er springt aus dem Bett und packt seine Sachen.

„Und da denkt man immer, je mehr Läden es gibt, desto einfacher findet man, was man sucht", sagt Reiner. Er muss fast schreien, um die peruanische Folkloregruppe zu übertönen, die an diesem viel zu kühlen Oktobersamstag indianische Schlager in die Großstadt trägt. Reiner tastet nach der Hand von Hannes, denn die Menschenmassen, die sich in der Fußgängerzone drängen, lassen ihn sich unwohl fühlen. Würde er nicht dringend Vorhänge brauchen, um den Studenten von gegenüber den Einblick in sein Bett zu verwehren, wäre er lieber zu Hause geblieben.

Hannes erwidert den Händedruck. Die Nähe zu Reiner tut ihm gut, und er wünscht sich sehr, dass sich aus dem One-Night-Stand eine Freundschaft entwickelt. „So ist das nun mal in der Konsumgesellschaft. Zuerst wird dir alles Mögliche angeboten, und dann wird das wieder vom Markt genommen, was sich nicht schnell genug verkauft. Und jeder denkt, was für eine Auswahl er hat, und merkt gar nicht, wie er nach und nach uniformiert wird. Kannst du dich noch an den Karamellriegel *Die drei Musketiere* erinnern?"

„Ob ich mich daran erinnern kann?", fragt Reiner betont echauffiert. „Mein Lieber, das war mein Grundnahrungsmittel in den ersten beiden Schuljahren."

„Hallo, Reiner", sagt eine vertraute Stimme, und Reiner ist sich in dem Stimmengewirr nicht sicher, gemeint zu sein. Als er sich umdreht, sieht er sich Nik gegenüber.

„Hallo, Nik. Ich dachte, du kommst erst morgen wieder."

Nik schaut auf die Hände, Reiner lässt Hannes los. „Und ich dachte, du hättest dich nicht wegen einem anderen von mir getrennt."

„Aber ..."

„Du hättest wenigstens ein bisschen warten können."

Reiner fühlt sich schlecht. Er ist getrennt. Er sollte sich frei fühlen, zu tun und zu lassen, was und mit wem er will. Aber er fühlt sich schlecht, hier mit Hannes vor Nik zu stehen. Als hätte er Nik etwas Schlimmes angetan. Das macht Reiner so wütend, dass er völlig verstummt.

Nik wirft ihm noch einen verächtlichen Blick zu und dreht sich dann um, wird von einem Meer von Menschen weggespült wie Treibgut, wie ein Schuh, den man schon zu lange getragen hat und jetzt, weil man sich ein paar neue besorgt hat, einfach über Bord wirft.

18.

Die Rauchschwaden schweben wie Ufos in der Luft. Nik sitzt im Wohnzimmer und verfolgt ein Tennisspiel, das er aufgezeichnet hat, als das Telefon läutet.

„Nik! Das war kein neuer Freund. Hannes kenne ich ... schon lange. Wir sind wirklich nur Freunde-Freunde."

„Warum erzählst du mir das?", fragt Nik und legt die Zigarette ab, um sich das Haar aus dem Gesicht zu streichen.

„Ich weiß nicht. Ich wollte nicht, dass du denkst ..."

Nik nimmt die Zigarette wieder auf und zieht daran. „Warum soll ich das nicht denken?", fragt er ruhig.

„Weil ich dich nicht verlieren will."

„Kleb eine Briefmarke drauf und schick es an jemanden, den's interessiert", sagt Nik, dann hängt er ein.

19.

Reiner starrt auf die Bäume vor seinem Fenster, die von Tag zu Tag kahler werden, in der Luft liegt der angenehme Geruch von modrigem Laub.

Sich zu trennen ist das eine, allein zu leben, nachdem man sich so an das Zusammenleben gewöhnt hat, ist was ganz anderes. Jedes Mal, wenn Reiner nach Hause kommt, steht er mitten in einer erschreckenden Leere. Und nun steht auch noch diese Lüge im Raum.

Reiner hat gedacht, dass er Nik nach der Trennung sehen würde, regelmäßig mit ihm sprechen, gemeinsam essen, im Grunde hat er gehofft, dass ihr Leben so sein würde wie davor, nur eben noch ein bisschen getrennter. So viele schaffen das. Aber jetzt?

Er schaut im Spiegel, ob seine Zähne sauber sind, zupft sich die Haare zurecht und zieht die Wohnungstür hinter sich zu. Im Briefkasten findet er eine Benachrichtigung, dass ein Päckchen in der Poststelle des Krankenhauses für ihn abgegeben wurde. Sein Herz macht einen Sprung.

Schon während der Dienstübergabe ist er kaum bei der Sache. Sie beziehen die Betten frisch, wechseln die Infusionen und füllen die Schränke auf, dann meldet er sich ab, um auf die Poststelle zu laufen.

Das Paket hat die Größe einer Pralinenschachtel, auf dem Absender steht *Nik, in memoriam* und seine Adresse. Reiner nimmt es vom Tresen und schleicht damit zurück auf die Station. Sein erster Gedanke ist, dass sein Anruf wohl doch gefruchtet hat. Das „in memoriam" lässt ihn jedoch zweifeln. Reiner wiegt das Päckchen in der Hand, es ist nicht schwer, dann schüttelt er es vorsichtig, aber das Geräusch verrät nichts.

Reiner scheut sich, das Päckchen zu öffnen. Vielleicht hat Nik sich etwas Besonderes ausgedacht, das es ihm wieder schwer machen wird, an seinem Entschluss zur Trennung festzuhalten. Andererseits nimmt er auch so etwas wie eine Hoffnung in sich wahr, dass sich Nik nun, da er Reiner verloren hat, mehr um ihn bemüht, ihm mehr seine Liebe beweist.

Er fährt mit dem Aufzug in den dritten Stock und kann sich immer noch nicht entschließen, das Päckchen zu öffnen. Er will es in den Spind legen, wird dann doch von der Neugier überfallen, reißt es auf und findet die Fotos darin, die er bei Nik zurückgelassen hat. Obenauf ihre Gesichter, Kopf an Kopf. „Yin/Yang" hat Nik es genannt – weil er blond ist und Reiner dunkelhaarig –, es ist das Symbol der Einheit.

Reiner sinkt auf einen Stuhl. Der Anblick dieses Bildes macht ihn traurig. Er hat eine Trennung im Guten beabsichtigt. Mit dem Schicken der Fotos zieht Nik einen klaren Schlussstrich. Offensichtlich will er sogar die Erinnerung von Reiner aus seinem Leben haben.

Reiner schaut in eine Zukunft ganz ohne auch nur die Hoffnung auf Nik als Freund und entdeckt hinter der Trauer Erleichterung. Vielleicht ist es besser so, sagt er sich. Jetzt brauche ich kein schlechtes Gewissen mehr zu haben und kann mich wirklich frei fühlen, einen Mann zu finden, der mir das gibt, was ich wirklich brauche.

Aus den Augen, aus dem Sinn!

II.
Neues Spiel,
neues Glück

1.

Klaus wickelt sein Haar um die Bürste und fönt es, um die Spannkraft der Locken zu stärken; er hat es gerade blond getönt, maßvoll, damit es natürlich wirkt. Sobald das Haar sitzt und seinen Kopf wie eine leuchtende Löwenmähne umkränzt, putzt er sich die Zähne mit Raucherzahncreme. Er raucht zwar nicht, aber sie hilft, dass die teure Lackierung so weiß bleibt. Früher hat er sich für andere schön gemacht, jetzt tut er es für sich selbst. Er muss.

Klaus ist Mitte vierzig, und die Frauen fliegen immer noch auf ihn – ganz gleich ob Ärztinnen, Krankenschwestern oder Patientinnen, wohl weil er genau so aussieht, wie man sich die Hauptfigur in einem Arztroman vorstellt. Er hätte Gynäkologe werden sollen oder Schönheitschirurg, das hat Marc damals schon immer gesagt, aber Klaus ging in die Anästhesie.

Im Schlafzimmer tastet er nach dem Lichtschalter. Der matte Schein verleiht dem Zimmer Konturen. Ecken, Ecken, überall Winkel und Kanten, eine scharfe, gefährliche Welt, über die selbst der flauschige Velours unter seinen Füßen nicht hinwegtäuschen kann.

2.

Reiner schlendert zum Krankenhaus-Kiosk und hadert mit sich: Es ärgert ihn, dass er wieder mit dem Rauchen angefangen hat. Er weiß auch, dass Selbstvorwürfe nicht der Weg sind, damit aufzuhören. Aber Zigaretten kaufen und nicht darüber nachdenken kann er auch nicht.

Sein Blick fällt auf einen Typen, der „Schönheit" nur so schreit: blondierte Fönwelle, sonnenbankgebräunt, schneeweißes Gebiss. Der Mann kneift die Augen ein wenig zusammen und schaut hierhin und dorthin; es wirkt überheblich, aber auch hilflos.

„Entschuldigung, könnten Sie mir sagen, wie ich hierhin komme?" Er hält Reiner einen Brief vor die Nase, auf dem der unaussprechliche Name eines der Professoren steht, seine Frage klingt in Reiners Ohren fast schmerzhaft demütig.

„Ähm ... Sie gehen da vorne links, dann den Röntgengang hinunter und in den zweiten Gang rechts hinein, aber nicht in die Orthopädie, sondern an der Nuklearmedizin vorbei. Es müsste, ja, ich denke, es steht *Labor* dran." Er sieht, dass sein Gegenüber mit dieser Wegbeschreibung überfordert ist. „Wissen Sie was? Wenn Sie einen Moment warten, dann bring ich Sie hin."

„Das wäre sehr freundlich."

Reiner läuft schnell zum Kiosk, kauft ein Päckchen Zigaretten und geht zurück. Der Fremde steht am Fenster. Wie er in den Hof hinausschaut, wirkt er traurig. Reiner hat den Eindruck, als würde er Abschied nehmen. „Wollen Sie sich beschweren?", fragt er ihn.

Der andere scheint ihn nicht zu verstehen.

„Wegen dem Termin ..." Reiner führt ihn den Gang hinunter.

„Nein, nein. Äh ... ich habe ein Vorstellungsgespräch."

„Schönheitschirurgie?"

Der andere lacht. „Nein, Anästhesie", antwortet er und wirft Reiner einen scheuen Blick zu.

„Sie lachen."

„Nun", antwortet er, „es passiert mir öfter, dass man das annimmt. Ich weiß auch nicht, woran das liegt."

„An Ihrer Ausstrahlung", sagt Reiner und weiß in dem Moment, dass er nun beantworten muss, woran man einen Schönheitschirurgen erkennt. Er mustert den Schönen von der Seite, sieht, dass der andere es bemerkt, seinen Blick aber nicht erwidert. Der Typ ist doch schwul, denkt Reiner, während er sich weiter mit ihm unterhält und ihn durch das Labyrinth der Klinikgänge führt.

„Falls Sie hier anfangen sollten und Orientierung brauchen, Sie können mich gerne anrufen." Ohne eine Reaktion abzuwarten, nimmt Reiner den Kugelschreiber aus seiner Brusttasche und schreibt die Telefonnummer von seiner Station auf die Rückseite eines Kassenzettels. „Fragen Sie einfach nach Reiner."

„Danke", sagt der andere und hält ihm die Hand hin. „Vielleicht komme ich tatsächlich auf das Angebot zurück."

Sie schütteln sich die Hand, und Reiner hat plötzlich den Eindruck, als würde er den anderen schon lange kennen. Fast hätte er ihn darauf angesprochen.

„Ich heiße übrigens Klaus."

„Gut, Herr Klaus, ich wünsche Ihnen viel Erfolg."

„Klaus, einfach nur Klaus."

3.

Reiner starrt die Brust an, als suchte er nach dem Knopf, der sie öffnet, damit er hineinkriechen kann. Er schiebt die Bettdecke bis zum Bauchnabel hinunter, sodass Klaus entblößt vor ihm liegt: dicht behaart, die Brustwarzen so klein und rot wie Walderdbeeren und eine offene verletzliche Achsel. Die Bauchdecke hebt und senkt sich gleichmäßig.

Nach den zum Teil katastrophalen Begegnungen der letzten Monate gewinnt Reiner neben Klaus wieder Mut, dass es doch noch Partner gibt und nicht nur flüchtige „Wisch und Weg"-Nummern, von denen es in der Szene nur so zu wimmeln scheint.

Vorsichtig küsst er die Achsel. Was werden meine Eltern für Augen machen, wenn ich nun einen Anästhesisten mit nach Hause bringe?

„Klaus?" Reiner flüstert den Namen wie einen Zauberspruch, als könnte er sich dadurch in seine Träume stehlen.

Klaus schlägt die Augen auf, schreckt hoch, weil es einen Moment dauert, bis er sich erinnert, dann erkennt er das Gesicht von Reiner, das von der Straßenlaterne vor dem Haus angestrahlt wird, und lässt sich wieder in das Kissen sinken.

„Hi", sagt Reiner. „Es ist schön, dir beim Schlafen zuzusehen."

Klaus möchte ihn streicheln, aber in Reiners Aussage steckt so viel. Er hat Angst, die Hand nach ihm auszustrecken.

Reiner schiebt sich nach oben, gibt ihm einen Kuss, stützt sich dann auf und beginnt den Körper mit den Lippen abzumessen.

Klaus spürt erneut Erregung in sich aufsteigen und kämpft dagegen an. Reiner hat die Lenden erreicht und schiebt die Decke weg, Klaus fühlt das Blut in seine Körpermitte strömen, und der Rausch nimmt ihm die Entscheidung ab.

Eine Bewegung und Reiner hält ein Kondom in der Hand. Klaus stemmt sich hektisch auf und schiebt sich im Bett nach oben. Er starrt es an, als wäre es eine Waffe.

„Was ist?" Reiner kennt das schon: Viele bilden sich ein, dass es mit Gummi nicht geht. Und ja, es fühlt sich anders an, aber immer noch besser, als nur zu kuscheln. Reiner hat schon andere überzeugen können, bei Klaus versucht er es nicht mal, denn etwas in seinem Blick verbietet es ihm.

„Ich ... steh nicht auf ..."

Reiner wirft das Kondom im hohen Bogen aus dem Bett und nimmt Klaus in den Arm, spürt, wie sich die Haut spannt, wie seine Wärme verschwindet und ein Zittern einsetzt. „Klaus?"

Klaus nimmt die Medikamente erst seit zwei Jahren. Er verträgt sie gut. Man sieht sie ihm nicht an. Keine Durchfälle wie bei Marc, der oft nächtelang nicht mehr von der Toilette herunterkam. Keine Lipodystrophie wie bei Marc, der, bevor er die Pillen nahm, gut gepolsterte Gesichtszüge hatte und daher später umso abgemagerter wirkte. Keine Nervenentzündungen wie bei Marc, den nicht die Schmerzen an sich, sondern ihr Andauern zermürbte. Klaus muss sich nicht mit Symptomen herumschlagen, nur mit einer Armbanduhr, deren eigentliche Aufgabe darin besteht, ihn dreimal am Tag an die Einnahme seiner Medizin zu erinnern, und die ihn doch an viel mehr erinnert als das.

Klaus sieht Reiners weite Augen, zieht ihn zu sich auf die Brust und streichelt ihm über den Kopf. „Nichts, Reiner, es ist nichts. Lass uns nur ein wenig so daliegen."

Reiner schmiegt sich noch fester an ihn, schon um Klaus das Gefühl zu geben, dass er es ihm nicht krumm nimmt, und spürt, wie Klaus sich langsam beruhigt. „Hast du einen Freund?"

„Nein." Klaus antwortet perplex, die Frage überrascht ihn.

Seine Reaktion muss doch einen Grund haben, denkt Reiner. „Hattest du mal einen?"

„Ja", antwortet Klaus, und aus der morgendlichen Dämmerung seiner Vergangenheit taucht die Erinnerung an eine der vielen Regeln dieses Ich-will-nur-Sex-haben-und-doch-suche-ich-mehr-Spiels auf. Man fragt nach der Beziehung des anderen, um herauszukriegen, ob er einen Freund hat, ob seine Einstellung mit der eigenen zusammenpasst und wie die Chancen stehen.

„Wie lange?"

„Fast zwanzig Jahre."

„Und warum habt ihr euch getrennt?"

Ein Sturm braust in ihm auf, aber Klaus hält sich zurück. Es ist längst an der Zeit, jemandem alles zu erzählen, aber … Klaus spürt die Worte schon im Hals, aber er kann nicht reden. Schnell wirft er sich auf Reiner und küsst ihn so heftig, dass er nicht weiterfragen kann.

Klaus wischt sich die Brötchenkrümel von den Lippen und schiebt den Frühstücksteller von sich.

„Noch Kaffee?"

„Bitte." Klaus hebt die Tasse. „Wie lange arbeitest du eigentlich schon in der Klinik?"

„Ich bin im zwölften Jahr", antwortet Reiner, während er nachschenkt und merkt, wie gut ihm das tut, sich mit einem Sexpartner über mehr als die bevorzugten Cruisinggebiete zu unterhalten.

„Und auf welcher Station?" Klaus gibt Zucker in seine Tasse und rührt um.

„Intensiv." Und um einen Scherz zu machen: „Wir flicken die Patienten zusammen, die Leute wie du meucheln." Als Reiner aufschaut, sieht er, dass Klaus' Augen weit sind vor Schreck. Reiner lacht, um deutlich zu machen, dass er es als Scherz gemeint hat.

Klaus steht auf. „Ich muss los."

„Das war nur ein Scherz", beteuert Reiner.

„Ja, ja", wehrt Klaus ab. „Schon klar." Reiner kann es ja auch nicht wissen, denkt er, nimmt seine Jacke und geht zur Tür. „Tschau."

„Ist das alles?", fragt Reiner. Er versucht Klaus zu halten.

Klaus dreht sich nicht einmal um, er kann nicht. Die Erinnerung … Die schwarze Masse. Das hilflose Wesen.

Marc war in einem Meer von Durchfall erwacht. Einer solchen Menge, dass es vom Laken tropfte, der Gestank war bestialisch. Sie lachten darüber: „Haha, was so alles passieren kann" und „Ist ja nicht so schlimm." Nein, im Vergleich zu dem, was kam, war es im Grunde genommen gar nichts. Am Ende musste Klaus die Bettwäsche manchmal zwei- oder dreimal am Tag wechseln.

Wenn Marc einfach gestorben wäre, hätte das Leben weitergehen können. Natürlich wäre Marcs Tod furchtbar gewesen, natürlich hätte Klaus getrauert, aber er hätte auch hoffen dürfen, irgendwann wieder lachen zu können.

Aber Marc starb nicht. Er jammerte stundenlang in seinem unruhigen Schlaf, beim Kauen rann ihm zäher Speichel aus den Mundwinkeln, er verschluckte sich, hustete, erbrach. Und kaum hatte Klaus ihn gewaschen und das Bett frisch bezogen, nässte Marc durch die Windeln.

„Es tut mir Leid", sagte Marc in lichten Momenten, und Klaus nickte, dann strich er ihm das strähnige Haar aus dem Gesicht, das nur noch von einer dünnen, fast durchsichtigen Haut bedeckt war. Das Weinen erlaubte sich Klaus nur, wenn er alleine war.

Ein Mal, ein einziges Mal nur, war Klaus nahe dran, anstatt das verkotzte Kissen abzuziehen, es Marc aufs Gesicht zu drücken, um das alles zu beenden. Marc schaute ihn dabei an, er wusste es, vielleicht hoffte er sogar darauf, aber Klaus ließ das Kissen sinken, gab Marc einen Kuss auf die Stirn und fuhr mit dem Wagen hinaus in den Wald. Er wollte schreien: „Ich hasse dich, Marc! *Ich hasse dich!*" Aber er konnte nicht einmal weinen.

Reiner läuft Klaus hinterher, der auf dem Gang des Schwesternwohnheims stehen geblieben ist und sich nach ihm umdreht. Seine Augen sind rot, und Reiner möchte ihn umarmen. Nicht nur hier, nicht nur in diesem Moment, sondern immer. Reiner hebt zaghaft die Hände und hält ihn an der Jacke fest.

Klaus erinnert sich daran, wie diese Biete-Sex-für-festgehalten-werden-Begegnungen enden. Reiners Blick, seine Sehnsucht. Nein, er kann sich nicht mehr einlassen. Er darf es nicht. Irgendwann wird es ihm ergehen wie Marc, und das will er keinem Partner antun.

Vorsichtig, aber bestimmt tritt er einen Schritt zurück, sodass es Reiner die Jacke aus den Fingern zieht, dann dreht er sich um und geht auf den Aufzug zu.

„He, ähm ..." Reiner ruft ihm hinterher, aber Klaus läuft weiter. „Klaus!"

Klaus hört plötzlich das schallende Lachen, es betäubt fast seine Ohren. „Wir versuchen schwanger zu werden", liebten er und Marc zu scherzen, „aber bisher hat es nicht geklappt." Wie viele Schwule hatten auch sie in ihrer Ahnungslosigkeit angenommen, dass zwei Männern dies nicht vergönnt sei. Sie lachten so oft über diesen Scherz, bis sie erfuhren, dass Klaus Marc längst geschwängert hatte, dass er mit seinem Samen etwas in seinem Geliebten zum Wachsen gebracht hatte, das von nun an ihr Leben noch mehr bestimmen würde als ein Kind.

„Klaus!"

Klaus läuft weiter, bis Reiners Stimme verstummt. Kein Nachname, keine Telefonnummer, nur eine Erinnerung, die schnell verblassen wird.

Die Rettung kündigt sich mit einem „Pling" an, freundlich hell wie das Geräusch eines Spielzeugs. Klaus steigt in den Aufzug und mit großer Anstrengung setzt er ein wohl gesonnenes Lächeln für die anderen Fahrgäste auf, das aber gleich wieder aus seinem Gesicht weicht, um

Raum zu schaffen für die Hässlichkeit seiner Gefühlswelt. Klaus weiß, warum er verspiegelte Aufzüge hasst.

4.
Eine Woche nach dieser Episode kommt Reiner von einem Stadtbummel nach Hause und lässt sich erschöpft in den Stuhl fallen. So einen entsetzlichen, klobigen aus den siebziger Jahren. Wie kann man eine winzige Wohnung nur mit so etwas belasten?, fragt er sich und greift nach den Zigaretten.

Er hasst es, durch die Stadt zu laufen und nur Paare zu sehen, die Händchen halten. Und er hasst es, sich mit Etienne zu treffen und sich anhören zu müssen, wer mit wem glücklich geworden ist. So wie eben. Zwei Stunden lang. Und auf die Frage nach dem eigenen Liebesleben nur Fehlschläge zu berichten zu haben.

Er schnippt die Asche in die Kaffeetasse, legt eine CD ein und stellt die Musik etwas lauter, weil das Schwesternwohnheim so hellhörig ist, dass er dauernd von den Geräuschen der Nachbarn belästigt wird, von ihren Auseinandersetzungen, von Sex, zum Teil sogar von normalen Unterhaltungen.

Aber mit Ella Fitzgerald kann er im Moment nichts anfangen. Er legt Barbra Streisand ein, krabbelt über den Boden und lehnt sich gegen die Wand. Warum verliebe ich mich immer in die falschen? Erst die Affäre mit Berti, der eine Reihe von tatsächlich gravierenden Problemen hatte: In seiner Firma war Großreinemachen angesagt, und Berti drohte der Jobverlust, dazu wurde er von seiner dementen Großmutter, mit der er zusammen in einem Haus lebte, terrorisiert. Reiner verbrachte Stunden damit, ein Heim und einen Job zu suchen. Plötzlich meldete sich Berti nicht mehr. Kein Anruf, keine SMS, keine Mail.

Bastian war forsch auf Reiner zugegangen, erzählte ihm schon in der ersten Nacht, wie er gespürt hatte, dass „mehr" zwischen ihnen sei, von wegen Bestimmung und so, und dass Reiner genau der Richtige sei, um ihm über die Trauer nach der Trennung von seinem langjährigen Freund hinwegzuhelfen. Reiner griff das Stichwort auf, machte Bastian Mut, half ihm, in dem Strudel der unfertigen Gefühle seine eigenen Probleme zu erkennen und sich auf sich selbst zu konzentrieren, bis Bastian zu der Erkenntnis gelangte, dass er zu seinem Freund zurückwolle.

Und jetzt auch noch die Sache mit Klaus, der menschlich so reif wirkte und eine Nähe zuließ, die Reiner von anderen One-Night-Stands nicht kannte. Wenn sie sich jetzt in der Klinik begegnen, ergreift Klaus die Flucht.

Streisand nervt, Reiner schaltet auf Radio um. Vielleicht sollte ich eine Weile allein bleiben. Reiner legt sich zurück und starrt an die weiße Zimmerdecke. Aber Alleinbleiben heißt, jedes Wochenende auf die Suche gehen, andere Singles finden zu müssen, wenn ich etwas mit jemandem unternehmen möchte. Und überhaupt, ein Leben ohne Partner kommt mir leer vor. Wozu sich dann bemühen, um weiterzukommen? Für wen sich eine schöne Wohnung einrichten?

Reiner rappelt sich auf und geht an den Kühlschrank: Ravioli, Karotten, ein Schnitzel. Nichts davon will ihm so richtig gefallen. Er nimmt einen Schokoriegel aus der Gemüseschublade und schaltet den Fernseher an.

5.

Wenn er mit seinen Freunden im *Iwan* an einem Prosecco auf Eis nippt und sie mit ihren hohen, meist etwas überdrehten Stimmen zum Flair beitragen, für den diese Bar bekannt ist, erinnert an seine „aufmüpfige" Vergangenheit nur noch sein Name: Itch.

Jan-Ulrich, der darauf besteht, dass man ihn bei seinem ganzen Vornamen ruft – „Soviel Zeit muss sein!" –, Quentin und Itch sind als „die Drillinge" bekannt, weil es praktisch nie vorkommt, dass man in der Szene einen von ihnen allein antrifft. Jeden Freitag und jeden Samstag wirft sich abwechselnd einer in Schale, geht zum nächsten und berät diesen beim Anziehen, bevor sie dann zusammen den dritten im Bunde aufsuchen, um sich bei ihm noch einmal komplett neu einzukleiden. Günstigerweise tragen sie dieselbe Konfektionsgröße: Bund 28, Länge 33 – wobei sich Quentin die Hosen immer etwas hochkrempeln muss –, T-Shirts und Jacken in M. In der Beratungsphase süffeln sie *Amaretto* auf einem Eiswürfelchen oder *Pernod*.

Andere nennen sie „die Frisurenanzeige", denn wer wissen will, was in der nächsten Saison *in* sein wird, hält nach Jan-Ulrich und Quentin Ausschau. Jan-Ulrich läuft gerade wie ein verwahrloster Kubaner herum. Ein gezwirbelter Schnauz und braune Locken, die aussehen, als hätte man sie mit einer stumpfen Zuckerrohrmachete bearbeitet – vorne kurz, hinten eher lang. Quentin rasiert sich den Schädel bis auf ein Haarbüschel an der Stirn, das er zu einem Tintin-Schippel gelt. Itch bleibt seinem Irokesen treu, nur trägt er ihn heute in anderer Länge und Farbe als vor acht Jahren.

Die Theke des *Iwan* ist ihr Heimathafen. Hier tauschen sie aus, was in der letzten Woche in ihren geschäftigen Leben passiert ist, oder tratschen über „Verflossene", wobei jeder schon als Liebhaber gilt, mit dem sie auch nur geflirtet haben. Männliche Wesen, die sie länger als zwei Wochen durchs Leben begleiten, werden unter der Kategorie „Lebensgefährte" geführt. Ihren Unterhaltungen nach zu urteilen, ist die halbe Welt hinter ihnen her.

Vom *Iwan* geht es in die „große Welt" hinaus: Das *Henderson* steht auf ihrer Liste ganz oben, manchmal tanzen sie bis in die frühen Morgenstunden im *New York*, und wenn ihnen – selten – nach Abenteuern ist, wagen sie sich in unbekannte Gefilde, was sie schon fast als todesmutig empfinden, in die *Teddybar* zum Beispiel. Sie sind jung, sie sind unerfahren, und sie wissen eins ganz genau: Sie suchen die Liebe fürs Leben und keine schnellen Nummern.

„War einer von euch schon mal im *Ochsengarten*?", fragt Jan-Ulrich in dieser warmen Maisamstagnacht.

Quentin verschluckt sich, so dass ihm der Prosecco aus der Nase läuft. Itch starrt ihn entgeistert an, und Jan-Ulrich lächelt erhaben.

6.

„Ich hab vielleicht eine Woche hinter mir!", sagt Hannes am Telefon.

Reiner lehnt sich entspannt in seinem Sessel zurück und genießt, angerufen zu werden. Nachdem Hannes seinem Freund Weihnachten endlich den Laufpass gegeben hat, telefoniert er oft stundenlang mit ihm, gegenseitig coachen sie sich durch die Singlewelt. Reiner nennt Hannes den „nächtlichen Lauscher".

„Was war los?"

„Jürgen ruft mich immer noch dreimal am Tag an. Was würdest du davon halten, wenn Nik andauernd anrufen würde?"

„Dass er immer noch an mir interessiert ist", antwortet Reiner und weiß nicht, ob er nun erleichtert sein soll, von

Nik und seinen Problemen befreit zu sein, oder traurig darüber, keinen Kontakt mehr mit ihm zu haben.

„Und warum ist Jürgen dann immer so biestig zu mir, wenn wir uns treffen?" Hannes ist nicht nur verwirrt, er ist auch aufgebracht.

„Hannes, du hast von ihm bisher nicht das gekriegt, was du suchst, und du wirst es auch in Zukunft nicht kriegen."

„Es kann doch nicht so schwer sein, dass man nett zueinander ist."

„Du willst aber nicht, dass er nett zu dir ist. Du erwartest doch ganz was anderes von ihm. Was, darüber musst du dir erst klar werden!", sagt Reiner, und die Worte hallen in ihm nach. Sie klingen irgendwie weise. Vielleicht aber nur deshalb, weil ihm selbst die Klarheit fehlt.

„Meinst du?"

„Da bin ich mir ganz sicher, sonst wärst du nicht immer so enttäuscht."

Später, während das Schnitzel in der Pfanne brutzelt, fällt Reiner auf, dass er sich immer zu Männern hingezogen fühlt, die ihn brauchen: Nik, um seinem Leben Struktur zu geben; Berti, um seine Probleme zu lösen; Bastian, um sich durch ihn über die Beziehung zu seinem Ex klar zu werden.

Wie sagte Hannes am See? „Wer kümmert sich um dich, Florence?" Reiner sinnt eine halbe Zigarette lang darüber nach. Etwas muss ich anders machen, soviel ist klar. Nur was? Niemanden, der dir gleich Probleme auftischt! Keinen, der schon mehrere Beziehungen hinter sich hat! Am besten keine Älteren mehr, die sind alle verkorkst!

Blauer Rauch steigt auf, Reiner zieht die Pfanne von der Herdplatte; das Schnitzel ist angebrannt. Er kratzt die schwarzen Stellen von der Panade und setzt sich damit an den Tisch.

Vielleicht sollte ich mich mal mit anderen Typen abgeben, überlegt sich Reiner. Nicht mehr nach den schicken schauen, sondern nach den richtigen Männern, an die ich mich auch mal anlehnen kann.

Er schiebt den Teller von sich, zieht ein Szenemagazin aus seiner Zeitschriftenablage und blättert zum Serviceteil mit den Anzeigen der Kneipen. Während er liest, steckt er sich ein Stück Fleisch in den Mund, da fällt sein Blick auf das Logo der Lederkneipe *Ochsengarten*.

7.

Der Türsteher mustert Itch von oben bis unten. Nabelfreie T-Shirts, aufwändig gestyltes Haar und ein schrilles Kichern sind im *Ochsengarten* nicht gerade *en vogue*, aber vielleicht wird es ja der neue Fetisch.

„Wir bleiben am besten gleich hier!", sagt Quentin, der schon Unaussprechliches über diesen Ort gehört hat, und hält sich an der Bar fest.

„Also die Musik ist klasse", findet Jan-Ulrich.

„Eine Endlos-Spur aus melodischem House, auf den man gut abtanzen könnte", stellt Itch fest.

„Aber warum bewegt sich keiner?", fragt Quentin. „Ob das an den schweren Lederklamotten liegt?"

„Und was kriegt ihr?", fragt der Mann in Chaps hinter der Theke.

„Ich nehme einen Prosecco auf Eis", sagt Jan-Ulrich.

Der Barkeeper schaut ihn an, als hielte er ihn für nicht ganz dicht. „Bier oder Cola?"

Jan-Ulrich zögert – Bier? Igitt!– und bestellt dann selbstsicher eine Cola.

„Ich muss mal auf die Toilette", flüstert Itch seinen Freunden zu.

„Dann gehen wir besser nach Hause", antwortet Quentin ebenso leise, der bei dem Wort „Toilette" von Erinnerungen heimgesucht wird, über die er nur im volltrunkenen Zustand sprechen kann.

„Ach, was!", sagt Jan-Ulrich. „Stell dich nicht so an! Komm! Ich gehe mit." Er packt Itch und zieht ihn hinter sich her. An der Feuchtigkeit seiner Hand spürt Itch, dass auch Jan-Ulrich nicht gerade „easy" zumute ist. Und er spürt noch etwas: Quentins Finger, die sich wie Krallen in seine Schultern bohren. „Ihr könnt mich da doch nicht alleine lassen."

Sobald sie die Tür aufstoßen, schlägt ihnen der Geruch von Bahnhofstoilette entgegen, sie rümpfen die Nase und drängen sich noch dichter aneinander. Ein vorsichtiger Blick in den dunklen Raum zeigt, dass sie allein sind.

„Seht ihr, alles ganz harmlos", sagt Jan-Ulrich und macht eine weltmännische Geste.

Itch stellt sich ans Pissoir, da hören sie, wie die Tür aufgeht. Ein mächtiger Kerl schlendert herein, seine Augen im Schatten der nietenbesetzten Schildkappe versteckt. Er lehnt sich Jan-Ulrich und Quentin gegenüber an die Wand und verschränkt lässig die Arme. Itch spürt Kälte an seinem Rücken emporsteigen und sein Urinstrahl versiegt jäh. Ganz gleich, wie sehr er drückt, es mag einfach nichts mehr kommen. Schnell packt er ein und huscht mit seinen Freunden in die hellere Sicherheit.

Als sie heil wieder draußen sind, fühlen sie sich wie nach einer bestandenen Mutprobe. Mit geschwellter Brust und dem Schrecken in den Knochen streben sie auf ihren Platz am Eingang zurück. In den fünf Minuten ihrer Abwesenheit ist der Laden erheblich voller geworden.

„Haste mal Feuer?", fragt Jan-Ulrich – der nur beim Ausgehen raucht, „weil man so die süßen Typen anquatschen kann" – und blinzelt, als rechnete er damit, sich dafür eine Ohrfeige einzuhandeln.

Reiner nimmt das Feuerzeug aus seiner Zigarettenschachtel, die er neben dem Weißbier vor sich auf dem Tisch deponiert hat, und gibt es ihm wortlos.

„Danke!" Reiners Gesten sind eindeutig, aber Jan-Ulrich will sich vor seinen Freunden beweisen. „Ist hier immer so wenig los?"

„Kommt drauf an, was du unter ‚los sein' verstehst", antwortet Reiner und zieht an seiner Zigarette.

„Na, dass die Leute mehr miteinander reden, lachen, ein bisschen action."

Reiner mustert sein Gegenüber: Rufus Beck vor zwanzig Jahren in Revoluzzerstimmung. Seine beiden Freunde halten sich in sicherem Abstand fluchtbereit. Ungewöhnliche Vögel.

Reiner steht nicht auf Typen, die ihre Schmalbrüstigkeit in *Dolce & Gabbana*-T-Shirts zur Schau tragen. Seiner Meinung nach bezeugt das plakative Tragen von Labels das Selbstbewusstsein einer Litfasssäule. „Ihr seid wohl zum ersten Mal hier?"

Die drei, erleichtert, jemanden gefunden zu haben, der sie nicht gleich mit Haut und Haaren vertilgt, nicken eifrig und stellen sich vor.

„Itch? Was ist das denn für ein Name?"

„Das ist eine lange Geschichte", antwortet Itch und kichert aufgeregt.

Reiner ist froh, den Abend nicht wieder allein verbringen zu müssen. „Ich hab Zeit!", sagt er, greift nach seinem Bier und nimmt einen kräftigen Schluck. Itch nutzt den

Moment, um seinen Freunden ein Augenzwinkern zuzuwerfen.

„Ich komme aus Niederbayern." Itch nippt an seiner Cola, ohne die Ellenbogen vom Tisch zu nehmen.

„Heißt das, dass Itch ein Schutzheiliger ist?", fragt Reiner.

Quentin und Jan-Ulrich werfen sich Blicke zu.

Itch lacht. „Nein, die Geschichte ist weit weniger spannend, als du denkst."

„Woher weißt du, was ich denke?" Reiner schaut ihn herausfordernd an. Ein Seitenblick auf seine Freunde zeigt ihm, dass sie sich nonchalant zurückgezogen haben, und Itch fühlt, wie sich die Aufregung in ihm ausbreitet.

„Meine Eltern haben mich sehr spät gekriegt, als sie es eigentlich schon aufgegeben haben. Und irgendwie kamen sie auf die Mega-Retro-Idee, mich nach meinem Vater zu taufen." Itch schaut Reiner an, um festzustellen, ob er überhaupt zuhört, denn er bewegt sich genauso minimalistisch wie der Rest der Gäste. „Wer in meinem Alter heißt schon Richard?"

Itch wird nicht älter sein, als ich damals, als ich Nik kennen gelernt habe. „Richard ist doch ein ganz normaler Name!"

„Nicht, wenn du Wagner heißt."

„Autsch!"

Itchs Musiklehrer machte sich ständig über ihn lustig: „Und welcher Akkord würde in dieser Harmoniefolge den Halbschluss bilden, Herr Richard Wagner?" Schon die Frage allein ließ die Hälfte seiner Mitschüler gackern, wenn er dann auch noch, wie meistens, eine falsche Antwort gab, weil ihn Musiktheorie einfach nicht die Bohne interessierte, war der Spott perfekt.

Natürlich hätte sich Itch in den Stoff hineinknien können, um Antworten auf alle Fragen zu haben, aber das hätte nur dazu geführt, dass er seinem dämlichen Namen Ehre gemacht hätte, und das wäre am Ende auf dasselbe hinausgelaufen.

Als Itchs damals bester Freund ihm riet, sich doch einfach Ritchie zu nennen, kam ihm die rettende Idee. Er schob die Haare, die er bis dahin lang trug, nach oben und sagte: *„I will be Itch!"*

Noch am selben Nachmittag ging er zum Frisör, der zuerst eine Bestätigung von seiner Mutter verlangte, bevor er dem Jungen die Haare so schneiden würde, wie er es wollte. Am Abend zerschnitt und beschmierte Itch eine alte Jeans, und am nächsten Tag war er der erste Punk in seinem Dorf.

„Herr Wagner, ich sehe, Sie haben eine sehr ungewöhnliche Metamorphose durchgemacht. Vielleicht fällt es Ihnen mit dieser Haarpracht leichter, mir zu erklären ..." Itch reagierte einfach nicht. „Herr Wagner? *Herr Wagner!"*

„Wenn Sie mich meinen, Herr Dombrowski, mein Name ist Itch!" Er lehnte sich fast gelangweilt zurück, griff in seine Brusttasche, auf der in klobigen Lettern *FUCK YOU!* geschrieben stand, und zog eine Injektionsspritze daraus hervor.

„Ah, Itch Wagner also", frotzelte Dombrowski. „Hätten Sie die Freundlichkeit ..."

Itch setzte sich auf und fiel ihm ins Wort: „Itch. Nur Itch, Herr Tschaikowski! Und ich scheiße auf Ihre Harmonielehre!" Dann spuckte er auf den Boden. Das brachte ihm zwar einen Verweis ein, aber auch Respekt – danach machte sich nie wieder jemand über seinen Namen lustig.

Während Reiner sich die Story anhört, fragt er sich, ob er einem Münchhausen gegenübersitzt, aber im Grunde ist es ihm egal, ob die Story stimmt. Itch, der Junge mit dem blauen Iro und den vielleicht zehn schneeweißen Wimpern über dem linken Auge, hat Unterhaltungswert. „Coole Story, Itch." Er hebt sein Glas und hält es ihm zum Anstoßen hin. „Ziemliche Transformation von einem Punk zu ..." Reiner deutet auf die Kleidung, „dem da. Muss ich jetzt Angst haben, dass du mir ins Gesicht spuckst?"

„Nein", kontert Itch, „das würde dir ja vielleicht sogar Spaß machen."

„Ganz schön frech."

Itch schaut an sich herunter und zupft am T-Shirt. „Bist du denn eine echte Lederprinzessin?"

Reiner lacht. „Nein, ehrlich gesagt, habe ich eher Zeug wie das, was du anhast, im Schrank hängen. Ich hab in letzter Zeit nur schlechte Erfahrungen mit Leuten gemacht, die so was tragen. Deshalb bin ich heute mal hierhergekommen. Prost!"

Itch prostet ihm mit seinem leeren Glas zu. Er will aufstehen, um sich Nachschub zu holen, da stellt er fest, dass sich seine Freunde ohne Abschied verkrümelt haben. „Es ist ja schon halb drei durch."

„Was?", ruft Reiner erschrocken. „Ich muss hier sofort raus!"

„Warum?" fragt Itch.

„Um Punkt drei geht das Licht an. Das macht mich depressiv."

Itch versteht nicht, und Reiner gibt ihm keine Chance, nachzufragen. Er steht auf und zahlt.

„Tschau, Kleiner!", sagt er und klopft Itch auf die Schulter.

„Darf ich dich wiedersehen?", fragt Itch.

8.

Nik sitzt auf der Straße und starrt auf die Fassade. In allen Wohnungen brennt Licht, nur in seiner eigenen nicht.

Von den „Jahren, die er verloren hat", wie er die Zeit zwischen der Flucht vom Elternhaus und seiner Rückkehr aus New York nennt, ist ihm nicht viel geblieben: Bilder – ob tatsächliche Erinnerungen oder chemisch induzierte Fantasien, kann er nicht sagen – von nackten Frauen, die sich ihm nähern, von einem staubigen Dachboden, durch die der kalte Wind pfeift, auf dem ein kleiner dicker Mann im Schneidersitz meditiert, Spritzbesteck. Ferne Bilder, die ihn kalt lassen, als wären sie Fotos, die er auf dem Flohmarkt aus einer Kiste gekramt hat. Als hätten sie mit seinem Leben nichts zu tun.

Aber es gibt Erinnerungen, die ihn unglaublich traurig machen: leere Gebäude auf verlassenen Fabrikgeländen. Sie ziehen ihn auch heute noch runter. Er weiß, dass er in seiner grauen Vergangenheit oft stundenlang vor ihnen gesessen und sie durch Tränen hindurch angestarrt hat. Diese Leere, dieses Verlassen-Sein, dieses Nicht-mehr-gebraucht-Werden, dieses Abgestellt-und-abgelegt-Sein, dieses Zurückgelassen-Werden. Nik hat tausend Worte für die Einsamkeit.

Seit der Trennung von Reiner sind Monate vergangen, Nik kommt es vor wie Jahre. Aber das Bild von Reiner an der Hand eines anderen ist so lebendig, als stünden sie in diesem Augenblick vor ihm.

„Warum erzählst du mir das?", hat er Reiner in ihrem letzten Telefongespräch gefragt. Es hätte ja sein können, dass Reiner „Weil ich dich immer noch liebe und zu dir zurückwill" antwortet. Dann hat er ihm die Fotos geschickt, um Reiner daran zu erinnern, was unter dem angeblichen Auseinanderleben begraben liegt. Seither hat Reiner sich nicht mehr gemeldet.

Nicht der Verlust seiner Beziehung zu Reiner ist es, was Nik beschäftigt, den könnte er verschmerzen. Es ist, dass der Verlust ihm etwas zurückbringt, an das er sich nie wieder erinnern wollte. Die Trennung hat ihn in eine Zeit zurückkatapultiert, in der ihm sein Leben wie eine Kulisse vorgekommen ist.

Nik hebt die Flasche an die Lippen und lässt das kalte Bier seine Kehle hinunterrinnen. Große Schlucke. Der Alkohol macht leicht, betäubt die Gedanken, schleift die scharfen Kanten der Erinnerungen ein wenig glatter. Er weiß, dass es gefährlich für ihn ist, aber es ist schließlich nur Bier. Solange er nicht wieder harte Drogen nimmt, hat er sich unter Kontrolle.

Es ist nur eine Phase. Nur solange diese Bilder aus der Vergangenheit immer wieder aufblitzen. Sobald sie verschwinden, braucht er den Alkohol nicht mehr. Dann ist alles wieder gut.

9.

„Schätzchen", zwitschert Jan-Ulrich am nächsten Morgen ins Telefon. „Brunch?"

Itch kennt das schon, das sonntägliche Zusammensitzen, um die „Reste" des CARE-Pakets zu verschlingen, das Jan-Ulrichs Mutter ihrem Sohn wöchentlich zukommen lässt. Aber um neun hat er noch nie angerufen. Es geht ihm doch im Grunde um etwas ganz anderes: Jan-Ulrich will herausfinden, ob ich die Nacht allein verbracht hab, stellt Itch fest und haucht ein verschlafenes „Klar doch" in den Hörer.

„Um elf, Schätzchen, aber pünktlich!", sagt Jan-Ulrich, und seine Stimme hört sich erleichtert an.

Itch fühlt sich wie die Sonne in einem Mitternachtshimmel. Jeder müsste sehen, wie sehr er strahlt, aber seine Freunde scheinen überhaupt nichts wahrzunehmen, außer den Dingen, die ihre Gaumen kitzeln: Gänsestopfleber, Sherry-Aspik, edle französische „Käschen", wie Jan-Ulrichs Mutter sie zu nennen pflegt.

„Gieß dir ein!" Jan-Ulrich schiebt Itch die Champagnerflasche hin.

„Nein, ich brauche erst mal Kaffee, ich habe letzte Nacht kein Auge zugetan."

Statt nach dem Warum zu fragen, steht Quentin auf und nimmt die Kanne aus der Maschine, eine Tasse aus dem Schrank, gießt ein und reicht sie Itch hinüber. „Milch? Zucker?"

Nein, Itch will weder Milch noch Zucker, ja, noch nicht mal Kaffee. Er will gefragt werden, wie es ihm mit Reiner ergangen ist. „Wieso seid ihr so schnell abgehauen?"

„Och, weißt du ...", sagt Jan-Ulrich und wischt sich den Mund mit der Stoffserviette ab. „Es war wirklich niemand da, der auch nur annähernd interessant gewesen wäre."

Er sagt dies so herablassend, dass Itch den Neid schmecken kann. „Also ich hatte viel Spaß", sagt Itch.

„Schön. Und wo gehen wir nächste Woche hin?", fragt Jan-Ulrich.

Quentin stiert auf den abgenagten Hühnerschlegel in seiner Hand.

So einfach lässt Itch sie nicht davonkommen. Jan-Ulrich und Quentin sind seine Freunde, sie müssen sein Glück teilen, ob sie wollen oder nicht. Und so drückt er ihnen die komplette Unterhaltung zwischen ihm und Reiner rein mit allen „und dann hab ich gesagt" und „dann hat er gesagt". Er kann sie auswendig, so oft ist er sie in der letzten Nacht durchgegangen, um die Worte zwischen den Zeilen, Reiners Lächeln und den gehauchten Abschiedskuss genau zu interpretieren. Reiners Fähigkeit zuzuhören, hat Itch beeindruckt. Er wirkt so souverän und erwachsen. Wie ein Mensch, an den man sich anlehnen kann, der einen in der einschüchternden schwulen Welt an der Hand nimmt und führt.

Als Itch die erste größere Atempause einlegt, sagt Jan-Ulrich: „Findest du nicht, dass er ein bisschen zu alt für dich ist?" Er gibt sich alle Mühe, desinteressiert zu wirken.

„Was sind schon zehn Jahre?", entgegnet Itch und meint das auch so. „Je älter ein Partner ist, desto mehr Erfahrungen bringt er mit."

„Stoß du dir erst mal die Hörner ab!"

Itch ist überzeugt, dass Jan-Ulrich nur eingeschnappt ist, weil er Reiner zuerst angesprochen und ihn dann nicht abgekriegt hat. Aber das macht Itch nur noch stolzer. Jan-Ulrich, der Große, hat einmal den Kürzeren gezogen.

„Weißt du, bei so älteren Typen frage ich mich immer, warum die keine Beziehung haben", setzt Jan-Ulrich nach. „Die guten Kerle sind doch alle in festen Händen. Glaub mir das, Schätzchen!"

Itch schluckt; seine Kehle ist plötzlich trocken. Darüber hat er nicht nachgedacht. Ob Jan-Ulrich Recht hat? Es klingt irgendwie logisch.

„Hattet ihr denn ... du weißt schon?", fragt Quentin.

Das mit dem Sex liegt Itch tatsächlich etwas im Magen. Auch darüber hat er in der letzten Nacht immer wieder nachdenken müssen. Würde er mit Reiner mithalten können? Schließlich schien er sich in der verruchten Lederbar verdammt entspannt zu fühlen, während er selbst vor Aufregung fast gestorben wäre.

„Nein", antwortet er kurz und müht sich um einen gelassenen Ton. „Wisst ihr, Reiner ist kein Typ für die schnelle Nummer. Der sucht was Ernsthaftes, eine richtige Beziehung, versteht ihr." Wie er das sagt, klingt es auch in seinen eigenen Ohren gut, und Itch hofft, dass das auch stimmt, was er sich in der Sekunde ausgedacht hat.

„Wann seht ihr euch wieder?", fragt Quentin.

Itch ist erleichtert, dass wenigstens er ein wenig Anteil nimmt. „Ich werde ihn zum Essen einladen", sagt er stolz.

„Du gehst aber ran", sagt Jan-Ulrich. „Hoffentlich doch nicht in deine Wohnung? Weiß der Teufel, was er mit dir anstellt."

Itch fühlt, wie ihm der Kragen seines T-Shirts den Hals einschnürt. Auch darüber hat er noch nicht nachgedacht. Reiner wird doch nicht gleich Sex haben wollen, oder? Itch will ihn nur kennen lernen, mit ihm reden, lachen und ihm zum Abschied vielleicht einen Kuss geben. Er schaut seine Freunde an. „Ihr seid doch nur neidisch."

10.

Reiner saugt so an seiner Zigarette, dass er die Hitze des Rauchs zwischen seinen Fingern spürt. Er hat sich nie vorstellen können, es in diesem kleinen Kabuff schön zu finden, aber die Sterilität des Stationszimmers und das grelle Neonlicht stellen momentan die einzige Konstante in seinem Leben dar.

Seine Kollegin Susanne blättert durch einen Stapel Briefumschläge und gibt einen davon Reiner. Dann greift auch sie nach einer Zigarette und zündet sie an.

Es ist eine Einladungskarte zu ihrer Hochzeit. Nun will sie den Kerl, mit dem sie nicht klarkommt, auch noch heiraten, denkt Reiner und sagt „Gratuliere", dann beugt er sich über den Tisch, um sie zu umarmen. „Ich komm gern zum Polterabend."

Sie macht ein Kreuzchen auf ihre Liste. „Weißt du, ob Nik Zeit hat?"

In den letzten Monaten schob Reiner immer Ausreden vor, wenn er mit Nik zusammen eingeladen wurde. Um seine Adressänderung nicht kundtun zu müssen, stellte er bei der Post einen Nachsendeantrag, und wegen der neuen Telefonnummer behauptete er einfach, nur noch über Handy erreichbar zu sein. Aber so kann das nicht weitergehen. „Ich habe mich von ihm getrennt", sagt Reiner und merkt, dass er die Luft anhält.

„Bist du verrückt? Warum das denn?"

Reiner schaut durch die Fensterscheibe auf die Patienten und hört im fortwährenden Klangteppich der Intensivstation plötzlich ein Lied: Das Piepen der Infusionsapparate bildet mit den Atemgeräten sozusagen den Beat, die Herzfrequenztöne und die Zurufe zwischen Ärzten und Pflegepersonal die Melodie. „Nun hör schon auf!" Reiner zielt den dicken Strom von Rauch direkt auf die Lüftung an der Decke.

Susanne beugt sich nach vorn. „Ihr habt so gut zusammengepasst. Wir alle haben dich um ihn beneidet."

Ihre Reaktion ärgert ihn, aber er kann es ihr nicht übel nehmen. Schließlich stellte er Nik immer als seinen Partner fürs Leben vor. Er glaubte nicht nur daran, er war sich völlig sicher. Als wären Reiner und Nik ein physikalisches Gesetz, so etwas wie der Siedepunkt. Der Pakt fürs Leben hielt neun Jahre, aber eben *nur* neun Jahre und nicht länger.

„Warum denn?"

Reiner hat viele Erklärungen, über die er aber nicht diskutieren will, weil er selbst immer mehr an ihnen zweifelt:

Warum kann ich mir eigentlich ein Leben ohne Partner nicht vorstellen? Warum gerate ich immer an Männer, für die ich mich verantwortlich fühle? Warum nehme ich meine eigenen Bedürfnisse nicht wahr, wenn ich mit anderen zusammen bin? Fragen, die nicht nur den Trennungsgrund „Wir haben uns auseinander gelebt" in Zweifel ziehen, sondern auch seine künftigen Beziehungen.

Solange ich keine Antworten habe, werde ich mich nicht wieder einlassen, schwört er sich, und wenn mir der absolute Traummann über den Weg laufen sollte.

„Ich hab meine Gründe", sagt er lapidar und rutscht von der Bank.

„Welche denn?"

„Nimm's nicht persönlich", sagt er über die Schulter hinweg, „aber ich habe keine Lust, darüber zu sprechen." Er steuert die Tür an. „Es ergreift sowieso nur jeder Partei für Nik."

„Das ist normal, du kriegst das Glück, und Nik eben das Mitleid."

Reiner öffnet die Tür. „Aber das fühlt sich verdammt beschissen an", sagt er und tritt hinaus.

„Dann weißt du wenigstens, wie es ihm jetzt geht", ruft Susanne hinter ihm her.

11.

Nik war vierzehn und kam völlig abgehetzt mit dem Fahrrad nach Hause. Seine Eltern standen schon bereit, und seine Geschwister verdrehten die Augen, weil es sie nervte, seinetwegen immer einen Anpfiff über sich ergehen lassen zu müssen.

Er sprang vom Rad, stellte sich zur Familie und sah, wie das Gesicht des Vaters rot anlief. Gleich darauf spürte er einen stechenden Schmerz in seinem Kopf.

„Was hab ich dir gesagt?", presste sein Vater durch die Lippen und zerrte Nik an den Haaren ins Haus. Gott sei Dank waren Fremde dabei, sonst hätte er nur wieder gebrüllt. „Geh zum Frisör! Hab ich das nicht gesagt?", fragte er und holte aus.

Nik kniff die Augen zusammen, aber die Ohrfeige kam nicht, stattdessen legte der Vater ihn übers Knie und zog ihm die Hosen stramm. Mit der Rute. Ein geschwollenes Gesicht hätte sich nicht gut gemacht.

„Hab ich das gesagt?", wiederholte der Vater immer wieder, während seine Hiebe mit jedem Schlag mehr brannten. Als er endlich abließ, zog er Nik an den Ohren in sein Arbeitszimmer und schnitt ihm mit drei groben Schnitten die Haare ab. „Und jetzt heul ja nicht, sonst kriegst du hinterher noch eine Tracht Prügel."

Deshalb trug Nik auf dem Foto ein Basecap, lange bevor das in Mode kam. Das Foto begegnete Nik bald überall, denn sein Vater ließ die ganze Gegend mit Plakaten zupflastern: die Schaufenster der Bäcker und Metzger, die Lichtmasten, sogar die Kirchentür. „Für Recht und Ordnung" stand darüber, sein Name, die bayrische Raute und das Logo der Partei zierten seinen dicken Bauch.

Niks von *Tritop* und Brausestangen versüßte Jugend verwandelte sich vor seinen Augen mehr und mehr in eine Filmkulisse. Noch schwerer zu ertragen war die Erkenntnis, dass er nicht die Hauptrolle im Film spielte, über den Sohn, der mit Freunden Baumhäuser zimmerte, um heimlich darin zu qualmen, der mit dem Fahrrad im Wald herumtobte und sich dabei vorkam wie ein Nashornjäger, oder der gegen die Jungs im Nachbardorf einen „Bandenkrieg" inszenierte. Nik wurde nur eine Statistenrolle zuteil; der Film drehte sich um seinen erfolgreichen „ehemals Bauernbursche, nun einflussreicher Bauunternehmer"-Vater, der darin zu allem Überfluss auch noch Regie führte.

Seine Brüder akzeptierten das widerspruchslos – und tun es noch heute. Auf Wunsch ihres Vaters wurden sie alle drei Rechtsanwälte, zwei haben es bereits in die Kommunalpolitik geschafft, der dritte wird mit der nächsten Wahlperiode eintreten. Sie ordneten sich dem strengen Gericht des Hausherrn unter und folgten seinen Befehlen wie die Dobermänner vor dem Haus. Niks Schwester rebellierte auf ihre Art: Sie wurde Ärztin und heiratete ans andere Ende der Welt, um sich dem Einfluss des Vaters zu entziehen.

Die Eltern seines Schulfreundes Klemens besaßen eine Autowerkstatt. Der Dachboden darüber war eine Art Altersheim für Gerümpel, in den sich Klemens' älterer Bruder zurückzog, wenn er *ELP* oder *Blue Oyster Cult* hören wollte. Hier eroberten Nik und seine Freunde die Musik, die bei ihren Eltern verpönt war: raues, dumpfes Zeug mit klirrenden Gitarren und meist einer Art Geschrei als Gesang. Im Rausch von Nikotin und *Schlehenfeuer* spielten sie Luftgitarre und imitierten jene Rockmusiker, die sie vergötterten: Ritchie Blackmore, Jimmy Page, Eddie van Halen. Unter Zuhilfenahme von Tennisschlägern und einem verrosteten Bügelbrett gaben sie ganze Konzerte, in deren Pausen sie – nur um der Realität gerecht zu werden – auch das Drogen injizieren vortäuschten.

Aber das war nicht der Keim für die *Bitter Lemons*. Die Band entstand, um dem Leben, das für Nik zunehmend unglaubwürdiger wurde, etwas Manifestes, Greifbares, Spürbares entgegenzusetzen. Dass die Musik die Pausen zwischen den Worten in Niks Elternhaus füllte, war ein Nebeneffekt, den er erst entdeckte, als er begann, die Saiten seiner Gitarre zu beherrschen.

Bevor Nik und seine Freunde lernten, dass man Marihuana selbst anbauen kann, rauchten sie alles, was angeblich das Bewusstsein veränderte: Die Fasern von Kokosnüssen waren topaktuell, ebenso die getrockneten Fäden aus Bananenschalen und frisch geriebene Muskatnuss. Das meiste davon bescherte ihnen im besten Fall einen schweren Kopf. Was wirklich törnte, war der Sud von ausgekochten Mohnkapseln aus dem Bastelladen, bevor diese per staatlichem Erlass nur noch lackiert verkauft werden durften.

Zwar produzierte nichts davon die Erfahrungen, von denen Carlos Castaneda in seinen begehrten und nur heimlich gelesenen Büchern berichtete – denn es fehlte nicht nur an den Pilzen, sondern auch an einem Medizinmann vom Format des Don Juan Matus –, aber es war ein Anfang, so wie der Kauf einer Fahrkarte der erste Schritt für eine Reise um die Welt.

Mit dem Joint auf dem Schulhof wollte Nik ein Rauchsignal abgeben. Er brauchte Hilfe. Stattdessen lockte es seinen ärgsten Feind.

Eine Ohrfeige links und eine rechts, dann legte der Vater Nik übers Knie und schlug ihn windelweich, vielleicht weil Nik keine Miene verzog oder vielleicht weil der Vater meinte, besonders deutlich machen zu müssen, wie ernst es ihm mit seinem Wahlmotto war.

Um sie herum standen der Direktor, die Schulsekretärin und der Lehrer, der Nik erwischt hatte. Wie pflichtbewusste Filmcrewmitglieder bewegten sich die Erwachsenen kaum, um die Hauptfigur bei der Arbeit nicht zu stören. Selbst Niks Mutter griff nicht ein, kniff nur die Augen ein wenig zusammen, als prüfte sie das Make-up der Schauspieler. Die Szene selbst schien sie unbeteiligt zu lassen.

Nik spürte kaum etwas von den Prügeln; das Marihuana hatte seine Sinne betäubt und das Gefühl, nur eine unwichtige Nebenfigur zu sein, noch verstärkt. Es ist doch nur ein schlechter Film, sagte er immer wieder zu sich selbst. Wie ein Mantra. Wieder und wieder, selbst noch Tage danach.

Der Vater entschuldigte sich unterwürfig für seinen Sohn und bedankte sich bei dem Direktor dafür, über das Vergehen informiert worden zu sein, dann zog er Nik am Ohr hinaus auf den Parkplatz und überließ ihn wortlos seiner Mutter. Die zündete sich eine ihrer langen, weißen Zigaretten an und paffte den Rauch in den wolkenlosen Himmel, bevor sie in den Wagen stieg und Nik nach Hause fuhr. Sie sprach kein Wort, sie schaute ihn nicht mal an, sondern starrte nur eisern durch die Windschutzscheibe.

Dass Väter schlecht sind, war Nik längst bekannt. Es gehört quasi zu ihren Aufgaben, als müssten sie, bevor sie Kinder in die Welt setzen dürfen, einen Eid darauf schwören. Aber Mütter sollten zu einem stehen. Das ist ihre Aufgabe.

Nik sah es an der Zeit, das Drehbuch umzuschreiben.

12.

Im Flur läuft Reiner an einer Reihe von Turnschuhen vorbei. Über dem Esstisch hängen an einem grau lackierten Brett befestigt fünfzehn Handys, von den alten, klotzigen bis zu den supermodernen. Gegenüber steht eine Vitrine voller Robbie-Williams-Reliquien: Wattebauschen, die angeblich aus der Garderobe stammen, ein verschwitztes T-Shirt, eine handsignierte CD und anderer Kram, den Itch hauptsächlich von einem Freund bekommen hat, der für die *Bravo* arbeitet. Ein Surroundsoundsystem im Wohnzimmer, ein Bücherregal voller DVDs sowie eine

Sammlung von mindestens zwanzig Sonnenbrillen in verschiedenen Farben auf dem Fensterbrett. Ein Kunstgewerbemuseum *en miniature*.

Itch klopft das Herz bis zum Hals. „Tja, mein Reich", sagt er und wartet brennend auf einen Kommentar.

„Schön", sagt Reiner, und es klingt ihm selbst zu lapidar. Die Wahrheit ist, dass er Itch in dieser Sekunde entsetzlich beneidet, weil er das lebt, was Reiner sich verkniffen hat – nicht zuletzt wegen Nik. Itch ist so ... jung – ein besseres Wort fällt Reiner nicht ein –, und das scheint, zumindest auf den ersten Blick, Itchs ganzen Lebensinhalt auszumachen.

„Das Essen ist noch nicht fertig", sagt Itch entschuldigend. „Ich muss noch in die Küche. Setz dich!"

Reiner hat die Einladung immer wieder hinausgeschoben. Jetzt, nach vierzehn Tagen und drei Anläufen von Itch, sitzt er doch bei ihm, um den Jungen nicht vor den Kopf zu stoßen.

Sein Blick fällt auf den Anzug, den Itch zum Lüften auf dem Balkon gehängt hat. „Was arbeitest du eigentlich?"

„Ich bin Kontakter, das heißt, als Verbindungsmann zwischen Kunde und Werbeagentur sorge ich dafür, dass die Wünsche erfüllt werden, pipapo."

„Mit diesem Haarschnitt?"

„Eben deswegen. Werbeagenturen müssen immer die Nase vorn haben. Piefige Bürohengste kommen nicht gut an." Itchs Antwort wird von einem Zischen übertönt. Was es gibt, weiß Reiner noch nicht, aber es duftet verdammt gut. Er genießt es richtig, bekocht zu werden.

„Ich kann mir gar nicht vorstellen, wie du darin aussiehst."

„Soll ich es dir vorführen?"

Welche verfängliche Situation Reiner damit hervorgerufen hat, wird ihm erst klar, als Itch sich vor ihm aufbaut und süffisant lächelt.

„Ach nee. Die Gelegenheit kriege ich bestimmt noch."

Itch stellt einen Teller russischer Fischsuppe vor Reiners Nase und platzt mit der Frage heraus, die ihm auf der Seele brennt, seit Jan-Ulrich sie ihm eingeimpft hat: „Warum bist du eigentlich solo?"

Reiner fühlt sich überrumpelt. „Wer hat gesagt, dass ich keinen Freund habe?"

Itch fährt zusammen. „Ich dachte … weil … Hast du denn einen?" Dann stiert er angestrengt auf seinen Teller und schiebt die trübe Flüssigkeit hin und her.

„Nein", gibt Reiner nach einigem Mit-sich-Ringen zu. Er empfindet es als reichlich problematisch, mit einem Jungen über Beziehungen zu reden, der vermutlich mehr will, als nur mit ihm zu Abend zu essen. „Ich bin seit einem Dreivierteljahr glücklicher Single", legt er nach, um sein Desinteresse deutlich zu machen.

„Warum habt ihr euch getrennt?"

Reiner leert den Teller. Das ist ihm dann doch zu persönlich. „Das erzähl ich dir ein anderes Mal. Hattest du denn schon mal einen Freund?"

„Ja, klar", antwortet Itch hektisch.

„Wie lange?"

„Weiß nicht mehr genau. Paar Monate." Itch hebt den Teller an und schöpft die letzten Löffel Suppe heraus. „Nichts Ernstes", setzt er nach.

Reiner meint Itch erröten zu sehen und kriegt das Gefühl, dass Beziehungen für den Jungen Neuland bedeuten. „Wer sind eigentlich die beiden, mit denen du an dem Abend unterwegs warst?"

„Quentin und Jan-Ulrich? Ach, die kenne ich schon ewig." Itch erzählt, wie er zu Beginn seines Studiums der Kommunikationswissenschaften die Nachmittage je nach Wetterlage zwischen Bibliothek und der der Uni nahe gelegenen so genannten *Eierwiese* teilte.

Weil Jan-Ulrichs Familie Geld hat und seine Mutter so gerne vom Adel abstammen würde, erlaubte sie dem frisch gebackenen Jurastudenten, nur Anzug und Krawatte zu tragen, was dieser auch brav befolgte – bis er Itch über den Weg lief.

„Welch ein Anblick", erzählt Itch. „Dieses magere Geschöpf, mit der Arroganz der Bessergestellten und einem klotzigen Siegelring am Finger, kam auf einem Hollandrad in den Park geradelt und hängte die Hose gepflegt über die Lenkstange, dann das Jackett, bis er, in Pluderbermudas und schwarzen Strümpfen seine weiße Haut aufs dickste mit Sonnenmilch eincremte. Schutzfaktor fünfundvierzig, versteht sich."

„Und so einen hast du angesprochen?"

„Jan-Ulrich war mir wegen seinem braven Buben-Haarschnitt schon in der Bibliothek aufgefallen …"

Reiner schaut Itch in die Augen und ahnt, was danach kam: Für beide war es vermutlich das erste Mal, ein zögerliches, vorsichtiges Erkunden der Sexualität zu zweit, was nicht zur erträumten, berauschenden Befriedigung führte, weshalb sie sich gegenseitig vorschlugen, anstatt Liebhaber doch besser gute Freunde zu werden. „Und Quentin?"

„Den haben wir in der Sauna kennen gelernt", sagt Itch und erinnert sich, dass Jan-Ulrich und er nach ihrer extrem kurzen Liaison beschlossen, die „gefährliche Welt der Homosexualität" gemeinsam zu erforschen. Quentin, der rotschopfige Australier mit dem Körper voller Sommerspprossen, legte eine ähnliche Scheu an den Tag wie sie selbst. Was geht hier vor? Wie macht man das? Ist der Whirlpool auch sauber?, schienen ihre Blicke abwechselnd in den Dampf dieser labyrinthartigen Räume zu schreiben. Nur scheinbar liefen sie sich immer wieder zufällig über den Weg, bis Quentin sich ein Herz fasste und sie in seinem Urwaldenglisch ansprach. „Bisschen ungeheuerlich hier, was?"

Itch und Jan-Ulrich wussten nicht, ob er damit die dunklen Räumlichkeiten meinte, in denen man sich leicht verirrte, die vielen Männer oder die Art und Weise, wie man sich hier begegnete. Weil sie alle drei Aspekte hätten bejahen können, setzten sie sich an die Bar und wurden Freunde. Aber das erzählt Itch Reiner nicht.

„Quentin war ans andere Ende der Welt geflogen, weil ihm ein Typ nur Wochen zuvor die Liebe geschworen hatte, dem es nun schwer fiel, sich auch nur an Quentins Namen zu erinnern. Ein Ticket für den Rückflug hatte Quentin nicht. Wozu auch? Kein Hotelzimmer, noch nicht mal Bares. So hat ihm Jan-Ulrich kurzerhand sein Gästezimmer zur Verfügung gestellt." Itch beugt sich vor und senkt die Stimme. „Das ist ein fünfundzwanzig Quadratmeter großer Raum mit Stuckdecke und Balkon, den er sonst nur als Abstellkammer benutzt."

„Wie lang ist das her?"

„Drei Jahre."

„Und warum ist Quentin jetzt immer noch hier?"

Itch zuckt mit den Schultern. „Was hat Australien schon zu bieten, außer einem höheren Risiko, an Hautkrebs zu erkranken?"

Und während Itch weitere Eskapaden erzählt, die die drei über die Jahre zusammengeschweißt haben, zündet sich Reiner eine Zigarette an und lehnt sich zurück. Itchs

Geschichten sind so leicht, so unschuldig im eigentlichen Sinn des Wortes. Sie erinnern Reiner daran, wie er in diesem Alter gedacht und gefühlt hat. Das war noch vor Nik. Damals glaubte er noch, es wäre so einfach, den Richtigen zu finden, und er hätte Stein und Bein geschworen, dass, wenn er ihn denn gefunden hätte, sie bis ans Lebensende nichts mehr voneinander trennen könnte. Die Sehnsucht war schon da. Was fehlte, waren die Ent-Täuschungen, die ihn hinter die Illusionen führten.

„Bereit für mehr?"

„Was?"

Itch schmunzelt und wird rot. „Ob du Hunger für das Hauptgericht hast?"

Reiner nickt und steht auf, um seine Suppenschale in die Küche zu bringen.

„Ich mach das ..." Itch will sie ihm aus der Hand nehmen, da fällt sie auf den Boden und zerbricht. Sie bücken sich beide danach und stoßen mit den Köpfen zusammen.

„Entschuldigung", sagt Reiner und bemerkt, wie frisch Itch duftet.

„Aber das war doch meine Schuld", sagt Itch, schaut ihm einen gefährlichen Moment lang in die Augen und springt dann auf.

Während Itch in der Küche die Hühnerschlegel, das Gemüse und den Reis auf die Teller verteilt, fangen Reiners Gedanken an, verrückt zu spielen. Er spürt dieses Kribbeln im Bauch und merkt, wie nah dran er ist, Itch zu packen und zu küssen. Er hat Sehnsucht, ihn zu halten und zu trösten. Er will Itch vor dem schützen, was unweigerlich auf ihn zukommen wird. Aber er zwingt sich auf den Stuhl; gedankenverloren zündet er sich eine Zigarette an.

„Und jetzt?"

Nach dem Nachtisch und einer viel zu langen Gesprächspause weiß Reiner, dass er gehen sollte. Aber etwas hält ihn davon ab. Eine unsichtbare Kraft. Eine, die sich der Vernunft entzieht. „Wie wär's mit 'nem Film?"

Itch schmunzelt zufrieden. „Was willst du sehen?", fragt er, geht ins Wohnzimmer hinüber und stellt sich vors Regal. „Action, Science-Fiction, Western ..."

Reiner ist wie immer nach einer romantischen Schnulze à la *Wunsch & Wirklichkeit*, die zu seinen absoluten Favoriten zählt. Aber neben Itch in Tränen auszubrechen, kommt ihm nicht sehr passend vor. „Worauf hast du denn Lust?"

Itch guckt ihm in die Augen, und Reiner sieht, dass er zögert. Erst dann wird ihm klar, dass seine Frage doppeldeutig ist.

„*Matrix*?"

Reiner hat diesen Sci-Fi-Thriller noch nicht gesehen, aber schon viel darüber gehört. Keanu Reeves entdeckt, dass die Menschen nur in einer Scheinwelt leben, die ihnen von einer anderen Macht vorgegaukelt wird, um sie auszunutzen. „Gute Wahl", sagt Reiner und lässt sich aufs Sofa fallen.

Itch legt die DVD ein, und als er sich mit den Fernbedienungen bewaffnet setzen will, schlägt das Fenster zu. „Ups, es fängt an zu regnen. Ich denke, du wirst hier übernachten müssen", sagt er, bemüht, seinem Vorschlag einen beiläufigen Klang zu geben.

Wieder einmal neben jemandem schlafen, das Atmen hören, gemeinsam aufwachen, vielleicht ein wenig festhalten, ja, das würde Reiner schon gefallen. Aber was hätte das für Konsequenzen? Itch ist kein Junge, mit dem man Sex hat und dann verschwindet. Das könnte Reiner ihm nicht antun. „Vielleicht hat es nach dem Film ja schon aufgehört", sagt er und spürt in sich den Wunsch aufkeimen, es möge ein Sturm heranziehen.

Itch schließt das Fenster und setzt sich in die andere Ecke des Sofas und schaltet den Fernseher an. Während des Films geht ihm Jan-Ulrich durch den Kopf: „Die guten Kerle sind alle in festen Händen." Was soll denn an Reiner bitte schön schlecht sein?

Nachdem Reiner Itch das Versprechen abgenommen hat, „vernünftig" zu sein, kriechen sie jeder unter eine Decke. Itch ist das gar nicht so unrecht, denn so richtig wohl fühlt er sich mit einem Fremden im Bett nicht. Aber ein bisschen näher würde er Reiner schon gerne kommen. „Willst du schon schlafen?", fragt er.

„Du kannst mir ja noch eine Geschichte erzählen", antwortet Reiner und schiebt das Kissen unter seinem Kopf zurecht.

„Was willst du hören?" Itch stützt sich auf den Ellenbogen und schaut ihm in die Augen.

„Keine Ahnung. Lass dir was einfallen! Du bist der Gastgeber."

Itch stöhnt angestrengt und rückt dabei vorsichtig ein bisschen näher. Reiner streichelt ihm über das Gesicht. Obwohl Itch die Nähe sucht, macht sie ihm Angst. Reiner bemerkt Itchs Anspannung, er schaut ihm in die Augen, Itch entspannt sich, lächelt.

Reiner schiebt seine Hand unter der zerbrechlichen Brust hindurch und zieht Itch an sich heran. „Vielleicht solltest du doch besser das Licht ausmachen", flüstert er. Und während Itch sich nach dem Schalter streckt, küsst Reiner die dünne Haut seiner Flanken. In Itchs Bauch beginnt es zu vibrieren, und ein zartes Flattern breitet sich im ganzen Körper aus.

„Hier, fühl mal meine Hand!", sagt Reiner und streichelt Itch vorsichtig vom Po über den Rücken hinauf zu den Schultern. „Spürst du sie?"

Itch nickt hektisch, aufgeregt.

Reiner dreht ihn sanft herum, streichelt ihm noch langsamer von der Stirn über das Gesicht, am Hals entlang zur Brust. Dort lässt er seine Hand liegen. „Spürst du die Wärme?" Dann fährt er wieder hinauf über das Gesicht an den Wangen hinunter zu den Schultern am Arm entlang, bis das Flirren in Itch verklingt.

„Du hast noch nicht viel Erfahrung, oder?", fragt Reiner.

„Doch, äh ... Nein", antwortet Itch. Und Reiner gibt ihm den ersten vorsichtigen Kuss.

Später in der Nacht, während Itch träumt, mit seinen Freunden an einem Pool in Fort Lauderdale Cocktails zu schlürfen und ihnen vorzuschwärmen, wie zärtlich und verständnisvoll „sein Mann" ist, liegt Reiner wach und beobachtet die Regentropfen bei ihrem Wettrennen die Fensterscheibe hinunter.

Dass Itch mehr will, als nur ein wenig kuscheln, steht außer Frage. Aber was will ich von Itch? Er himmelt mich an, er kocht für mich, er ist lebendig und unternehmungslustig und er scheint sein junges Leben im Griff zu haben. Aber reicht mir das als Partner?

13.

Ein Jahr lang ging Nik fast jede Nacht an die Geldbörsen seiner Eltern und zweigte ein paar Scheine ab, mal zehn, mal zwanzig Mark. So kratzte er die immense Summe von fünftausend Mark zusammen, was ihm im Alter von sechzehn Jahren genug Geld erschien, um bis ans Ende der Welt zu flüchten.

Tin wartete vor der Tür. Es war noch dunkel, denn bei Tageslicht abzuhauen schien ihnen zu gefährlich. Im Blindflug radelten sie über die Landstraßen ihrer Kindheit der Zukunft entgegen, damit sie das Ticket in die Freiheit bereits in Händen halten würden, wenn man ihr Fehlen entdeckte.

Berlin, das hatte für sie schon fast einen ätherischen Klang; von Freising aus schien es unerreichbar weit entfernt. Berlin war ideal: eine aktive Punkszene, politischer Widerstand, kein Wehrdienst. Die Stadt an sich war eine rebellische Zelle. Vom Feind umzingelt lag sie dort. Man konnte über die Mauer spucken, den Wachsoldaten den Stinkefinger zeigen und wusste sich von den Alliierten beschützt. In Berlin wähnten sie sich sicher.

„Wenn wir es nach Amerika geschafft haben, schicken wir den Jungs von der Band ein Ticket, damit sie nachkommen können", sagte Nik und schaute durch das Fenster des Zuges auf die vorbeifliegende, triste Landschaft der Zone.

Tin hörte auf, leise Rhythmus zu klopfen, und strahlte. Die Idee war großartig. „Was meinst du, was die für Augen machen!"

Kreuzberg zu finden war ziemlich einfach, in die besetzten Häuser reinzukommen stellte sich allerdings viel schwieriger dar als erwartet. Die Eingänge und die Fenster im Erdgeschoss waren vernagelt und verschanzt.

„Scheiße, warum machen die das?", fragte Tin.

„Um die ‚grüne Seuche' draußen zu halten", antwortete Nik, als würde er schon Jahre in der geteilten Stadt leben.

Zwei Nächte schliefen sie in Schlafsäcken hinter einem Bauzaun, bevor ihnen ein Typ über den Weg lief, den sie Stunden zuvor an einem der Fenster gesehen hatten. Der halbe Kopf rasiert und tätowiert, das Haar giftig rot gefärbt, ein dicker Ring durch die Nase, verschmierter Kajal um die Augen, zerrissener Parka, Springerstiefel und Anarcho-Zeichen überall.

„He, warte!", rief Tin. Aber der Typ gab Fersengeld. Sie holten ihn schnell ein, denn ein Junkie auf der Flucht gewinnt keine Medaillen. „Wir tun dir nichts. Wir wollen nur da rein."

„Det wolln'se alle. Jeht aba nich."

„Hör mal, wir kommen aus dem Westen. Wir sind Musiker und wollen hier eine Band gründen. Wir brauchen unbedingt eine Bleibe."

Der Typ checkte sie ab. Zwei Jungs mit schwerem bayrischen Akzent. „Wo is'n eure Klampfe?"

„Hinterm Bauzaun." Tin deutete die Straße hinunter.

„Okay, wartet hier. Ick komme wieda."

Eine Stunde später kam er tatsächlich wieder und führte sie zu einem Haus, dessen Tür auf seinen Pfiff hin geöffnet wurde, dann verband er ihnen die Augen. Ein oder zwei andere tauchten auf und führten sie treppauf und treppab, dem Klang nach über Hinterhöfe, dann Treppe um Treppe nach oben, als stiegen sie in den Himmel.

Als man ihnen die Augenbinden abnahm, fanden sie sich einem kleinen, dicken Mann gegenüber, der im Lotussitz mitten in einem riesigen Dachgeschoss saß, durch dessen Schindeln nicht nur das Licht drang, sondern auch der kalte Herbstwind. Über seinen Schoß war ein rosafarbener Seidenschal drapiert, ansonsten war er nackt.

Buddha befragte sie nach ihrem Anliegen. Seine Sprache war gewählt, er wirkte gelassen, als könnte ihn nichts aus der Ruhe bringen. „Werdet ihr gesucht?", fragte er zum Schluss, und seine weichen Augen hatten mit einem Mal etwas Stechendes.

Tin und Nik schauten sich an. Sie hatten – Tin mit sehr viel schlechterem Gewissen als Nik – das Bild ihrer Eltern vor Augen, die vermutlich herumtelefonierten, selbst der verbliebene Rest der *Bitter Lemons* würde sich Sorgen machen. „Nein!", sagten sie unisono.

„Wegen euch werden wir Schwierigkeiten bekommen", prophezeite Buddha, „ich weiß es. Aber wer meine Hilfe sucht, dem wird sie zuteil."

Auf sein Handzeichen hin wurden sie weggeführt. Kurz bevor sie durch einen Durchbruch auf eine Leiter zusteuerten, drehte sich Nik um und sah, dass eine junge Frau eine Spritze an Buddhas abgebundenen Arm ansetzte. Im nächsten Moment hörte er den dicken Mann singen.

„Ist ihm nicht kalt?", fragte Tin, und der Typ, der ihn hinter sich herschleppte, schnarrte zahnlos. „Ahhh, Buddha ist cool, ey. Der macht voll auf Meditation, der hockt auch im Winter so rum."

Sie durften im zweiten Stock hausen: zwei Zimmer, drei der vier Fensterscheiben zerschlagen, der Parkettboden teilweise herausgerissen. Verfeuert, wie sie aus dem Häufchen Asche in der Ecke schlossen. Die grüne Tapete mit dem Blumenmuster war mit Namen und Sprüchen verziert. Das einzige Möbel war eine verpisste Matratze, ansonsten lag nur Bauschutt herum.

„Gibt's hier auch Toiletten?", fragte Tin.

„Ja, na klar", antwortete der Typ und trat mit ihm an ein Fenster heran, das sich zum Innenhof öffnete. Unten lag eine zerbrochene Kloschüssel. „Schau mal, ob du die triffst." Er lachte wieder sein schnarrendes Lachen und versetzte ihm einen kumpelhaften Schlag auf die Schulter. Nach einem Bad fragte Tin dann gar nicht mehr.

Sie fanden bald heraus, dass sie in mehreren angrenzenden Häusern lebten, die mit Hilfe von Durchbrüchen zu einer autarken Dorfgemeinschaft zusammengewachsen waren. In den Zimmern lebten Einzelpersonen, Paare und Kleinfamilien, alles in allem vielleicht zweihundert Menschen, die bereit waren, sich dem Strom der Gesellschaft zu widersetzen. Manche schlossen sich zu Gruppen zusammen, die gemeinsam kochten, sich Geschichten erzählten oder einfach nur zusammensaßen und kifften, andere zogen es vor, ihre Wäsche allein zu waschen.

Zur weltrettenden Verschwörung gehörten keineswegs nur abgefuckte Junkies, Ausreißer und Typen ohne Schulabschluss, sondern auch Studenten, die von hier aus an die Uni gingen, ein Rechtsanwalt, ein Ärzteehepaar und allerlei Aussteiger. Mit Niks Gitarre und Tins mittlerweile erträglichen Fähigkeiten, einen Rhythmus anzuschlagen, fanden sie schnell Anschluss und lernten die Gesetze einer Welt der scheinbaren Gesetzlosigkeit.

Nik gefiel das neue Zuhause. In einem übergeordneten Sinn war es ja nur eine Fortsetzung der *Bitter Lemons*. In seiner dörflichen Unwirklichkeit hatte Nik seinen Vater für den Antichristen gehalten, gegen den es zu rebellieren galt. Hier, in diesem großstädtischen Zusammenhang zeigte sich, dass sein Vater nur eine Warze auf dem Geschwür war, das es zu vernichten galt, wenn man nicht daran verenden wollte: der gesammelte Faschismus aus Polizei, Politik und Wirtschaft. Gegen diese Hydra verbarrikadierten sie sich, um die blinde Welt darauf aufmerksam zu machen. Anarchie war die Medizin, Hass eine Pflicht. „Das System hat keine Fehler, es ist der Fehler" lautete ihr Leitspruch.

„Willst du?", fragte Nik und hielt ihm den Joint hin.

Tin schüttelte den Kopf und fragte: „Wie soll das eigentlich weitergehen, Nik? Wir sind jetzt schon ein halbes Jahr hier."

Nik inhalierte den Rauch tief in seine Lunge und hielt ihn dort. „Weiß nicht", antwortete er nach einer Weile mit trockener Stimme; das Marihuana kratzte im Hals. „Ich habe das Gefühl, dass dies erst der Anfang ist."

„Wovon?"

„Was ist?", fragte Nik und schaute ihn mit rot unterlaufenen Augen an. „Wirst du nervös?"

„Ich hatte mir unsere Zukunft anders vorgestellt. Wir hatten Pläne. Wir wollten nach Amerika. Wir wollten berühmt werden."

„Was ist Zeit, Tin? Was ist Zeit?"

14.

„Hannes!"

„Hallo, mein Lieber, wie geht's?"

„Itch will mit mir und seinen Freunden essen gehen."

„Und?"

„Du weißt doch, wie das ist. Dann muss ich ihn auch meinen Freunden vorstellen, und bevor ich's weiß, haben wir ein Gemeinschaftskonto."

„Reiner, ich bitte dich. Du leidest ja schon an Verfolgungswahn. Triff seine Freunde, lass ihn endlich auch mal in deine Wohnung! Deshalb musst du ihn doch nicht gleich heiraten."

Hannes hat Recht. Warum fühle ich mich schon verantwortlich für Itchs Gefühle, wenn ich noch nicht mal mit ihm zusammen bin?

15.

Nik und Tin tingelten abends durch die Hinterhöfe und erspielten sich mit Bob Dylan, Cat Stevens und Donovan genug Geld, um das Gros ihres täglichen Bedarfs zu bestreiten. Den Rest klauten sie im *KaDeWe*, denn auch Diebstahl gehörte zum guten Ton in der Szene. Und während Tin sich immer noch sicher war, das Glück in der weiten Welt zu finden, wuchs in Nik die Ahnung, dass es ganz woanders auf ihn wartete.

Mehr als ein Jahr verging, bevor Buddha Nik zu sich rufen ließ. Es schneite, und unter dem Dach herrschte bittere Kälte. „Du sollst gut Gitarre spielen", sagte er und wiegte seinen Oberkörper wie in Trance hin und her.

Den Gerüchten zufolge lebte er allein dort oben, ertrug die Hitze des Sommers und die Kälte des Winters in ein und derselben demütigen Haltung, und das schon seit Jahren. „Er ist unsere Seele", behaupteten jene übersinnlich Angehauchten, und selbst die anderen, die nur an Irdisches glaubten, gaben zu, dass Buddha sie immer rechtzeitig vor den Angriffen der „Faschos" gewarnt hatte, die sie daher bisher noch jedes Mal mit einer Batterie selbst gebastelter Molotow-Cocktails hatten zurückschlagen können.

Nik sah im Schein der lodernden Fackel, dass Buddhas Augen sehr groß waren, unnatürlich groß, und ihre Farbe von einem blassen Blaugrün, nicht kräftiger als das Wasser in cinem Freibad.

„Spiel für mich!"

Weil Nik glaubte, Buddha keine *Deep Purple*, *Uriah Heep* oder *Nazareth* zumuten zu können, zupfte er Leonard Cohen und all die anderen Standards, bis Buddha sein Spiel mit einer winzigen Geste unterbrach. „Folge deinem Lied!", sagte er ruhig und betonte dabei das „deinem".

Nik saß auf einem dünnen Kissen, vom Boden stieg die Kälte in seine Beine und machte die Finger klamm, aber er zupfte und zupfte. Tagelang ging er nach oben wie ein Novize zum Meister, um sein *koan* zu lösen, und spielte. Buddha lächelte nur, bis Nik ihn eines Tages verzweifelt anschrie: „Was? *Was?* Sag doch endlich, was ich falsch mache!"

Buddha pfiff, zwei Helfer kamen angelaufen und gaben Nik eine Spritze.

„Ich werd's dir zeigen. Komm mit mir!", sagte Buddha, und es klang beruhigend.

Wärme, ja Hitze durchströmte Nik. Vorbei der Trotz, er streifte die Verzweiflung ab, derer er sich bis dahin nicht einmal bewusst gewesen war, und begann zu verstehen: In einer Welt der Rebellion macht Rebellion keinen Sinn. Seine Musik erhob sich wie eine Möwe von einem Eisbrecher, und sein inneres Lied klang plötzlich nach Hoffnung.

Das war der Anfang. Im darauf folgenden Jahr baute Nik jede Brücke zu seinem alten Leben ab, bis seine Vergangenheit ihm nur noch vorkam wie ein trauriges Märchen, das ihm jemand im Vorübergehen erzählt hatte. Vorbei die Zeit als Nebendarsteller, nun spielte er die Hauptrolle. Nik drückte Heroin.

„Das hier", Nik breitete die Arme aus und drehte sich um die eigene Achse, „ist alles *maya*, Illusion. Nichts von dem, was du hier siehst, Tin, ist echt. Komm!" Er streckte seine Hand nach seinem Freund aus. „Ich zeig dir, was wahrhaftig ist."

Es klang prophetisch, und Tin geriet einen Moment lang in Versuchung, seinem Freund zu folgen. Aber eine Stimme in ihm war lauter: Ich muss auf ihn aufpassen.

„Du bist doch nur zu feige", sagte Nik.

In Anbetracht von Niks Entwicklung wurde es Tin „zu heiß". Sein Freund entfernte sich rasant von ihm und von allen Werten dieser Welt. Nik ging mit anderen aus der WG auf Raubzüge, um sich die Drogen zu finanzieren, den Rest der Zeit verbrachte er mehr und mehr in einem Zustand der chemischen Trance. Oft war er gar nicht mehr ansprechbar. Und wenn Tin versuchte, ihm das klarzumachen, entgegnete Nik mit starrem Blick: „Ich bin auf dem Weg, Tin. Ich weiß es. Vertrau mir!"

Tin wollte seinen Freund nicht verraten, er wollte zu ihm halten.

„Buddha! *Buddha!*"

Buddha hörte das Brüllen seiner menschlichen „Hauspost" und sah das Bild eines Mannes vor seinem inneren Auge, der so gewaltig war, dass die Stiegen unter seinen Füßen ächzten, fest in seinem Griff das Ohr des langen, dürren Tin, dessen Gesicht von Tränen überströmt war.

„Du musst gehen", sagte Buddha zu Nik, zog sein Gesicht an sich heran und legte die Stirn an seine. „Es ist Zeit für deinen nächsten Schritt."

Nik lief in die Richtung, die Buddha ihm wies, stürzte in sein Zimmer hinunter und verschwand mit seinem Pass, ein bisschen Geld und einer Tüte Marihuana durch ein geheimes Schlupfloch im Keller, das ins Nebenhaus führte. Der Linienbus brachte ihn zur Grenze. Dort trampte er mit einem holländischen Blumentransporter durch die DDR.

Kurz nach der Grenze begann er zu frieren. Etwas später trieb sich der kalte Schweiß durch seine Kleider. Wie er nach Rotterdam gelangte, weiß er heute nicht mehr, nur noch, dass er sich am Hafen noch eine Ladung Stoff in die Venen drückte, bevor er sich an Bord der „Poland" schmuggelte und neben dem Maschinenraum einnistete. Dort war es zwar laut, aber warm, und genau das würde er in den nächsten Tagen brauchen.

Nik war nicht der einzige blinde Passagier an Bord. An zwei schwedische Rucksacktouristen kann er sich erinnern, einen Jungen und ein Mädchen in seinem Alter. Die beiden wollten den Globus zu Fuß umwandern. Und dann war da noch ein Ire keltisch-schottischer Abstammung mit rotem Vollbart und grünen Augen, die selbst im Dunkeln leuchteten. Die Verständigung war schwierig – nicht nur wegen der Sprachprobleme, sondern vor allem, weil Nik bald die Kontrolle über seine Sinne verlor.

Als der Schüttelfrost einsetzte, besorgte die junge Schwedin Wasser und wusch ihm immer wieder den Schweiß und das Erbrochene vom Körper. Ihr Freund versuchte in gebrochenem Deutsch, Nik in seiner Welt der Halluzinationen die Wirklichkeit bewusst zu machen. Und wenn die Krämpfe über Nik herfielen, sodass er glaubte, von Hyänen zerfetzt zu werden, legte der Ire ihm die Hände auf.

Nik spürte die Ohrfeigen des Vaters auf seiner Haut brennen, er fühlte sich vom kalten Blick seiner Mutter durchbohrt, die Leere und die Unwirklichkeit seines Lebens schienen ihn zu erdrücken. In den Pausen zwischen den Anfällen hörte er Buddhas Stimme: „Es ist Zeit für deinen nächsten Schritt."

Sobald das Schiff in New York anlegte, ließ sich Nik an der Ankerkette ins Wasser. Mit verschwitzten Kleidern, ohne Geld und mit mangelnden Englischkenntnissen schwamm er an Land.

Die ersten Tage irrte er herum und hielt sich mit den Resten über Wasser, die er aus den Mülltonnen der Restaurants fischte. Es dauerte, bis das Verlangen nach Drogen seinen Körper verließ und er wieder zu Kräften kam. Durch andere, die auf der Straße lebten, lernte er die Sprache, bekam die Adresse von der Suppenküche in der Lexington Avenue, und mit jedem Tag wurde ihm ein bisschen klarer, dass Buddha ihn nicht auf die Reise geschickt hatte, um so zu enden.

In seinem ersten Job schleppte er Kuhhälften aus Lagerhäusern in Lastwägen, dann half er einem alten Inder, Lebensmittel zu verkaufen, und schaffte es schließlich hinter die Bar eines billigen Restaurants in Downtown. Es dauerte lange, aber nach gut einem Jahr hatte er genug Geld zusammengekratzt, um sich eine Gitarre zu kaufen.

Am Abend seines neunzehnten Geburtstags setzte sich ein Mann zu ihm an die Bar und bestellte einen Drink. Nik sah, dass der Gast schlecht gelaunt war. „Kein guter Tag, was?", sagte Nik, der inzwischen gelernt hatte, dass man das Trinkgeld nicht mit dem Mixen verdiente, sondern mit dem Zuhören.

„Ah, those fuckin' queers!", schimpfte der Gast unter seinem dichten Schnauzbart, und Nik nickte, obwohl er dieses Wort zum ersten Mal hörte. Der Gast blieb, bis die Schicht zu Ende war, dann nahm er Nik mit zu sich nach Hause.

In dieser Nacht verwandelte sich die Kulisse von Niks Leben in eine fühlbare, erfahrbare Welt, und er ahnte, dass Buddhas Prophezeiung eingetreten war.

16.

„Erzähl!" Hannes kann es kaum erwarten zu hören, wie Reiners Abendessen mit Itchs Freunden verlaufen ist. „Wie war's denn?"

Reiner läuft in seiner Leihwohnung herum, in der er sich zunehmend wie ein Hamster im Käfig fühlt. „Ich kam mir vor wie der Vater, der auf die Jungs von der Nachbarin aufpassen muss." Er kichert.

„Wieso? Haben sie sich schlecht benommen?"

„Nein, nein. Sie waren total nett, aber sie haben mich angeguckt, als würden sie zum ersten Mal einen Erwachsenen sehen."

„Was sind das für Vögel?"

Reiner steckt sich eine Zigarette an. „Sie sind genauso jung wie Itch. Nicht vom Alter her, aber von ihrem ... na ja ganzen ... Du weißt schon. Die Frage, die sie am meisten beschäftigt, ist, in welche Bar sie freitagabends gehen sollen und ob das Blau ihrer Sonnenbrille nun wirklich das angesagte ist oder doch eher ein anderes. Sie haben es noch nicht mal blau genannt, es ging um aqua, türkis und ich weiß nicht was alles. Ich glaube, die können fünfzig verschiedene Blautöne unterscheiden."

„Enttäuscht?"

Reiner wiederholt das Wort, als hätte er es noch nicht richtig verstanden. „Nein, es ... Es hat durchaus was Liebenswertes. Aber ..." Er stippt die Asche ins Spülbecken. „Ich will nicht wieder Entwicklungshelfer spielen. Verstehst du?"

„Reiner, ich bitte dich. Sind wir nicht alle Entwicklungshelfer?"

Reiner lässt sich in den Sessel fallen und denkt darüber nach. Wie kann es in dieser Welt einen Mann geben, der keine Probleme hat? „Vielleicht hast du Recht", seufzt Reiner.

„Natürlich hab ich Recht. Entschuldige, wenn ich das so sage." Und weil Reiner still bleibt, fügt er hinzu: „Ob Itch zu dir passt, wirst du nicht herausfinden, indem du darüber nachdenkst. Du musst ihm schon eine Chance geben."

17.

„Wie wär's am Wochenende mit einer Floßfahrt?", fragt Itch während der Kinowerbung und schaufelt sich eine Ladung Popcorn in den Mund.

Reiner rutscht noch tiefer in den Sessel und greift in die Tüte. „Geht nicht. Meine Eltern erwarten einen Besuch." Dann sieht er Itchs Augen glänzen.

Nein, so hab ich das nicht gemeint, denkt Reiner und fiebert nach einer Ausrede, warum er Itch nicht mitnehmen kann. Aber bevor er sich eine ausdenken kann, fällt Itch ihm um den Hals. „Boah, ich bin so gespannt, sie kennen zu lernen."

Reiner ist sich seiner Gefühle für Itch noch nicht im Klaren. Abgesehen von seiner Zuneigung für ihn gefällt ihm zwar, dass Itch ihn offensichtlich anhimmelt, dass er ihm Aufmerksamkeit schenkt und am liebsten alles gemeinsam unternehmen will, aber reicht das für eine Beziehung? Und wie würden seine Eltern auf ihn reagieren? Reiner weiß, dass seine Mutter weiterhin Kontakt zu Nik hält, und kriegt mit, dass sie ihm die Trennung nicht verziehen hat.

Andererseits: Itch mitzunehmen würde vielleicht endlich klarmachen, dass die Trennung unwiderruflich ist, und eben genau zumindest diese Vorwürfe beenden. Nicht zuletzt wäre mit Itch der Besuch erträglicher.

Der Bus hält an und öffnet seine Türen; das Beben des Motors erschüttert. Itch hält einen Strauß Blumen in der einen Hand, in der anderen eine Papiertüte mit einer Schachtel Pralinen. Einstandsgeschenke. Reiner ist unwohl, aber so fühlt er sich immer, wenn er zu seinen Eltern fährt.

Reiner will auf die Klingel drücken, da sagt Itch: „Warte!" Dann zieht er am Kragen seines Polohemds und bleckt die Zähne. „Wie seh ich aus?"

„Wie der Schwiegersohn aus dem Neckermann-Katalog."

Itch gibt ihm einen Kuss.

„Guten Tag", sagt Reiners Mutter, nachdem sie die Tür geöffnet hat, und hält Itch die Hand hin, während sie ihren Sohn fast schon überschwänglich mit einem Wangenkuss begrüßt.

„Hallo, Frau Mama", sagt Itch und strahlt sie an, dann überreicht er ihr Blumen und Pralinen, feinste Trüffeln aus der Konditorei.

„Das ist doch nicht nötig", wehrt sie ab, aber Reiner sieht ihr die Freude an. Nik hat so etwas ja nie gemacht.

„Hallo", sagt Reiners Vater und klopft Itch auf die Schulter.

Er hat immer noch nicht kapiert, dass das bei uns anders läuft, denkt Reiner und umarmt seinen alten Herrn.

„Wir haben ja schon einiges von dir gehört", fährt der Vater fort und bittet Itch ins Wohnzimmer. „Nun kriegen wir dich also endlich auch mal zu sehen."

Reiner kann sich nicht erinnern, mehr von Itch erzählt zu haben, als dass er ihn mitbringen wird.

„Und?", fragt Itch frech. „Erfülle ich Ihre Erwartungen?"

Der Vater lacht lauthals, die Mutter weiß mit dieser Bemerkung gar nichts anzufangen, Reiner bleibt vorübergehend die Spucke weg. Er hat ja schon erlebt, dass Itch frech sein kann, aber er hat erwartet, dass er sich seinen Eltern gegenüber zurückhaltender verhalten würde.

„Zumindest bist du ein Spaßvogel", sagt der Vater. „So viel kann ich schon mal sagen."

Sie setzen sich aufs Sofa, und für Reiner fühlt es sich seltsam an, dass Itch nun auf dem Platz sitzt, auf dem Nik früher immer gesessen hat.

„Itch? Was ist das nur für ein seltsamer Name?", fragt die Mutter. Reiner hat die Geschichte nun schon mehrmals gehört, so kann er beobachten, wie seine Mutter Itch aus dem Augenwinkel heraus mustert, skeptisch, fast misstrauisch, und sie redet kaum, was ganz untypisch für sie ist. Und da versteht Reiner noch etwas über sie. Diese Situation bringt sie in einen Zwiespalt: Freundlich zu Itch zu sein bedeutet für sie, Nik zu verraten.

„Kaffee?", fragt sie dann nach einer langen Pause.

„Ach, gern!", sagt Itch. „Darf ich Ihnen was helfen?"

Es erleichtert Reiner, Itch an seiner Seite zu haben. Mit seiner Höflichkeit wird Itch sich einen Orden ergattern, denn Nik war darin wahrlich kein Meister.

„Nein, nein. Setzt euch ruhig an den Tisch. Gedeckt ist schon."

Sie stehen auf und gehen an den Tisch hinüber. „Wo sitzen Sie?", fragt Itch den Vater.

„Weißt du, mein Junge", antwortet er. „Ich denke, du solltest uns ruhig duzen! Dieses Sie gibt mir das Gefühl, zu alt zu sein."

Sein Vater will es ihm offensichtlich leicht machen. Noch bevor sich Reiner für Itch entschieden hat, akzeptiert der Vater ihn schon als neuen Schwiegersohn.

Reiner setzt sich zurück und beobachtet. Itch kommt ihm wie ein Vogel vor, der seinen von der Mama frisch geputzten Kopf aus dem Nest reckt und neugierig die Welt erkundet, in die er hineinverfrachtet worden ist. Den Schnabel hat er immer weit offen. Es rührt ihn, Itch so zu sehen, und noch mehr rührt ihn, dass er dieses seidige Gefühl der Verbundenheit wieder spürt. Dort, am denkbar ungünstigsten Platz auf der ganzen Welt, fühlt Reiner den ersten Anflug von Verliebtsein.

Es läutet an der Tür. „Ach, das ist Netti", sagt die Mutter und springt auf.

„Ich wusste gar nicht, dass sie kommt", sagt Reiner zum Vater.

„Sie muss morgen nach Köln und lässt Nicole zwei Tage bei uns."

Reiner nickt. Als er sieht, dass Itch nichts versteht, erklärt er: „Meine Schwester und ihre Tochter."

„Hallo, Reiner." Netti stürzt auf ihn zu. „Und das ist dann wohl …"

„Itch. Itch, das ist Netti, meine Schwester. Und das hier ist Nicole, unsere kleine Prinzessin." Reiner versucht, sie an sich heranzuziehen, aber sie ziert sich. „Meine Güte. Du wirst von Mal zu Mal hübscher. Wie machst du das nur?"

„Willst du Itch nicht Guten Tag sagen?", fordert Netti ihre Tochter auf.

„Guten Tag", sagt Nicole knapp, geht um den Tisch herum auf die andere Seite und klettert dann auf den Stuhl.

Reiner kann den Gesprächen, die kreuz und quer geführt werden, kaum folgen. Es macht ihn vielmehr neugierig, warum seine Mutter Itch plötzlich völlig auszuklammern scheint. Bildet sie sich ein, Netti gegenüber ein schlechtes Gewissen haben zu müssen, weil sie sich mit Niks Nachfolger unterhält?

Das Telefon läutet. Seine Mutter geht in den Flur hinaus, und Reiner schaut auf die Standuhr. Sie sind schon über eine Stunde im Haus. Sobald seine Mutter fertig telefoniert hat, will er gehen.

„Für dich, Nicole", sagt die Mutter. Und als ihr Mann fragt, wer denn dran sei, schüttelt sie verstohlen den Kopf. Reiner kennt ihr Signal für „Jetzt nicht!", und mit einem Mal beschleicht ihn ein ungutes Gefühl. Nun ist es nicht mehr nur erlaubt, sondern allerhöchste Zeit zu gehen.

Um keinen Zweifel an seinem Entschluss zu lassen, schiebt er den Stuhl zurück und steht auf: „Tja, ich denke, wir sollten den Rucksack schnüren."

Itch, sichtlich überrascht, wartet, bis die Eltern aufstehen, bevor er sich selbst erhebt.

„Das war Onkel Nik", ruft Nicole mit ihrer engelshellen Stimme. „Ich soll liebe Grüße an Netti ausrichten, an dich, Reiner, und an Papa", sagt sie und deutet dabei nacheinander auf die genannten Personen. „Aber dich grüßt er nicht." Ihr kleiner Finger mit dem rot lackierten Nagel deutet direkt auf Itch.

„Puh, das war kein feiner Zug von meiner Tochter", sagt Netti zu Itch im Aufzug auf dem Weg ins Erdgeschoß. „Es tut mir wirklich Leid."

„Kein Problem", sagt Itch. „Sie ist doch nur ein kleines Mädchen."

Das stimmt, denkt Reiner, und genau deswegen spricht sie aus, was alle anderen nur denken.

Sie klappern durch die Eingangshalle nach draußen, dort schlägt ihnen die Hitze eines schwülen Sommerabends entgegen.

„Itch? Was ist das eigentlich für 'n Name?"

„Das erzählen wir dir ein andermal", sagt Reiner und küsst seine Schwester zum Abschied.

Netti steigt in den alten Käfer und kurbelt die Scheibe herunter. „Ja, kommt doch mal vorbei! Und ...", sie streckt ihren Arm nach Itch aus, „willkommen in unserer verrückten Familie."

Auf dem Weg zur Bushaltestelle schweigt Reiner.

„Du machst dir hoffentlich keine Sorgen um mich", sagt Itch und greift nach Reiners Hand. „Das hat mich wirklich überhaupt nicht verletzt."

„Nein, es ist ..." Reiners Ex fehlt der Familie. Nicole und seine Mutter zeigen das deutlich. Ob Vater und Netti Nik vermissen, darüber kann er nur spekulieren. Er selbst hat Nik mehr oder weniger vergessen, aber ist er wirklich aus seinem Leben? „Ich muss nur an Nik denken."

„Du bist nicht fertig mit ihm, stimmt's?", sagt Itch. Der Name ist in den paar Wochen, die sie sich kennen, einfach zu oft gefallen.

Reiner hält an. Die Sonne steht schon tief. In diesem Licht wirkt Itch, als wäre sein Gesicht goldgelb gebacken. „Ab und zu taucht er eben noch auf. Gib mir ein bisschen Zeit."

Hinter Reiners Rücken bremst der Bus und wirbelt eine Ladung Staub auf.

18.

Seit Buddha ihn damals dazu aufforderte, folgt Nik „seiner" Melodie. Die Gitarre wurde zum Freund, sie ließ ihn nie im Stich. Zu jeder Tages- und Nachtzeit konnte er sich mit ihr unterhalten, und sie war immer ehrlich. Wenn es Nik schlecht ging, weinte sie mit ihm, und wenn er träumte, ging sie mit ihm auf Reisen. Je mehr Zeit er mit ihr verbrachte, desto besser lernten sie sich verstehen. Bald brauchte er nur noch seine Finger auf ihre Saiten zu legen, und sie begann für ihn zu singen. Aber seit Wochen krächzt und kräht sie nur noch heiser.

Nik schaltet den Verstärker aus und lauscht dem Knistern der abkühlenden Röhren, ein Geräusch aus einer längst vergangenen Zeit. Fast schon ein Rausch. Heimelig, sanft, gewaltlos. Er horcht, wie es verklingt, so wie Meditierende dem Klang eines Mantras folgen, dann dreht er sich eine Zigarette. Die Flamme, der Dunst. Stille. Dazwischen das Grollen der Straßenbahn, die unruhig auf den Schienen scharrt. Nik bläst den Rauch in die Dunkelheit hinein, in der er aufgeht, mit der er verschmilzt.

Alles fing so viel versprechend an. Schon die Ernsthaftigkeit, mit der Reiner die Frage nach seiner Tätowierung stellte, war ungewöhnlich, seine Eile, in Niks Leben zu drängen und sich dort einen festen Platz einzurichten, liebenswert. Reiner war neugierig, an ihm interessiert, bohrte nach, als wollte er Nik mit Haut und Haaren verschlingen.

Damals lebte Nik in einer Wohngemeinschaft – mit seiner Gitarre und ganz viel Einsamkeit, den einzigen Überbleibseln aus den wilden Jahren seiner Vergangenheit. „Dieses Zweierding" sah er für überholt an, denn so leben wie seine Eltern wollte er auf keinen Fall.

Reiner war wie ein Sog. Plötzlich stand Nik im Mittelpunkt des Lebens eines anderen Menschen, etwas, das er zuvor nie kennen gelernt hatte. Es war mehr als eine Melodie. Es war eine Symphonie.

Nik schnappt sich den Tabak und das Feuerzeug und schließt die Wohnungstür hinter sich ab. Wohin er gehen muss, weiß er genau, es ist so leicht, die Verbindungen herzustellen. Er fährt einige Stationen mit der U-Bahn, steigt aus, geht Richtung Isar und läutet an der Klingel, auf der nur ein Ω zu lesen ist. Im zweiten Stock wohnt Skin, ein Glatzkopf, der nicht zur gesprächigen Sorte gehört. Genau das, was Nik braucht: Ruhe, um sich völlig konzentrieren zu können.

Früher musste es immer in Eile geschehen. Wenn Nik das Bedürfnis verspürte, durfte er keine Zeit verlieren. Dabei liegt die Schönheit in der Zeremonie: Er gibt Zitronensaft in einen Löffel, streut das weiße Pulver hinein und hält ihn über die Kerzenflamme. Die Flüssigkeit sprudelt, das Pulver löst sich auf, nun muss Nik sie nur noch verrühren.

Als Kind hatte Nik Angst vor Spritzen. Er musste sich immer zusammennehmen, um bei der Blutabnahme nicht umzukippen. Später gab es eine Zeit, in der er sich nach dem Stich sehnte, weil dieser kleine Schmerz eine so große Erlösung brachte.

Nik hält die Spritze gegen das Licht und verfolgt das Spiel der Rückstände, die in der trüben Flüssigkeit toben. „Buddha", flüstert er, als wollte er sie beschwören. Er muss sein Lied wiederfinden, sonst ist er verloren.

Nik setzt die Nadel an die hervortretende Vene seiner Ellenbeuge, sticht durch die Haut, zieht Blut, um sicherzugehen, das Gefäß getroffen zu haben, und drückt dann das Heroin zügig hinein.

Ein kalter Schauer läuft ihm über den Rücken, dann wird ihm tierisch heiß, als beginne sein Blut zu kochen. Er fällt nach hinten und wird von einem Zittern ergriffen, aber von Buddha weit und breit keine Spur.

19.

Reiner fährt direkt zu Itch. Sie sind verabredet. Weil es heiß und drückend ist, fragt er: „Macht es dir was aus, wenn ich schnell mal unter die Dusche springe?"

„Aber nein. Bei diesem Wetter klebt einem das Hemd am Leib."

Itch ergreift die Gelegenheit beim Schopf, zieht sich aus und kriecht unter die Decke. Es ist fünf Uhr am Nachmittag; die Sonne brennt braune Flecken in die Rasen, alles tummelt sich an der frischen Luft, aber Itch will lieber mit „seinem Mann" ins Bett, als am Eisbach um Reiners Aufmerksamkeit zu buhlen.

Reiner duscht kalt, rubbelt sich trocken und sucht Itch. Als er ihn im Schlafzimmer findet, will er zu ihm kriechen. „Dein Handy hat geläutet", brabbelt Itch in das Kissen.

„Was?"

„Dein Handy hat geläutet."

Das kann eigentlich nur Hannes sein, denkt Reiner. *3 Anrufe in Abwesenheit* steht auf dem Display, aber die Nummern sind ohne Kennung. Als Reiner sie löscht, blitzt eine weitere Meldung auf: *1 Kurzmitteilung erhalten.* Zwei Knopfdrucke weiter liest er: *Mensch Reiner, hör deine Mailbox ab! Gleich!!!*

Genervt folgt er der Aufforderung, und als er die Nachricht hört, ist er froh, auf der Bettkante zu sitzen, denn ihm gehen die Knie durch.

„Und, wer ist es?", fragt Itch und umschlingt Reiners Hüften von hinten.

„Nik hat versucht, sich umzubringen."

„Was?"

Reiner springt in seine Klamotten und greift sich ein T-Shirt aus dem Schrank, das ihm viel zu eng ist. „Ich muss ins Krankenhaus", sagt er zu Itch. „Ich ruf dich an, sobald ich was weiß."

Itch setzt sich verwirrt auf; sein Iro ist platt. „Okay", antwortet er, aber verstehen tut er nichts.

20.

Alles muss stimmen, denkt sie und zermartert sich das Gehirn, welche Musik spielen soll, damit die Gäste sich nicht nur wohl fühlen, sondern auch beeindruckt sein würden.

Sie zündet sich eine Zigarette an, eine lange, weiße, und streicht dann die Tischdecke glatt, bevor sie die Lage des Bestecks mit Hilfe eines kleinen Holzlineals ausmisst. „Elfie! *Elfie!*"

Ein Mädchen mit Zöpfen und gestärkter Schürze kommt angelaufen. „Ja, bitte?"

Sie nimmt den Kandelaber vom Tisch. „Polieren! Und dann schau dir das Besteck noch mal an. Ich will keinen Fleck irgendwo sehen. Verstanden?"

„Freilich", sagt das junge Ding und eilt davon.

Sie geht hinunter in die Küche. Der Weinschrank ist gut gefüllt, die Enten liegen bereit, durch das Fenster sieht sie die Köchin im Garten herumstaksen und Salat schneiden, als oben das Telefon läutet.

„Chefin. *Chefin!*"

Sie drückt die Zigarette aus und nimmt Elfie den Hörer aus der Hand. „Ja, bitte?"

Sie zieht die Augenbrauen hoch, dann verfinstert sich ihr Gesichtsausdruck, ein Anflug von Trauer, dann, nach einem tiefen Atemzug, Fassung. Als das Gespräch vorüber ist, verharrt sie einen Moment steif neben dem Telefon, bevor sie nach ihrer Handtasche sucht. Weil sie sie nicht findet, wankt sie ins Bad, kramt eine kleine Plastikdose aus dem Spiegelschrank und schluckt zwei blaue Pillen hinunter. Das geht schon seit langem ohne Flüssigkeit. Dann wankt sie zurück ins Foyer.

„Alfred! *Alfred!*", ruft sie nach oben in den ersten Stock.

„Wird in diesem Haus nur noch geschrien?", brüllt er zu ihr hinunter. „Ich bin doch nicht taub!"

„Dominik! Er ist ..." Sie kann kaum sprechen.

„Dominik?"

„Sie haben ihn ins Krankenhaus gebracht."

„Ich habe dafür keine Zeit", antwortet ihr Mann und bindet sich die Krawatte vor dem barocken Spiegel, der am Absatz der Treppe hängt.

„Aber ..." Sie geht zu ihm hinauf. „Er schwebt in Lebensgefahr", flüstert sie ihm ins Ohr, damit es das Personal nicht hört. „Wenn wir Pech haben, steht es morgen in der Zeitung."

„Wann kommen die Gäste?", raunzt er sie an.

Sie schaut auf die Uhr. „Vor halb acht kommt kein Mensch. Jetzt ist es kurz vor fünf."

„Dieser Bastard!", schnaubt Alfred und reißt wütend an der Krawatte. „Was hast du mir da nur für ein gottverdammtes Gör angehängt?"

21.

„Wir haben gerade einen Notfall", sagt die Krankenschwester der Intensivstation zu Niks Vater und schiebt ihm die Stahltür vor der Nase zu. „Der Arzt kommt, wenn er Zeit hat."

Niks Vater stellt den Fuß gegen die Tür. „Sie hören mir jetzt mal gut zu, Schwesterchen." Er wird laut. „Ich habe eine wichtige geschäftliche Besprechung. Richten Sie Ihrem Herrn Doktor aus: Wenn er sich nicht bald bequemt, wird es extrem unangenehm für ihn werden."

„Alfred!" Seine Frau zupft ihn vorsichtig am Jackett.

„Nehmen Sie den Fuß aus der Tür!", sagt die Schwester scharf, und als er dies nicht tut, tritt sie ihm auf die Zehen.

Die Stahltür fällt ins Schloss, und Niks Vater zückt sofort das Handy. Kurz nach dem Anruf bei seinem Parteifreund taucht der behandelnde Arzt mit hochrotem Kopf auf. Alfred begegnet ihm lächelnd: „Ich wusste doch, dass Sie Zeit finden."

„Ich bin Dominiks Mutter." Sie drängt sich nach vorn und reicht dem Arzt die Hand. Eine versöhnliche Geste. Das hat sie in den Jahren gelernt. „Bitte, wie geht es unserem Sohn? Wir sind sehr besorgt."

„Wussten Sie von seiner Drogensucht?"

„Bis vor kurzem ging es ihm noch gut", antwortet die Mutter schnell, bevor ihr Mann weiter unangenehm auffallen kann. „Wir sind völlig überrascht ..."

„Das sind Eltern meistens, und doch ..."

„Was wollen Sie damit sagen?", fährt Niks Vater ihn an.

Der Arzt mustert diese halslose Figur, die offensichtlich genug Einfluss hat, seinen Chef dazu zu bewegen, ihm einen Rüffel zu erteilen, und beschließt, den Rest zu schlucken. „Ihr Sohn wird es schaffen", sagt er und stemmt die Hände in die Hüften, dann schaut er zu Boden. „Aber es steht nicht gut um ihn."

„Was heißt das?", fragt die Mutter erschrocken.

„Das kann ich jetzt noch nicht sagen. Wir müssen abwarten und sehen, wie sich seine Leber erholt. Ich muss leider wieder rein. Wir haben drei Patienten, die akut versorgt werden müssen. Möchten Sie Ihren Sohn sehen?"

Die Mutter sieht den Ausdruck in den Augen ihres Mannes. „Ich komme gleich."

Sobald sie allein sind, sagt der Vater: „Dieser Bastard! Und ich habe gedacht, dass wir endlich Ruhe haben."

„Nun reg dich nicht auf! Fahr du nach Hause, ich kümmere mich um Dominik. Hast du Geld? Dann sorge ich dafür, dass das Personal schweigt, falls jemand von der Presse auftaucht."

Der Vater zieht ein Bündel Scheine aus der Tasche, die von einem Gummiband zusammengehalten werden. „Vielleicht tausend Euro. Mehr hab ich nicht dabei."

Obwohl Niks Haar stumpf glänzt, wirkt es auf sie wie ein Heiligenschein. Aus seinem Schlüsselbein tritt ein dicker, mit Blut gefüllter Schlauch heraus, seine Augen sind verklebt, die Lippen brüchig. Er kommt ihr vor wie ein Fremder, dabei hat sie ihn zur Welt gebracht.

Von allen Kindern stand Dominik ihr immer am nächsten. Sie stillte ihn am längsten, spielte am meisten mit ihm und liebte ihn wie keines der anderen. Schon als kleiner Junge kam er mit Blumen nach Hause, die er für sie auf der Wiese gepflückt hatte, während die anderen Söhne und selbst ihre Tochter mit ihrem Vater auf den Baustellen herumturnten, und wenn Nik in der Schule mit Wachsmalstiften malte, schenkte er die Bilder ihr. Er liebte es, Heinz-Erhardt-Filme mit ihr anzuschauen – einen Mann, den sie im Stillen verehrte, weil er immer so hilflos wirkte –, oder Katja Ebstein mit ihr zu hören. Als Nik älter wurde, half er ihr abends das Haar auszubürsten und schlief im Ehebett, wenn ihr Mann geschäftlich unterwegs war. „Damit du nicht so allein bist", sagte er dann und strich ihr über die Wange.

„Du bist ein richtiger kleiner Casanova."

Mit den Pickeln auf Niks Haut kam auch die erbitterte Rivalität zwischen Vater und Sohn. Ein ständiger Machtkampf, wobei jede Ohrfeige Niks Trotz nährte. Um mit ihrem Mann nicht in Konflikt zu geraten, musste sie sich von ihrem Lieblingssohn distanzieren, durfte ihn nur noch im Geheimen halten und küssen.

Sie schaut sich um und weil sie sich unbeobachtet fühlt, nimmt sie zwei Pillen aus der Dose in ihrer Handtasche und schluckt sie. Sobald die beruhigende Wirkung einsetzt, streckt sie die Hand nach seinem Gesicht aus, zieht sie jedoch gleich wieder zurück und streicht über die Decke.

22.

Reiner wartet in der Straßenbahn ungeduldig darauf, dass sich die Türen endlich öffnen. Er stürzt hinaus, lässt sich an der Pforte den Weg zur Intensivstation erklären und rennt die langen Gänge hinunter. Als er um die letzte Ecke biegt, sieht er Niks Mutter schon von weitem. Zwar hat er sie nur ein einziges Mal gesehen – auf der Hochzeit von Niks Schwester, der einzigen aus der Familie, zu der Nik noch Kontakt hatte, bis sie mit ihrem Mann nach Neuseeland auswanderte –, aber sie gibt eine unverwechselbare Erscheinung ab.

Wer sie kennen lernt, kann sich unmöglich vorstellen, dass sie einem Bauernhof entstammt und bis zu ihrem sechzehnten Lebensjahr bis zu den Knöcheln in Kuhmist watete. Diese schlanke, schon fast magersüchtig wirkende Frau hat etwas Graziles an sich und in unbeobachteten Momenten – wenn sich ihre steinernen Gesichtszüge entspannen – sogar etwas Prinzessinnenhaftes. Rein rechnerisch muss sie auf die siebzig zugehen, aber die schlanken Beine, die aus ihrem aufgeschlagenen Sommermantel mit Pelzkragen herausragen, wirken wie die einer Fünfzigjährigen.

Reiner begegnet Niks Mutter nur ungern, vor allem unter diesen Umständen. Sie tupft sich die Augen. Sie kann unmöglich geweint haben, Reiner traut ihr diese Körperfunktion gar nicht zu. Wenn doch, stellt sich die Frage, ob Nik etwa schon gestorben ist. Er beschleunigt seinen Schritt.

Es dauert, bis sie Reiner erkennt. Schnell wischt sie mit dem Taschentuch ihre Nase ab, vorsichtig, damit der Puder nicht abgeht, und mit dem nächsten Atemzug ist sie wieder dieselbe kühle, berechnende Frau, die Reiner kennen gelernt hat.

„Wie konnte das passieren?", fragt sie ihn vorwurfsvoll.

Reiner schüttelt den Kopf. Er denkt an die Trennung. „Ich habe keine Ahnung", sagt er kleinlaut.

„Haben Sie denn davon nichts mitbekommen?"

„Wir ... sind seit letztem September getrennt."

Sie hebt ihren Kopf – aus dieser Perspektive wirkt ihre Nase noch spitzer – und schaut Reiner von oben herab an. Am liebsten würde Reiner ihr die Meinung sagen. Wie wenig sie zu ihrem Sohn gestanden hat, zum Beispiel. Dass das Geschäft und ihre Verbindungen zu einzelnen Mitgliedern der bayrischen Regierung ihr und ihrem jähzornigen Ehemann immer wichtiger waren als das Wohlergehen ihres Sohnes. Wie sonst bringt man es in Bayern so weit? Reiner weiß das alles über sie, aber er stammelt nur. „Ich hätte nie gedacht, dass er Selbstmord begehen würde."

„Selbstmord?", fragt Niks Mutter pikiert, und als Reiner sie anschaut, sind ihre Augen weit aufgerissen.

„Etwa nicht?"

„Mein Sohn begeht keinen Selbstmord. Nicht mein Sohn." Sie dreht sich um und stöckelt den Gang hinunter.

Reiner legt seinen Finger an die Klingel. Im matten Stahl der Tür sieht er nicht mehr als den vagen Umriss von sich selbst. Kein Selbstmord?, fragt er sich. Doch „nur" ein Rückfall? So oder so ist es ein Hilferuf von Nik. Aber bin ich denn noch zuständig? Ich habe mich getrennt, um mich nicht mehr mit seinen Problemen herumschlagen zu müssen. Weil ich endlich jemanden wollte, der für mich da ist.

Nein, Nik ist nicht mehr mein Problem. Mein Freund ist jetzt Itch.

III.
Und wenn ich mich verstecke?

1.

Itch bemüht sich, beim Zuziehen des Reißverschlusses seiner neuen Sporttasche möglichst viel Lärm zu machen, aber Reiner kriegt die Augen nicht auf. Etwas in ihm weigert sich manchmal immer noch, der Welt zu begegnen.

Er hört, wie Itch die Tasche neben die Wohnungstür pfeffert, wie er in der Küche unnötig laut mit dem Geschirr klappert und die Badezimmertür zuknallt, und ihn schließlich „Ich bin fertig" sagen. Erst dann schlägt er die Augen auf. Der Duft von Itchs Parfüm steigt ihm in die Nase; es riecht süß, es riecht sanft, es passt zu ihm.

„Was ist?"

„Ich muss gleich los."

Reiner streckt sich, setzt sich auf – was ihn anstrengt –, schaut auf die Uhr und fragt erstaunt: „So früh?"

„Fitnessstudio. Mein Neujahrsvorsatz. Vergessen?" Itch ist sichtlich genervt, dass Reiner sich so wenig für sein Leben interessiert. Als ob die Entscheidung, in ein Fitnessstudio zu gehen, so wichtig wäre, denkt Reiner. *Er* ist mir wichtig. Aber nicht solche Kleinigkeiten.

„Ach ja, richtig." Reiner fällt erschöpft in sein Kissen zurück. „Das habe ich ganz vergessen."

Itch reicht ihm eine Tasse Kaffee, Reiner tastet nach den Zigaretten.

„Und wann kommst du wieder?"

„Schätzchen, es ist Dienstag. Ich gehe danach direkt in die Agentur."

Itch möchte näher an ihn heran, Reiner merkt das. Itch will nicht nur die ganze Nacht in seinen Armen liegen, er will den ganzen Tag mit ihm verbringen, und wenn Reiner mal aus dem Fenster schaut, fragt er gleich: „Was denkst du?" Sein Blick ist eine ständige Anforderung.

„Sag Bescheid, sobald du weißt, wann du nach Hause kommst. Ich kann uns was kochen."

„Mach ich", sagt Itch und beugt sich über ihn.

Reiner ahnt, dass Itch in den Arm genommen und gehalten werden will. Reiner gibt ihm einen Kuss auf die Stirn. „Du siehst gut aus, Kleiner. Wie machst du das nur?", sagt er versöhnlich. Er mag ihn, er will ihn, aber nicht so nah.

Itch zögert, zuckt mit den Schultern. „Vielleicht bin ich ein kleines Blümchen und locke mit meiner Schönheit den Betrachter?" Er sagt es betont pathetisch, als würde er Hamlet aufsagen. Er merkt gar nicht, wie Recht er damit hat.

Der Aschenbecher schiebt sich in Reiners Blickfeld.

„Ich asche schon nicht ins Bett", sagt Reiner und denkt: Bin doch nicht Nik.

Itch beugt sich noch einmal nach vorn, nicht weit, denn die Zigarette ist im Weg. Reiner gibt ihm einen Kuss.

Im vergangenen Herbst fühlte sich Reiner von Tag zu Tag kraftloser, bis er sich vier Wochen später nur noch durchs Leben schleppte.

„Deine Blutwerte sind okay", sagte sein Hausarzt, „nur ..."

„Was?"

„Dein Immunsystem ist ziemlich angegriffen."

Ein Schreck fuhr Reiner in die Knochen. „Nein, Herbert. Keine Sorge, ich hab immer schön aufgepasst. Vielleicht arbeite ich tatsächlich zu viel."

Der voluminöse Mann, zu dem Reiner aufgrund seines dichten Vollbarts ein ähnlich ehrfürchtiges Verhältnis hegt wie als Kind zum Weihnachtsmann, warf ihm seinen berühmten „Jetzt wird's ernst"-Blick zu. „Hast du die Trennung von Nik denn schon verarbeitet?"

„Komm! Ich hab einen neuen Freund."

„Und?"

Trotz aufbauender Vitaminspritzen nahmen Reiners Kräfte weiter ab. In der Arbeit musste er immer öfter pausieren, seine Aufmerksamkeit ließ nach, so dass ihm Fehler unterliefen. Er vernachlässigte seine geliebten Pflanzen, und bald gab es in seinem Leben nichts mehr, worüber er sich freute: kein Kino, kein Ausgehen, keinen Itch.

„Reiner, der Wecker läutet", knurrte Itch eines Morgens neben ihm, zog das Kissen über den Kopf und legte den Arm darüber.

Als drei Stunden später dann der andere Wecker klingelte, und Itch aus dem Bett sprang, lag Reiner immer noch darin. „Ich dachte, du bist längst weg. Es ist acht. Deine Schicht hat vor zwei Stunden begonnen."

Reiner konnte nicht antworten.

Itch rüttelte an seiner Schulter. „Hörst du mich?"

Reiner mühte sich, den Kopf zu schütteln.

Itch legte seinem Freund die Hand auf die Stirn. „Fieber hast du nicht."

Der Hausarzt kam und nahm erneut Blut ab. „Es wird ein Erschöpfungssyndrom sein. Schlaf dich mal ein paar Tage aus!"

Aber nach einer Woche fühlte sich Reiner immer noch nicht besser.

„Ich kann nichts finden", sagte Herbert zu Itch hinter verschlossener Tür. „Auch der HIV-Test ist negativ. Vermutlich ist es eine Depression."

„Warum?"

Herbert war sich sicher, dass Reiner die Trennung noch nicht verarbeitet hatte. Zumindest konnte Niks Rückfall nicht spurlos an ihm vorübergegangen sein.

Aber das ging Itch nichts an, weshalb Herbert die Frage mit einem Schulternzucken beantwortete.

„Und was soll ich für ihn tun?"

„Wir sollten warten, ob er noch andere Symptome entwickelt, bevor wir ihn in die Klinik stecken."

Aber Reiner konnte nach wie vor allenfalls ins Bad hinüberwanken, vor die Tür wollte er auf keinen Fall. Nachdem er im November immer noch nicht aufstehen wollte, kroch Itch zu ihm unter die Decke. „Okay, dann bleiben wir eben liegen."

Reiner nahm die Arme, die ihn umschlossen und hielten, wie eine Druckwelle wahr. Als stünde er in einem Schwimmbecken und am anderen Ende spränge jemand hinein. Den Körper an seiner Haut spürte er nicht; sie war taub.

Für einen Freund macht man nicht blau, dachte Reiner, nicht, wenn man in einer Werbeagentur arbeitet. Itch ist wirklich für mich da. Er macht wahr, wovon Nik immer nur gesprochen hatte.

Diese Erkenntnis rüttelte etwas in Reiner wach, und so kam gegen Ende des Jahres seine Energie zurück. Nicht plötzlich, sondern peu à peu konnte er wieder aufstehen, sprechen, zur Arbeit gehen.

Dann wollte er raus. Jedes Wochenende. Mit Itch an seiner Seite. An das Bild musste er sich gewöhnen, denn sein Neuer war so ganz anders als der Alte: offen, neugierig, immer auf Erkundungstour, immer bereit, neue Bekanntschaften zu schließen und etwas zu erleben, voller Aufregung und Enthusiasmus, und vor allem ohne die lästigen weisen Sprüche. Aber er fühlte sich wohl mit Itch, sie gehörten zusammen. Selbst Itchs Wohnung ist Reiner inzwischen so vertraut, als wäre es seine eigene. Nur zusammenziehen will er nicht. Noch nicht.

Drei Zigaretten später schiebt sich Reiner aus dem Bett, schleppt sich unter die Dusche und genießt, wie das Wasser seine Haut massiert. Er lehnt den Kopf an die kühlen Fliesen und denkt nach: Ich will Itch heute abend mit etwas Besonderem verwöhnen. Vielleicht mit indonesischem Hühnchen?

Aber in Itchs Küche findet er keinen Wok. Reiner wird den aus seiner Wohnung holen müssen. Das ist eine gute Gelegenheit, um die Blumen zu gießen und nach der Post zu schauen.

Dann zieht sich Reiner warm an, draußen hat es minus fünf Grad.

2.

„Bin daheim!", ruft Itch, als er nach Hause kommt, als ob Reiner es nicht auch so mitbekommen würde. Die Kälte, die er hereinbringt, lässt Reiner frösteln.

Itch entledigt sich seiner Handschuhe, der Mütze, des Schals und reckt seine Nase in die Luft. „Mmmh, das riecht aber lecker. Du hast wirklich gekocht?"

Reiner ist sich nicht sicher, ob das eine Spitze sein soll. „Und, wie war dein Tag?", fragt er und schaut in das rotwangige Gesicht seines Freundes.

Itch reißt sich Pullover und T-Shirt vom Leib und bringt sich in Bodybuilderpose.

Reiner mustert ihn. Es ist derselbe weiße, zarte Körper, der so zerbrechlich wirkt, als wäre er aus Hühnerknochen zusammengesteckt. „Wow, das Training schlägt ja sofort an."

„Hmm-hmm." Itch strahlt, knüllt das T-Shirt zusammen und wirft es zielgerichtet in den Wäschekorb. Dann schlüpft er aus seiner Anzughose und hängt sie auf.

Das wäre der Moment, ihn zu packen, denkt Reiner, aber es bleibt bei dem Gedanken.

„Hab ein bisschen Panik geschoben, dass mich die Muskelpakete einschüchtern. Aber das Studio ist wirklich ganz okay."

Reiner steht auf, küsst Itch im Vorbeigehen und nimmt die Teller aus dem Schrank. „Hat schließlich jeder mal dünn angefangen."

Itch lässt sich aufs Sofa plumpsen. „Hab einen total süßen Typen kennen gelernt."

Das „süß" schmerzt Reiner, als würde sich ein Holzsplitter unter seinen Fingernagel schieben. Ob Itch was fehlt? Bilder vom letzten Herbst tauchen in Reiners Erinnerung auf, und er weiß, dass sein Freund nicht die Form von Nähe kriegt, die er immer wieder bei ihm sucht.

„Hat Herr Süß einen Namen?"

„Bruno! Vielleicht kennst du ihn sogar. Er arbeitet im *Ochsengarten*."

Reiner kann sich an keinen Bruno erinnern. „Ich war zum letzten Mal im Oktober dort, das weißt du doch."

„Hätt ja sein können. Jedenfalls hilft er mir beim Training. Zu zweit macht das mehr Spaß."

Zu zweit macht das mehr Spaß. War das wieder eine Spitze, dass er lieber mit Reiner ins Training ginge? Reiner rührt im Kopftopf um, kostet und salzt nach. „Essen fassen!"

Itch stöhnt. „Hast du Lust, vorher ein wenig mit mir zu kuscheln?"

Reiner schaut ihn fragend an.

„Ich bin ehrlich gesagt total fertig."

„Dann willst du also nicht kuscheln, sondern schlafen. Und wofür habe ich gekocht?"

Itch schüttelt getroffen den Kopf. „Wieso bist du nur immer so misstrauisch?"

Reiner knallt den Deckel auf den Topf. „Jetzt fängst du schon an, wie Nik zu reden."

Itch quält sich vom Sofa und schleppt sich ins Schlafzimmer. „Das sollte dir zu denken geben."

„Was soll das denn schon wieder heißen?"

Itch dreht sich um und sagt müde: „Vielleicht haben deine Probleme ja auch was mit dir zu tun."

„So ein Unfug!", sagt Reiner und zündet sich eine Zigarette an.

3.

Im Februar findet Reiner einfach keine Ausrede mehr, um sich gegen ein Treffen mit Bruno zu wehren. „Warst du schon mal dort?", fragt Reiner auf dem Weg ins Restaurant.

„Jan-Ulrich hat es aufgetan. Ich war mit ihm und Quentin Heilig-Drei-König dort essen. Erinnerst du dich nicht, wie ich dir davon vorgeschwärmt habe?"

„Ach, ja richtig", sagt Reiner und kramt in seinen Erinnerungen.

Itch stellt den klatschnassen Schirm im Vorraum ab, und Reiner tritt durch den Klarsichtvorhang. Geradeaus eine Theke, brusthoch, das Regal mit dem Alkohol verspiegelt und strahlend hell erleuchtet. Der Barkeeper steht wie ein Zeremonienmeister davor. Links an der Wand entlang eine Reihe unbequem niedriger Sitzmöbel in der Art eines spärlich eingerichteten Wohnzimmers, rechts die Tische, an denen man essen kann. Das Ganze ist in schummriges Licht getaucht und wird von lebendiger, aber entspannter Musik untermalt.

Schicker Minimalismus. Reiner ist das viel zu abgehoben. Er würde niemals ein Restaurant in dieser Preisklasse aussuchen, aber Itch kann die Rechnung einem Kunden unterjubeln, daher spielt Geld keine Rolle.

Reiner lässt den Blick über das Publikum schweifen, und als er an einem Kopf mit langem, blonden Haar hängen bleibt, glaubt er einen Moment lang, Nik zu sehen. Er kriegt Gänsehaut.

Er hat sich schon oft gefragt, wie es sein würde, Nik wieder zu begegnen. Die Münchener Szene ist klein, irgendwann muss es ja geschehen. Aber nicht in diesem Restaurant!, ist sein zweiter Gedanke, und er entspannt sich wieder. Nik würde keinen Fuß hier reinsetzen.

„Da sind sie ja schon", sagt Itch, legt Reiner die Hand auf die Schulter und schiebt ihn ins Restaurant hinein. Alles geht so schnell, dass keine Zeit zum Nachdenken bleibt. „He, Bruno!"

„Das ist Nik", stellt Bruno vor, und er ist es tatsächlich, Reiners Ex.

In seiner Vorstellung ist Reiner Nik immer allein begegnet. Er hat sich darauf gefreut, ihn zu umarmen und sich mit ihm zu unterhalten. Dass sie nicht zusammenleben können, ist ja kein Grund, sich böse zu sein. Aber jetzt, in dieser Situation, weiß Reiner gar nicht, wie er sich verhalten soll. Zögerlich streckt Nik ihm die Hand hin. „He!"

„Nik-Nik?", fragt Itch. „Lerne ich etwa den ominösen Ex kennen?"

„Hallo, Reiner", sagt Bruno und lächelt. Die beiden scheint dieser Zufall zu amüsieren.

„Das ist ja eine Überraschung, was?", sagt Reiner, ihm fällt nichts Besseres ein. „Schön, dich wiederzusehen." Dann setzt er sich und steckt sich schnell eine Zigarette an.

„Du rauchst wieder?", fragt Nik.

„Und du immer noch!" Reiner deutet auf den Tabakbeutel.

„Ich sollte aufhören."

„He, wir wär's mit 'ner Runde Cocktails?", fragt Itch, dem anzusehen ist, dass er sich ausgeschlossen fühlt. „Geht alles auf meine Rechnung, falls ich das noch nicht erwähnt habe."

Nik will etwas antworten, aber Bruno kommt ihm zuvor. „Nee du, lass mal. Wir trinken nich so gerne."

Reiner ist froh, dass Nik wieder dem Alkohol entsagt. Aber warum Bruno? Hat auch er Drogenprobleme?

Nik bestellt einen Salat. „Habt ihr eine Soße ohne Öl?" Dazu ein gegrilltes Steak, „aber nur mit gedünstetem Gemüse. Geht das?"

„Diät?", fragt Reiner und mustert Niks Bauch. Es ist nicht mehr dran als damals, im Gegenteil, eher noch ein bisschen weniger.

„Nein, ich steh nur gerade nicht so auf fette Sachen."

Reiner und Nik stellen die Fragen, die man einander stellt, wenn man sich Monate nicht mehr gesehen hat: wie es geht, was man so treibt, ob man von diesem oder jenem wieder gehört hat. „Hast du schon in die Pflegedienstleitung gewechselt?"

„Nein, ach, das dauert noch", antwortet Reiner und verschweigt, dass er seit der Trennung wieder Freude an seinem Beruf hat. Seit er sich nicht mehr um Nik kümmern muss, kann er wieder für Patienten da sein.

„Und was gibt's Neues in der Musikwelt?"

„Nichts, absolut gar nichts."

Einen Moment lang fühlt Reiner sich verpflichtet, Nik zu fragen, warum er wieder mit den Drogen anfing, ob es ein Selbstmordversuch war und wieso zum Teufel er sich mit so einem unreifen Bürschchen herumtreibt. Aber vor Fremden kann man über so etwas nicht sprechen, sagt er sich und merkt, wie sehr ihn das erleichtert.

Reiner wird immer stiller, und endlich mischt sich auch Itch in die Unterhaltung ein, fragt Nik nach seinem Musikerdasein, weil er Robbie-Williams-Fantasien hat und sich gar nicht vorstellen kann, dass neunundneunzig Prozent aller Künstler eher kleine Brötchen backen.

Reiner beobachtet: Wie Bruno so dasitzt und sich auf seine knubbeligen Unterarme stützt, hat er etwas von Niks Zurückhaltung, aber wenn er spricht, ist er ganz anders. Während Nik zwar herzlich ist, ihm aber bei aller Wärme, die er Menschen entgegenbringt, immer etwas unmissverständlich Unnahbares anhaftet, ist Bruno in seiner Einfachheit sehr ... Reiner braucht eine Weile, um das passende Wort zu finden, das die Einfältigkeit mit ausdrückt. Es fällt ihm nichts Besseres als „lieb" ein.

Und während Nik von einer Art Weltschmerz umgeben ist, wie jemand, der den Verlust menschlicher Werte in der Gesellschaft persönlich nimmt, als wäre es seine Aufgabe gewesen, sie zu lehren, ist dagegen Bruno ein eher persönlicher Schmerz anzusehen, als wäre er traurig darüber, dass seine Mutter gerade keine Zeit hat, um mit ihm zu spielen. Kurzum, im Vergleich zum väterlichen Auftreten von Nik wirkt sein neuer Liebhaber eher kindlich. Und dennoch liegt etwas in seinem Blick, das Reiner das Gefühl gibt, man könne Bruno nicht trauen.

Während Itch an der Bar auf die Quittung wartet, geht Reiner schon nach draußen. Er ist froh, frische Luft zu atmen und nach der Enge an dem kleinen Tisch in den weiten, offenen Himmel zu schauen. Kühler Nieselregen benetzt sein Gesicht.

„Schön, dich wieder mal gesehen zu haben", hört er sich zu Nik sagen, den er dicht hinter sich weiß.

„Du hättest jederzeit anrufen können", sagt Nik.

Itch und Bruno treten auf die Straße. „Ach, der Schirm!" Itch springt die drei Stufen wieder hinauf.

„Meine Mutter vermisst dich", legt Reiner nach. „Warum rufst du sie nicht mehr an?"

„Mein Leben geht weiter", antwortet Nik.

„Ich sehe. Mit einem Kind, das Arnold Schwarzenegger als großartigen Schauspieler bezeichnet! Ich versteh dich nicht."

„Das hast du noch nie, Reiner."

Bruno holt auf. Jetzt, da sie nebeneinander stehen, sieht Reiner, dass Nik einen Kopf größer ist als der Junge. Sie kommen sich nah, berühren sich aber nicht. Bruno stopft die Hände tief in die Taschen. Das sieht wirklich nur nach Freunden aus, denkt Reiner.

Als Itch zu ihnen stößt, trotten sie durch die Nacht auf den Hauptbahnhof zu. Bruno und Nik nehmen die U-Bahn Richtung Kolumbusplatz, Reiner und Itch müssen mit der S-Bahn zum Isartor.

„He, das war cool", sagt Bruno, als sie sich an der Rolltreppe verabschieden.

„Fand ich auch. Können wir ja bald wiederholen." Itch küsst zuerst Bruno und dann Nik.

„Ja, aber das nächste Mal kommt ihr zu uns zum Essen. Wir müssen nicht wieder so viel Geld ausgeben", sagt Bruno.

Reiner schüttelt ihnen die Hand.

„Wir sehen uns beim Sport, ja?", ruft Itch, als sie schon auf der Rolltreppe stehen.

„Klar doch!", antwortet Bruno.

Sobald sie außer Sichtweite sind, sagt Reiner: „Puh, was bin ich erleichtert."

4.

Itch kommt mal wieder zu spät. Weil ihn Frühsport zu sehr schafft und er nie weiß, wie lange er abends arbeiten muss, hat er sich in der Mittagspause mit Bruno verabredet. Aber selbst da fällt es ihm schwer, pünktlich zu sein. Bruno joggt schon auf dem Laufband, Itch steigt auf das Gerät daneben. „Das war ein ganz schöner Knaller, was?"

„Deinem Reiner ist das Kinn total runtergefallen."

„Du hättest mir aber auch sagen können, dass du mit Nik zusammen bist."

„Wie hätte ich denn wissen sollen, dass du mit seinem Ex antrabst, Mann?"

Sie joggen eine Weile, Brunos Kopf wird dabei immer röter, ihm rinnt der Schweiß, er läuft aber auch doppelt so schnell wie Itch, dem nach kaum einem Kilometer bereits die Puste ausgeht. „Vielleicht war's gut so. Jetzt haben sie sich wiedergesehen, und damit ist der Spuk vorbei."

„Meinst du?"

Itch hört den Zweifel in der Stimme seines Freundes. „Denkst du nicht?"

„Hast du nicht gesehen, wie komisch die reagiert haben? Vielleicht ist die Beziehung nicht so vorbei, wie wir glauben."

Das wirft ein ganz neues Licht auf die Unterhaltung, die Itch mit Reiner noch am Abend geführt hat. „Ich bin echt glücklich, nicht mehr mit Nik zusammen zu sein", sagte Reiner. „Bruno ist der endgültige Beweis, dass wir schon lange nicht mehr zueinander gepasst haben."

„Nein. Keine Angst!", sagt Itch und verschweigt, dass Reiner zitterte, als er fragte: „Ist da mehr zwischen den beiden oder sind sie nur Freunde?"

Itch stellt das Laufband ab und wischt sich über die Stirn, dann lehnt er sich an und wartet auf Bruno, der gerade dabei ist, an Geschwindigkeit zuzulegen, als müsste er in der Zielgeraden seine Konkurrenten abschütteln. Sobald Bruno wieder normal atmet, fragt Itch: „Wie hast du Nik eigentlich kennen gelernt?"

„Er hat mich angerufen."

„Wo hatte er deine Nummer her?"

„Aus *sergej*."

„Du hast eine Kontaktanzeige aufgegeben?", fragt er erstaunt, weil er das Bruno mit seinem Aussehen nicht zugetraut hätte.

Bruno reibt mit dem Handtuch Gesicht und Nacken trocken, dann schaut er Itch an, als würde er fragen: Verarschst du mich? „Ich bin Callboy, Mann."

Itch bleibt die Spucke weg, aber er bemüht sich sehr darum, gelassen zu wirken. „Ach ja, natürlich, wie dumm von mir." Wie werden Quentin und Jan-Ulrich gucken, wenn sie das erfahren? Und Reiner erst?

Bruno geht zur Flachbank hinüber und steckt die Gewichte auf die Stange. „Niks Wohnung war das pure Chaos. Als hätte er Monate nicht mehr aufgeräumt. Schmutzige Wäsche, Geschirr überall, ein Apfelkernhaus auf dem Couchtisch trug schon so 'n flaumiges Pelzmäntelchen, nur die Scheiß E-Gitarre war blitzblank. Wer zum Teufel hat heutzutage überhaupt 'ne E-Gitarre?", lacht er.

Bruno legt sich auf die Bank, Itch stellt sich an das Kopfende und hilft, das Gewicht aus den Angeln zu heben.

„Hast du keine Angst?" Itch meint das eher im Allgemeinen. Es war ihm immer ein bisschen mulmig, mit jemandem mitzugehen. Reiner ist der erste, den er zu sich nach Hause mitgenommen hat.

„Eine piekfeine Wohnung und ein stinkreicher Macker sind kein Gütesiegel." Mehr will Bruno nicht sagen, dazu kennt er Itch noch zu wenig. „Ich hab mein Hemd ausgezogen, und Nik hat sich weggedreht, als hätte er noch nie einen nackten Oberkörper gesehen." Die Adern an Brunos Schläfen treten mit jedem Stemmen ein bisschen mehr hervor; er plustert die Wangen auf und presst die Lippen zusammen.

„Und?", fragt Itch neugierig.

Bruno stemmt und stemmt. Mit so einer Anstrengung, dass er nicht mehr reden kann. Nach einer Weile legt er das Gewicht mit einem schweren Seufzer zurück in die Ablage. „Er wollte sich nur mit mir unterhalten, verstehst du?" Bruno sagt das, als hätte er gerade ein universelles Rätsel gelöst. „Ich muss so geschaut haben wie du jetzt, weil er mir gleich die Scheine hingelegt hat. Solche Typen gibt's nämlich auch. Du hörst dir stundenlang ihre Scheiße an, und am Ende meinen sie dann, sie kriegen's umsonst."

Bruno führt Itch zu einer Gummimatte, weist ihn an, sich hinzulegen und mit den Armen hinterm Kopf verschränkt den Rumpf zu heben, um seine Bauchmuskeln zu trainieren. „Nicht einrollen", rügt er, „den Oberkörper gerade lassen. Hier musst du's spüren." Er legt seine Hand auf Itchs Bauch. Sie ist klein und kräftig und sehr, sehr zärtlich.

„Und worüber?"

„Er wollte nicht reden, nur zuhören. Ich hab ihm natürlich Scheiße erzählt. Mein Leben geht keinen was an. Als ich dann gegangen bin, hat er mich gefragt, ob er mich wieder anrufen darf."

Itch, der sieht, dass Bruno in Gedanken versinkt, nutzt den Moment, um seine Übung abzubrechen. Er setzt sich auf und fragt: „Und, was hast du geantwortet?"

„Ich hab gesagt: ‚Fragst du im Supermarkt auch, ob du dort wieder einkaufen darfst?' Nik hat gelacht, dann ist er in der Wohnung verschwunden, und als er zurückkam, hat er mir ein Plektrum in die Hand gedrückt."

„Ein was?"

Bruno grinst und sagt: „Komm mit!" Er nimmt Itch an der Hand und zieht ihn hinter sich her in den Umkleideraum. Dort öffnet er seinen Spind, rollt die Jeans aus und fingert ein kleines Plastikteil aus der Uhrentasche.

„Was is 'n das?"

„Das nimmt man zum Gitarre spielen", erklärt Bruno und strahlt stolz.

„Und warum hat er dir das geschenkt?"

Bruno zuckt mit den Schultern. „Keine Ahnung, Mann."

Sie gehen wieder zurück in den Trainingsraum und Itch merkt, dass er sich aus all dem keinen Reim machen kann. Dass Nik sich einen Callboy bestellt, kann er noch irgendwie nachvollziehen. Aber warum dieses Geschenk? Und warum hat Bruno Nik ins Restaurant mitgebracht?

„Wohnst du jetzt eigentlich bei ihm?", fragt Itch und schaut Bruno dabei zu, wie er seine Waden trainiert.

„Ja. Ich bin doch erst seit kurzem in München. Hatte keine Wohnung."

Was ist das denn für eine Antwort?, fragt sich Itch. „Seid ihr denn zusammen? Ich meine, liebst du ihn?"

Bruno zieht sich die weite Trainingshose nach oben und legt sich das Handtuch um den Nacken. „Was ist Liebe?", fragt er und geht ans nächste Gerät.

Es ist also doch keine Beziehung, denkt Itch. Das würde zumindest erklären, warum Bruno es überhaupt für möglich hält, dass Nik und Reiner wieder etwas miteinander haben könnten.

„Was hat Nik denn dazu gesagt, dass er Reiner wieder getroffen hat?", fragt Itch auf dem Weg in die Umkleide.

„Ich hab ihn nicht gefragt, weißt du", antwortet Bruno und kramt das Duschgel aus seiner Sporttasche. „Es geht mich auch nichts an."

Sie ziehen sich aus und gehen unter die Dusche. „Ist doch auch egal. Ich meine, wir beide verstehen uns doch. Oder nicht?" Bruno gibt Shampoo in die Hand und seift sich den Kopf ein. Itch schaut dabei zu, wie der weiße Schaum langsam an dem braun gebrannten Körper hinabgleitet.

„Stimmt. Du hast Recht", sagt Itch. „Es geht uns eigentlich nichts an."

„Nik macht sein Ding, und ich mache meins." Bruno legt den Kopf in den Nacken und wäscht sich den Schaum aus den Haaren. Die Muskeln an der Vorderseite seines Körpers treten hervor, und Itch spürt, wie ihn der Anblick erregt.

„Und ich mache meins", wiederholt Itch im Flüsterton.

5.

„Quentin hat einen Goldschmied als Kunden", sagt Itch bei einem Samstagsfrühstück zu Reiner. „Wir könnten uns Ringe machen lassen."

Reiner würde sich am liebsten mehr Zeit ausbitten, aber er wagt es nicht. Nicht noch einmal. „Wieso brauchst du eigentlich Ringe?" Reiner faltet die Zeitung zusammen und legt sie sich auf den Schoß.

„Warum hat man denn Ringe? Sie bezeugen, dass man zusammengehört." Itch hebt den Becher an die Lippen und schlürft den dampfenden Kaffee.

„Aber wir sind doch zusammen. Was soll sich durch Ringe ändern?" Reiner nimmt eine Zigarette und angelt sich den Aschenbecher vom Fensterbrett.

Itch lässt Honig auf sein Brötchen fließen. Er nimmt sich Zeit dafür. „Ich …"

„Was?"

„Ich will vor allem wissen, ob du mit Nik wirklich fertig bist."

Reiner lässt das Feuerzeug sinken und legt die Zigarette neben den Teller. Dann faltet er die Hände und stützt sein Kinn darauf. „Glaub mir, Itch, ja."

„Schwör es!"

„Warum zweifelst du?"

„Weil du nie ganz bei mir bist. Ich hab immer das Gefühl, dass ein Teil von dir woanders ist. Und jetzt frage ich mich, ob das mit Nik zu tun hat."

Itch hat Recht. Reiner starrt ihn an. Nein, mit Nik hat das nichts zu tun. *Mir* fehlt etwas, es hat nur mit *mir* zu tun. „In meiner Beziehung zu dir spielt Nik keine Rolle, das schwöre ich. Und wenn dir Ringe wichtig sind, dann gehen wir welche kaufen."

„Es geht nicht darum, ob sie mir wichtig sind, sondern dass sie auch dir wichtig sind. Oder anders gesagt, dass ich dir wichtig bin."

Reiner schlägt die Augen nieder und zupft Krümel von seinem Bademantel. Dieser Satz trifft ihn, denn einen ähnlichen hat er Nik einmal gesagt und die übliche „Nikflüchtige" Antwort gekriegt.

„Natürlich bist du mir wichtig", sagt Reiner und zieht so fest an seiner Zigarette, dass sie rot glüht.

6.

Reiner sitzt auf dem Fensterbrett und schaut auf die Straße hinunter. In der Stille von Itchs dunklem Wohnzimmer hallt das Echo des vorbeirauschenden Verkehrs wider.

Itch sollte längst angerufen haben, um durchzugeben, wann er nach Hause kommen wird, aber vermutlich ist er wieder einmal unter Druck.

Als das Telefon endlich läutet, nimmt Reiner schon nach dem ersten Klingeln ab. „Hallo Schatz."

„Ähm ... Hi ... Reiner, hier ist Bruno."

„Oh, hallo. Itch ist noch nicht zu Hause. Ich leg ihm einen Zettel hin, dass du angerufen hast."

„Ja ... äh, danke. Ich wollte nur ... Ich mache nächsten Freitag eine kleine Party bei uns hier, und ich würde euch gerne dabei haben."

Brunos Coming-out als Stricher hat ihn für Reiner nun gänzlich disqualifiziert, daher würde er ihn am liebsten anlügen, dass er keine Zeit hat. Aber wie soll er das vor Itch rechtfertigen? Es müsste eine verdammt gute Ausrede sein.

Andererseits ist er neugierig, was Nik mit der gemeinsamen Wohnung angestellt hat. Und vielleicht wäre das die Chance, über einiges zu reden. „Das ist lieb von dir, Bruno", sagt Reiner. „Wie es mit Itch aussieht, kann ich nicht sagen, aber ich komme gerne."

7.

Für die Vespa ist es im März noch zu kalt, deshalb nehmen sie die U-Bahn, und als die Rolltreppe sie nach oben befördert, steht Reiner nach anderthalb Jahren zum ersten Mal wieder in „seinem Viertel". Die Reinigung an der Ecke, die Apotheke, der Gemüsestand – alles so bekannt und doch irgendwie fremd.

Reiner steigt in den Aufzug, der, wie er sofort erkennt, renoviert worden ist, und drückt auf die „3"; die Tür schließt sich. Plötzlich kommt es ihm seltsam vor, in die

Wohnung eingeladen zu sein, in der er neun Jahre mit Nik gelebt hat.

Noch unwohler fühlt sich Reiner, als er hinter Itch in den Flur tritt und Dani und Mike gegenübersteht.

Mike dreht sich weg, Dani begrüßt ihn herzlich: „He, Mike, guck mal, wer da ist." Dani zupft seinen Freund am Ärmel.

Mike schaut Reiner an und spielt dann den Erfreuten. „Ah, Reiner, altes Haus. Wie schön, dich mal wieder zu sehen."

Verlogenes Luder, denkt Reiner und sagt, „Tja, wie die Zeit vergeht. Das ist übrigens Itch, mein Freund. Itch, das sind Dani und Mike."

Kaum, dass sie sich die Hand gegeben haben, schiebt Reiner Itch an den beiden vorbei. „Wir sind gerade angekommen. Ich will erst mal den anderen Hallo sagen. Wir sehen uns sicher noch." Dann flüstert er Itch ins Ohr: „Mike tut vor Dani mords auf monogam, und als ich ihn das letzte Mal gesehen habe, wollte er mit mir in die Kiste."

Itch verzieht das Gesicht und klopft Bruno von hinten auf die Schulter. Der dreht sich um. „Schön, dass ihr da seid, Mann." Dann küsst er sie zur Begrüßung. „Die Garderobe ist schon voll, schmeißt die Jacken einfach aufs Bett."

„Auf welches?", will Reiner fragen, aber Bruno wird fortgezogen, deshalb steuert er ihr altes Schlafzimmer an. Nik hat nicht viel verändert, er benutzt sogar noch die Bettwäsche von damals. Als wäre Reiner nie ausgezogen. Das versetzt ihm einen Stich.

Reiner nimmt Itch Jacke und Schal ab. „Ich weiß nicht, ob ich hier lange bleibe", sagt er. „Mit unseren alten Freunden will ich nicht reden, und die anderen kenne ich nicht."

„Dann lernst du sie eben kennen", sagt Itch und will ihn hinter sich herziehen.

„Nein. Geh du mal!" Reiner gibt Itch einen liebevollen Klaps und sieht, wie der sich ins Getümmel stürzt. Er selbst bleibt an der Tür stehen und schaut auf das Treiben hinaus, in dem er sich so fehl am Platz vorkommt.

„He, Reiner. Wie geht's dir?"

Er hört Roberts Stimme und guckt erstaunt, als die kleine Tonne auf ihn zuwankt. „Gut, gut!" antwortet er. „Und selbst?"

„Bestens. Wir sind ja nun schon im sechsten Jahr."

„Sieht man." Reiner klopft ihm auf den Bauch. „Was wird es denn? Mädchen oder Junge?"

„Ein Elefant. Der Rüssel hängt schon raus."

Der alte Witz, aber worüber spricht man, wenn man sich nichts zu sagen hat? „Ein schwuler Elefant vermutlich", fügt Reiner an, um den Scherz komplett zu machen. „Weil er Probleme mit dem Coming-out hat."

„Haha, wie lustig." Robert beugt den Kopf beschämt über seinen Pappteller, auf dem sich allerlei Antipasti türmen. „Was habt ihr nur alle mit meinem Bauch? Das gilt heutzutage als Fetisch, Herrschaften. Er macht mich begehrenswert. Davon könnt ihr Hungerhaken nur träumen."

„Einbildung ist auch 'ne Bildung."

Robert stopft sich eine Ladung *vitello tonnato* in den Mund und winkt dann mit der Plastikgabel. „Hast du mal was von Etienne gehört?"

„Wir sehen uns ab und zu. Es geht ihm gut. Aber er ist immer noch solo, falls dich das interessiert."

„Mach mir keine Vorwürfe! Es war die Idee von Dani und Mike, ihn von den Umessern auszuschließen." Als es raus ist, schaut Robert betreten.

„Schon okay. Ich kenne ja die Regeln", sagt Reiner. „Ehrlich gesagt war ich nach der Trennung nicht scharf darauf, alte Freunde zu treffen."

„Und wie ist das jetzt?" Robert leckt sich die Finger ab.

„Ich habe einen neuen Mann, da lässt es sich ertragen." Reiner verschränkt die Arme und lehnt sich lässig an den Türstock.

„Dabei?"

„Siehst du den blondierten Irokesen da vorne?" Reiner deutet über die Köpfe der Partygäste hinweg.

Robert reckt den Hals. „Nettes Kerlchen ... und so jung. Find ich ja lustig, dass ihr beide auf Jüngere umgestiegen seid."

Reiner nickt, und erst nach und nach dringt die Bedeutung dieser Aussage zu ihm durch.

„Nik war ja lange Zeit mies drauf."

„Ja, aber jetzt scheint es ihm wieder richtig gut zu gehen. Erst neulich beim Essen hat er mir erzählt ... " Reiner hört sich selbst, und es widert ihn an. Warum tue ich so, als wäre ich mit Nik eng befreundet?

„Was Liebe so alles mit einem macht."

Liebe?, fragt sich Reiner. Hat Robert von Liebe gesprochen?

„Guck doch nur, wie sie aneinander hängen. Durch Bruno blüht Nik wieder richtig auf."

Nun reckt Reiner den Hals und sucht Nik in der Menge. Er hat den Arm auf die Schulter dieses Zwergs gelegt. „Hat er dir gesagt, dass er verliebt ist?"

„Das braucht er nicht, das sieht man doch."

Reiner kann den Blick nicht abwenden. „Was findet Nik nur an ihm?" Die Worte klingen selbst ihm zu abfällig.

„Bist du etwa eifersüchtig?", fragt Robert erstaunt.

„Spinnst du?", erwidert Reiner, und weil ihm keine bessere Ausrede einfällt, sagt er: „Ach, da hinten sind ja Mike und Dani. Mensch, die beiden hab ich auch eine Ewigkeit nicht mehr gesehen. Du entschuldigst." Er arbeitet sich zur Bar vor, um sich einen Caipirinha zu holen. Von hier aus kann er Nik und Bruno besser beobachten. Sie sind ein Paar. Wieso bin ich davon ausgegangen, dass sie nur Freunde sind? Nik mit einem Stricher …

Die Erkenntnis, dass Nik wieder liiert ist, sollte Reiner eigentlich erleichtern. Zumindest sollte es ihm den Rest seiner Schuldgefühle nehmen, die seit der Trennung auf ihm lasten, denn nun ist ein anderer für Nik zuständig. Aber plötzlich fühlt sich nichts mehr gut an, nicht Niks Arm auf Brunos Schulter, nicht Itch, der mit Niks neuem Partner eine Freundschaft aufzubauen scheint, nicht die „gute" Stimmung auf der Party, nicht die ehemaligen Freunde, die zusammenstehen und ihm, dem Verstoßenen, allenfalls einen mitleidigen Blick zuwerfen.

Reiner findet die Party plötzlich schrecklich. Er drängt sich an Itch vorbei, der sich mit einem Kahlkopf prächtig zu unterhalten scheint, zum Schlafzimmer durch, holt seine Jacke und verschwindet unbemerkt. Dann läuft er stundenlang ziellos durch die Straßen, bevor er gegen Mitternacht einen Darkroom ansteuert. Ich brauche keinen von ihnen, denkt er, keinen Itch und einen Nik schon gleich gar nicht.

Nik wacht auf. Es ist kurz nach drei. In seinem Kopf dreht sich alles. Es erinnert ihn an die Zeiten, als er sich in Ermangelung besserer Drogen mit Bier zugeschüttet hat. Dabei hat er keinen Tropfen getrunken, er müsste stocknüchtern sein.

Er schleicht durch die von der Party noch reichlich versaute Wohnung ins Bad, um ein Alkaselzer zu nehmen, aber noch bevor er dort ankommt, zieht sich sein Bauch zusammen, und etwas Heißes, Brennendes steigt in seiner Kehle hoch. Er hält sich die Hand vor den Mund und schafft es gerade noch rechtzeitig zur Toilette.

Während er sich nach und nach entleert, versucht er sich zu erinnern, was er gegessen hat. Ob es der Kartoffelsalat war? Außer Salat, einem bisschen Baguette und Shrimps hat er ja sonst nichts zu sich genommen.

Wieder krampft sich sein Magen zusammen, und Nik übergibt sich noch einmal. Es kommt nur noch Galle, und Nik ist trotzdem weiterhin übel.

„Nik! Bist du okay?"

Er spürt Bruno hinter sich, der ein Handtuch nimmt und ihm damit das Gesicht abwischt. „Yeah, es ist alles in Ordnung. Geh du ruhig schlafen!"

Als Reiner gegen fünf Uhr morgens nach Hause kommt, sieht er den Zettel schon von weitem. Obwohl Itch einen Schlüssel zur Wohnung hat, hat er das große gelbe Ding auf die Wohnungstür geklebt. *ITCH!* steht drauf, mehr nicht. Den Rest soll Reiner sich wohl denken.

Der Anrufbeantworter blinkt. Reiner muss ihn nicht abhören, um zu wissen, dass es eine wütende Nachricht von seinem Freund ist: „Sag mal, hast du noch genug Tinte auf der Zeile? Du verschwindest, ohne dich abzumelden, schaltest dein Handy aus. Wo zum Teufel bist du? Ruf mich an! Egal wann. Morgen früh um sieben gehe ich zur Polizei." Die Stimme klingt zittrig.

Es erleichtert ihn, dass Itch sich Sorgen macht. Deshalb ruft er ihn nicht an, sondern läuft mit großen Schritten die Treppe hinunter und winkt sich ein Taxi heran.

Im Fond stellt er sich all die Fragen, mit denen Itch ihn unweigerlich löchern wird: Was ist mit dir los? Was treibt dich dazu, wortlos zu verschwinden? Warum kommst du nicht zu mir? Die einzige Antwort, die Reiner einfällt, ist: „Das habe ich gebraucht!"

Warum, Reiner, warum?, fragt er sich selbst und spürt seine Schultern zucken.

8.

„He, Nik! Wie geht's?" Der Arzt schließt die Tür hinter sich und klopft Nik auf die Schulter, der Boden gibt unter seinen schweren Schritten nach. „Besser?", fragt er und lässt sich mit einem lauten Seufzer hinter seinem Schreibtisch nieder.

„Seit ich das Fett weglasse, ist mir nicht mehr so übel, aber ich kann nicht behaupten, dass es mir gut geht."

„Na, dann schauen wir uns das mal an." Der Arzt tippt Niks Namen in den Computer und studiert die Ergebnisse. Um besser durch die Brille schauen zu können, rümpft er dabei die Nase.

„Deine Leberwerte haben sich verschlechtert, Nik." Er schaut ihn über die Brille hinweg kurz an und wendet sich dann wieder dem Bildschirm zu. „Und was der Arzt hier über den Ultraschall schreibt, lese ich nicht gerne. Wir sollten auf jeden Fall eine CT machen lassen."

„Nun red nicht um den heißen Brei herum, Herbert." Nik hakt die Hände ineinander und legt sie in den Schoß, dann schlägt er ein Bein über das andere.

Herbert schiebt die Zunge in seine Wange und mustert Nik. „Ich will dich nicht unnötig beunruhigen."

„Das hast du bereits getan. Also raus mit der Sprache!"

Herbert zögert. „Also, das ist nur ein Verdacht, klar?" Er stützt seinen Ellenbogen auf den Tisch und dann das

Kinn auf die Faust. „Du könntest eine Leberzirrhose haben."

„Eine Zirrhose?" Nik setzt sich auf, er weiß von Reiner, was das bedeutet.

„Nimmst du noch Drogen, mein Junge?"

Nik sackt in sich zusammen. Er ist fassungslos. „Nein, verdammt, seit meinem Ausrutscher im Herbst nicht mal einen Tropfen Alkohol."

„Dann gibt es zwei Möglichkeiten. Entweder hast du die Zirrhose schon seit langem und entwickelst erst jetzt Symptome. Dann könnte es sein, dass wir dich mit einer Kur wieder hinkriegen."

„Oder?"

Herbert zögert wieder, schiebt Papiere auf dem Tisch zusammen und lehnt sich in seinen Sessel zurück. „Oder es ist eine autoaggressive Zirrhose, das heißt, dein Körper zerstört das Zellgewebe selbst."

Nik hört den Arzt sprechen, und es kommt ihm vor, als gälten die Worte einem anderen.

„Nun mal den Teufel nicht an die Wand, Nik! Wir machen weitere Untersuchungen, und gesetzt den Fall, meine Vermutung bestätigt sich, und wie gesagt, es ist ja nur ein Verdacht, dann melden wir dich für eine Lebertransplantation an. Das ist in Deutschland schon fast eine Routineoperation."

„OPs sind niemals Routine, keine OP ist eine Routine", sagt Nik noch immer benommen von der Diagnose.

„Sieh's doch mal so, Nik. Wenn du sie nicht machst, dann isses das. Aus. Finito. Basta. Aber wenn du's machst, hast du eine gute Chance."

Ja, aber was für eine? Monatelang im Krankenhaus liegen? Quarantäne danach, schwere Medikamente, um die Abstoßungsreaktion zu unterdrücken, strenge Diät und trotzdem geht's einem beschissen. Ganz abgesehen davon, dass jemand für ihn sterben muss. Schon die Vorstellung findet Nik makaber.

„Es gibt die Möglichkeit einer Leberlebendspende, das heißt, dass jemand aus deiner Verwandtschaft ..."

„Ausgeschlossen!", sagt Nik, und es klingt fast empört.

„Ich glaube, Reiner hat dieselbe Blutgruppe wie du", sagt Herbert vorsichtig. „Wenn er zu einer Lebendspende bereit wäre, könnten wir Gewebetests machen lassen."

Reiner um eine Organspende bitten? Niemals. „Wie stehen meine Chancen?", fragt Nik.

„Im Allgemeinen ..."

„Ich will nichts über das Allgemeine wissen, Herbert. Wie sind *meine* Chancen?"

„Das kann ich dir nicht sagen, Nik. Durch deine Drogenvergangenheit ist dein Körper ziemlich ramponiert, und das letzte Mal hast du dir irgendein Gift in die Venen geschossen, das dich fast das Leben gekostet hätte."

Langsam weicht der Schock, und zu Niks Überraschung taucht ein Gefühl der Erleichterung in ihm auf. Jeder normale Mensch hängt an seinem Leben; ja, zu überleben ist ein Urinstinkt. „Und wenn ich mich nicht operieren lasse, wie lange bleibt mir dann?"

Herbert stiert zurück, dann stößt er sich vom Schreibtisch ab, geht ans Fenster und schaut hinaus. „Verdammt, Nik. Wie kannst du nur so eine Frage überhaupt stellen?"

„Wie lange noch?"

Der Arzt kippt das Fenster, die kühle, feuchte Luft trägt Verkehrslärm und Durchsagen vom nahe gelegenen Hauptbahnhof herein, dann dreht er sich um. „Ich würde es an deiner Stelle richtig krachen lassen, denn spätestens in drei Monaten liegst du im Krankenhaus." Herbert schluckt. Er wollte seinen Worten Nachdruck verleihen, weil er weiß, was Nik für ein Dickkopf ist, aber es kam härter heraus, als beabsichtigt.

„Würdest du denn eine Transplantation über dich ergehen lassen?"

„Ich bin Arzt. Ich darf dir gar nichts anderes raten."

„Ich werde mich informieren."

„Herrgott, Nik! Das sind doch jetzt alles nur Spekulationen. Geh erst einmal nach Großhadern, das ist in München *die* Klinik für solche Angelegenheiten. Die checken dich richtig durch, und vielleicht stellt es sich ja als Fehldiagnose heraus." Der Arzt druckt eine Überweisung aus und schiebt sie über den Tisch.

Nik nimmt das Stück Papier in die Hand und starrt auf die Buchstaben. Als ob sein ganzes Leben mit ein paar Worten zusammengefasst worden wäre.

9.

Reiner sitzt neben dem Telefon und blättert durch die Fotos, die Nik ihm nach seinem Auszug geschickt hat: Nik vor einem Birkenwald in Schweden, den er als „magisch" bezeichnet hat, Reiner und Nik unscharf auf einem Basar in Marokko, Nik auf einem Hollandrad in Amsterdam.

Reiner steht auf, um Kaffee aufzusetzen. Ob ich ihn einfach anrufen kann: „He, Nik, ich würde dich gerne mal treffen. Aber allein!"?

Er legt eine Filtertüte in die Maschine und gibt Kaffeemehl hinein.

Anrufen ist ihm unangenehm, denn er könnte Bruno ans Telefon kriegen. Wie wird Itch überhaupt damit umgehen? Itch lässt sich den Streit von der Nacht nach der Party zwar nicht mehr anmerken, aber Reiner spürt genau, dass ihre Beziehung seitdem nicht mehr dieselbe ist.

Er setzt sich wieder und zündet sich eine Zigarette an. Und ihm schreiben? Das wäre zu steif, zu offiziell, es verliehe der Sache ein bürokratisches Gewicht. Wieso läuft der Kaffee eigentlich nicht durch? Reiner steht auf und schaut nach. Er hat vergessen, Wasser in den Behälter zu füllen.

„He, Nik, Reiner hier. Ich ... wollte mich nur für die Einladung bedanken."

„Ich geb's an Bruno weiter, es war seine Party. Aber warum bist du so früh abgehauen, ich hatte ja nicht mal eine Chance, dich zu begrüßen."

„Ja, sorry, aber ... mir ging es nicht gut. Und da hab ich mich einfach davon geschlichen. Wollte keinen Aufwand machen, verstehst du? Und wie geht's bei euch so? Itch hat erzählt, dass es dir nicht so gut geht."

„Nur 'ne kleine Magenverstimmung. Nicht weiter wichtig."

Reiner ringt nach Worten, weil er das, weswegen er eigentlich anruft, nicht über die Lippen bringt. „Es hat mich gewundert, ein paar Umesser dort zu sehen."

„Du weißt doch, ich kenne nicht viele Leute. Meine Freunde sind alles Musiker. Und Bruno wollte unbedingt ein paar Schwule dabei haben."

Typisch Nik, denkt Reiner, und er spürt, dass seine Sehnsucht, ihm nahe zu sein, während des Telefonats wächst. Aber was hätte es für einen Sinn, das auszusprechen? Nik hat nun Bruno, und er hat Itch. „Verstehe. Na, dann will ich nicht länger stören."

„Wir könnten uns ja mal treffen", sagt Nik.

Reiner schluckt.

„Nur wenn du Lust hast", setzt Nik nach.

„Ja! Ja, klar", antwortet Reiner und merkt, wie etwas in ihm auf die Bremse tritt. „Sag einfach Bescheid, wenn es dir wieder besser geht." Reiner schaut nach draußen. Es ist zwar deutlich wärmer geworden, der Himmel im April aber grünlich grau. Und vor lauter Regen sieht es aus, als würde man durch einen Vorhang aus Plastikperlen auf die gegenüberliegenden Gebäude schauen. „Hoffentlich tut es das bald", sagt Reiner, weil ihm „Gute Besserung!" zu banal vorkommt.

„Das hoffe ich auch", sagt Nik.

Reiner fragt sich, ob Nik sich nur besseres Wetter wünscht, oder besseres Wetter, damit sie bald zusammen spazieren gehen können. „Grüß mir Bruno", legt er schnell nach.

„Werd ich tun. Grüße auch an Itch."

10.

Itch fällt neben Reiner ins Bett. Seine Augen sind klein, und es wird keine Minute dauern, bis sein süßes Schnarchen an Reiners Ohren dringt.

Itch zieht sich die Decke bis zur Nase und schiebt den rechten Arm unter Reiners Nacken. „Wie schaut eigentlich dein Dienstplan nächste Woche aus?"

„Warum fragst du?"

„Nach der Party sind wir dran mit Einladen."

Diese Freundschaft zu viert ist also schon besiegelte Sache. „Müssen wir sie schon wieder sehen?"

Es klingt so aggressiv, dass Itch die müden Augenlider aufreißt und den Kopf hebt, um Reiner besser ins Gesicht schauen zu können. „Hast du ein Problem damit?"

Das habe ich wohl, denkt Reiner. Er will Nik nicht noch einmal in dieser Viererkonstellation sehen, weil er dann wieder nicht dazu kommt, in Ruhe mit ihm zu sprechen.

Aber sagen darf er das Itch auf keinen Fall, weil der ohnehin schon eifersüchtig ist.

„Du solltest Bruno erst mal richtig kennen lernen, bevor du ihn ablehnst. Er ist so nett."

„Ja, so nett, dass er sich von jedem ficken lässt, der dafür bezahlt."

Itch zieht den Arm unter Reiners Nacken heraus und stützt sich auf.

„Hör mal!" Nun stützt sich auch Reiner auf. „So was macht niemand nur so zum Spaß, und dieser Beruf hinterlässt seine Spuren, auch wenn du Bruno das vielleicht nicht ansiehst." Erleichtert, von der Einladung abgelenkt zu haben, legt Reiner sich wieder hin.

Itch schaut ihn prüfend an. „Darum geht es gar nicht, stimmt's? Hier geht es um Nik."

Reiner legt sich auf die Seite. „Itch, versteh doch! Wir haben seit der Trennung kaum miteinander geredet. Da ist noch so viel Unausgesprochenes zwischen uns. Wenn ich Nik wiedersehe, würde ich das erst mal gern alleine tun."

Bruno hat mit seiner Einschätzung also Recht, schießt es Itch durch den Kopf. „Du bist mit ihm doch noch nicht fertig."

„Was heißt denn hier doch noch nicht?", fragt Reiner aggressiv. „Hab ich je behauptet, dass ich es bin?"

Und Itch muss wieder an Jan-Ulrich denken, der ihn gewarnt hat: „Die guten Kerle sind alle in festen Händen."

11.

Halb zwölf, Itch zählt zu den ersten Gästen im *Ochsengarten*. Bruno zapft gerade ein Bier und stellt es vor einem Gast auf die Theke. „He, Buddy."

„He, Buddy", sagt Itch. „Ich hab supergute Neuigkeiten."

„Warte!" Bruno gießt eine Cola ein, legt eine Zitronenscheibe hinein und gibt das Glas einem anderen Gast. Dann mischt er ein Radler und stellt es Itch vor die Nase.

Aber Itch hat keinen Durst. „Hättest du Lust, für eine Unterwäscheanzeige fotografiert zu werden?"

„Ist da Kohle drin?"

Itch überrascht diese Antwort. Er ist davon ausgegangen, dass Bruno alles Recht sein würde, um aus seinem bisherigen Leben auszusteigen. „Aber sicher. Wäre doch ein guter Einstieg."

Bruno grinst. „Ja, vielleicht", sagt er und geht ans Ende der Theke, wo drei neue Gäste auf Bedienung warten.

Itch nimmt sein Radler und stellt sich im Nebenraum an die Theke. Von dort aus hat er die Kneipe gut im Blick, steht aber nicht mitten im Gedränge. Es gefällt ihm, wie Bruno sich bewegt. Ständig schäkert er herum, und die Leute scheinen ihn zu mögen. Es wundert Itch nicht, dass er als Callboy Erfolg hat. Aber das ist doch kein Leben!

Sein Blick fällt auf den Tisch, an dem Reiner gesessen hat, als er mit Quentin und Jan-Ulrich zum ersten Mal hierhergekommen ist. Damals hat er diese Kneipe als Sündenpfuhl angesehen und Reiner als einen Engel unter Wölfen.

Reiner hat ihn unglaublich beeindruckt. Seine Neugier und sein Mitgefühl waren so anziehend, verführerisch fast, aber Itch kommt es inzwischen so vor, als wäre es auch eine Art Schutz, um andere nicht an sich heranzulassen. Sagt Itch am Ende eines langen Arbeitstages: „He, ich hab dich vermisst", schaut Reiner ihn an, als würde er an seinen Worten zweifeln. Ein schlichtes „Ich dich auch" würde genügen.

„Warum kannst du nicht sagen, was ich dir bedeute?", fragt Itch Reiner in regelmäßigen Abständen immer wieder.

„Wenn du es selbst nicht weißt, Itch, dann kann ich es dir auch nicht erklären."

„Was machst du für ein Gesicht?", fragt Bruno.

„Ich denke über Reiner nach." Itch hat sich vorgenommen, nicht mit Bruno darüber zu sprechen, aber bevor er sich zurückhalten kann, ist es schon raus. „Ich wollt euch zum Essen einladen, aber er meinte, dass er mit Nik noch nicht fertig ist."

Bruno zuckt nur mit den Schultern.

Lässt Bruno das nicht an sich heran oder ist es ihm wirklich egal?, fragt sich Itch.

12.

Gut fünf Wochen braucht Nik, um sich nach dem Krankheitsverdacht mit der möglichen Diagnose auseinanderzusetzen. Im April geht er über die breite Treppe hinauf in die Staatsbibliothek; ein angemessener Aufstieg in die Höhen des Wissens, wie er findet. Im Lesesaal geschäftige Besucher, die meisten vermutlich Studenten, die vor Stapeln von Büchern sitzen, vor Notizblöcken und Laptops und eine Stimmung der nachdenklichen Anspannung verbreiten. Der Teppichboden und die unter dem Gewicht der Bücher sich biegenden Regale machen ihn zu einem Ort der raschelnden Stille.

Computer entlang der Fenster. Nik geht an ihnen vorüber, aber alle sind besetzt, er wartet. Ein Gedanke von vielen: Während sich die meisten hier auf ihre Zukunft vorbereiten, sucht Nik nach Informationen, die ihm bei der Entscheidung helfen, ob er sich überhaupt um eine bemühen sollte. Natürlich trifft jeder ständig Entscheidungen und bestimmt damit das eigene Schicksal. Wer mit dem Flugzeug abstürzt, hat vorher entschieden, mitzufliegen. Man raucht, man trinkt, man isst Dinge, von denen man weiß, dass sie ungesund sind. Alles freie Entscheidungen – wenn auch meist unter der steten Verdrängung des möglichen Todes.

Nik fällt auf, dass er schon wie ein Sterbender denkt – es ist eben ein seltsames Gefühl, so bewusst über das eigene Leben entscheiden zu müssen. Die meisten in seiner Situation zweifeln nicht daran, dass das Leben dem Tod vorzuziehen ist. Aber Nik hat keine Angst. Spätestens seit er dem Jenseits einen Besuch abgestattet hat, weiß er, dass es nichts zu befürchten gibt. Was spricht also fürs Weiterleben?

Nik fällt der Mann ein, der aufgrund von Krebs einer Rückenmarkstransplantation zugestimmt hatte. Er beklagte sich nicht über die unsäglichen Schmerzen oder die Begleiterscheinungen der Chemotherapie wie Haarausfall, Übelkeit, Erbrechen, Abmagerung et cetera. Er bereute die Operation, weil er zwar lebte, aber sein Leben verloren hatte, manchmal nicht einmal mehr wusste, wer er war. Monatelang konnte er nicht arbeiten, seine Gefühle machten mit ihm, was sie wollten. Seine Frau und seine Kinder waren ihm fremd geworden – Menschen, denen zuliebe er in diese Operation ursprünglich eingewilligt hatte. Und Nik hat nicht einmal Familie. Er hat ein paar Freunde, und er hat Bruno, einen schwierigen Jungen mit einer schlimmen Vergangenheit, dem er für die Stunden, die sie gemeinsam verbringen, dankbar ist, der für ihn aber niemals ein echter Partner sein wird, da macht Nik sich keine Illusionen. Und er hat Reiner. So nah. So weit entfernt.

Endlich wird ein Platz frei. Nik setzt sich und sucht unter dem Stichwort „Lebertransplantation" alles heraus, was das System findet. Von starken Blutungen während der Operation ist die Rede, bis zu einhundertzwanzig Blutkonserven können benötigt werden. Verbrauchskoagulopathie, organisches Psychosyndrom, hepatische Enzephalopathie, tödliches Koma, Abstoßungsreaktion, erhöhtes Krebsrisiko, Osteoporose. Mein Gott, all diese einschüchternden Worte. Dazu noch das Warten, weil nur halb so viele Organe zur Verfügung stehen wie benötigt werden. Hoffen, hoffen, hoffen, immer in Rufbereitschaft, dass irgendeine arme Sau gegen einen Baum rast, damit man eine Leber kriegt, bevor man zu den zwanzig Prozent zählt, die das Warten und perverse Hoffen nicht überleben.

Nik schaut über den Computer hinweg in den Innenhof hinunter auf die Bäume, die sich im sanften Wind wiegen. Ja, vielleicht würde die Transplantation sein Leben wirklich verlängern, um ein, zwei oder fünf Jahre. Aber was wird das für ein Leben sein? Ist es nicht besser, sich gleich bewusst dagegen zu entscheiden und dafür die verbleibende, vielleicht kürzere Lebenszeit richtig zu genießen?

13.

Bruno kommt nach Hause und findet Nik mit der Gitarre im Arm schlafend auf dem Sofa vor. Er geht zum Kühlschrank und nimmt ein Bier heraus.

Nik öffnet die Augen. „Oh, hi, mein Kleiner! Was gibt's Neues?"

Bruno lässt sich in den Sessel fallen. „Itch war gestern bei mir in der Bar und hat gesagt, dass Reiner komisch geworden ist, seit er dich wiedergesehen hat."

Nik setzt sich auf.

„Itch behauptet, dass Reiner mit dir noch nicht fertig ist."

Nun versteht Nik den Anruf erst. Hat Reiner endlich kapiert, dass er mit der Trennung nur vor seinen eigenen Problemen weggelaufen ist?

Weil Nik nicht reagiert, sondern gedankenverloren auf den Boden starrt, fragt Bruno: „Liebst du ihn noch?"

Nik schaut auf. Nein, zuviel ist seither passiert. Reiner und Nik ... Er sieht dieses Foto, das sie vor einem buddhistischen Tempel mit Selbstauslöser gemacht haben. Mit Reiner an seiner Seite würde er jetzt vermutlich nicht daran zweifeln, ob er die notwendigen Untersuchungen über sich ergehen lassen soll, und dafür zu sorgen, dass er so lange wie möglich am Leben bleibt.

„Krieg ich eine Antwort?"

Nik erschrickt. „Nicht so wie dich, mein Kleiner!", sagt Nik, noch bevor er richtig darüber nachdenken kann.

Könnte ich denn mit der tödlichen Diagnose leben? Oder würde es mir die letzten Monate meines Lebens verpfuschen? „Ich würde es noch mal richtig krachen lassen ...", hat Herbert gesagt. „He, Bruno. Hast du Lust, mit mir in den Urlaub zu fahren?"

14.

Der Abend im Juni ist lau. Itch schließt den Roller ab. „Hast du das Geschenk?"

Reiner hebt die Tasche, um sie Itch zu zeigen. Er ist nur mäßig gut gelaunt, denn seinem Plan, sich mit Nik allein zu treffen, kommt nun die Einladung zu Niks Geburtstag dazwischen. Wieder mit Itch. Wieder mit Bruno.

Nik öffnet ihnen die Tür. „Alles Gute zum Geburtstag", sagt Reiner und erschrickt darüber, wie schlecht Nik aussieht; seine Haut ist fahl und grau, die Augen trübe.

„Danke, danke." Nik umarmt Reiner und hält ihn fest. Die erste Gelegenheit seit fast zwei Jahren. Es wird mehr daraus als nur der flüchtige Körperkontakt zwischen Freunden.

„*Happy Birthday*, Nik!", sagt Itch, und Reiner überreicht ihm das Päckchen. „Es ist ja nicht einfach, etwas für dich zu finden", sagt er, und es klingt nach einer Entschuldigung.

Nik nimmt das Geschenk entgegen. „Kommt doch rein! Bruno ist noch in der Küche."

Reiner legt seinen Helm im Gang ab. Jetzt, ohne Partygäste, kann er sich in Ruhe in der Wohnung umsehen. Auf den ersten Blick hat sich nicht viel verändert. Die Wände sind farbig geblieben, nur gehörten sie gestrichen. Die Gitarre steht an ihrem alten Platz, wenngleich sie nicht so glänzt, wie Reiner das von früher in Erinnerung hat, auf dem Sofatisch liegt *Also sprach Zarathustra*.

„Du liest Nietzsche?", fragt Reiner Nik, der das Geschenk unausgepackt auf die Kommode legt.

„Nein, Bruno." Nik geht zurück in die Küche, und Itch nutzt die Gelegenheit, Reiner zuzuflüstern: „Er meditiert auch."

Für Reiner passt das nicht zusammen. Zieht Bruno hier eine Show ab? Er folgt dem Geruch von Zwiebeln. „Was gibt es denn Feines?"

Itch stellt sich hinter ihn und lugt über Reiners Schulter in die Töpfe.

„Das werdet ihr gleich schmecken", antwortet Bruno und gibt beiden ein Wangenküsschen zur Begrüßung.

„Wollt ihr euch nicht setzen?", fragt Nik und schiebt sie zur Tür hinaus. „Das Essen ist gleich fertig."

Aber Reiner fühlt sich beengt, er braucht Luft. „Mal sehen, was im Hof schon blüht", sagt Reiner und tritt auf den Balkon hinaus.

Nik kommt hinter ihm her. Reiner sieht es nicht, er spürt es. Unsere Verbindung ist also immer noch da, stellt er fest, und es versetzt ihm einen Stich. Dann lehnt sich Nik neben ihn an das Geländer. Sie schweigen, als hätten sie sich nichts zu sagen, bis Reiner sich endlich etwas abringt: „Du siehst müde aus, Nik."

„Ich weiß."

„Warst du mal beim Arzt?"

„Was soll der mir schon sagen? Dass ich meine Gesundheit ruiniert habe? Das weiß ich auch so."

Reiner hört Resignation in Niks Stimme. Das kennt er nicht von ihm, der sonst „positives Denken" predigt, der „im Moment lebt" und alles, was ihm begegnet, „als Chance zu wachsen" nutzt.

Reiner dreht sich irritiert um und schaut durchs Fenster in die Küche. Bruno und Itch tuscheln dort. Es wird immer deutlicher, dass sie etwas miteinander haben. Reiner registriert es mit einer hilflosen Wut, wie eine hohe Telefonrechnung, nachdem man alles überprüft und eingesehen hat, dass man die Kosten selbst verursacht hat.

„Macht ihr euch über meine kläglichen Versuche lustig, die Rosen zum Blühen zu bringen?", fragt Bruno, und es wirkt unsicher.

„Nein, wir ..." Ja, was eigentlich?, fragt sich Reiner. Warum stehe ich hier mit Nik? „Die frische Luft. Das habe ich an diesem Balkon immer geschätzt. Irgendwie riecht es in diesem Innenhof ganz besonders."

Itch kommt Bruno hinterher und lehnt sich an die Mauer. So entfernt von Reiner. Es kommt ihm schon fast demonstrativ vor.

„Meine Pflanzen sind sicher nicht so schön wie bei dir früher, aber ich lerne noch", sagt Bruno. „Vielleicht gibst du mir ja mal ein paar Tipps."

„Aber gerne", sagt Reiner und denkt: Niemals!

Nik sägt lustlos an dem Fleisch herum.

„Das war doch früher dein Lieblingsessen", rutscht es Reiner heraus.

Nik lächelt. „Ich hab einen komischen Magen."

„Ich koche nicht so gut wie Nik", sagt Bruno kleinlaut. „Aber ich hoffe, mein Essen schmeckt euch trotzdem."

„Es ist wunderbar", sagt Reiner schnell und denkt: Was kann man an einem Batzen Fleisch in der Pfanne schon falsch machen? „Machst du Nik auch Wollwürste und Kartoffelsalat?" Dafür möchte er sich auf die Zunge beißen.

„Isst du das gerne?", fragt Bruno Nik.

„Es ist gut, was du kochst", antwortet Nik und wirft Bruno einen Luftkuss zu, und Reiner fragt sich, warum Bruno mit aller Gewalt versucht, sein Freund zu werden.

„Übrigens, die Sache mit der Unterwäschewerbung läuft", sagt Itch.

„Gibt es dafür schon einen Termin?"

„Das Fotoshooting wird sicher erst nach unserem Urlaub stattfinden."

„Ihr fahrt in Urlaub?", fragt Bruno und saugt die Soße auf seinem Teller mit Weißbrot auf.

„Ja, nach Sitges", antwortet Reiner, ein versteckter Vorwurf an Nik, denn sich unter seinesgleichen zu tummeln ist immer schon Reiners Wunsch gewesen, nur hat sich Nik in all den Jahren immer mit Worten wie diesen dagegen gewehrt: „Wenn du das brauchst, dann flieg, Reiner! Ich weiß nicht, was ich da soll. Ich bin kein Typ für den Strand, und zwischen braun gebrannten und geschminkten Szenetussen in den Kneipen rumzuhängen ist für mich kein Urlaub, das ist ein Besuch im Panoptikum."

„Lustig", sagt Bruno. „Da fliegen wir auch hin."

„Bruno will mir zeigen, wo er gelebt hat", fügt Nik hinzu.

„Du hast in Sitges gelebt?", fragt Itch und schiebt das Besteck auf dem Teller zusammen.

„Ja, hab ich dir das noch nicht erzählt?"

Reiner kann nicht glauben, was er da hört. Sitges? Hat Nik sich wirklich so verändert? Oder hat dieser Knabe so einen großen Einfluss auf ihn?

„Wann fliegt ihr?", hört Reiner Bruno fragen, und noch bevor ihm was Passendes einfällt, um vom Thema abzulenken, antwortet Itch: „Wir sind in der letzten Augustwoche dort, weil es dann am schönsten sein soll."

„Das stimmt! Wir könnten zusammen hinfliegen. Was meinst du, Nik?"

Nik schiebt seinen Teller mit dem Fleisch von sich. „Könnten wir, klar!", antwortet er. „Wenn Reiner nichts dagegen hat."

Reiner fühlt sich mit einem Mal wie ein Hase, den unbemerkt drei Schlangen umzingelt haben.

15.

Im heißen August hat Hannes eine Krise. Nach einigen Fehlschlägen sah es so aus, als würde er endlich vom Glück geküsst. Hannes und Hans, das allein klang schon so viel versprechend.

Hans lernte er ganz unspektakulär in einer Kneipe kennen und nahm ihn mit nach Hause. Der Sex war gut, die Gespräche noch besser, der Anruf am nächsten Tag nach all dem „Danke und Tschüs" der vorangegangenen Monate eine Wohltat.

Obwohl Hans knapp fünfzig Kilometer entfernt wohnt, sahen sich die beiden fast jeden zweiten Tag, verbrachten die Wochenenden zusammen, träumten, schwärmten, schlemmten und schliefen eng ineinander verschlungen den süßesten Schlaf.

Nach drei Wochen wagten sie den ersten zaghaften Blick in die Zukunft. Hans hatte zwar schon einen Urlaub gebucht, bevor er Hannes kennen lernte – vierzehn Tage Mykonos –, aber es blieben ja noch viele Tage mehr zu verplanen.

Die SMS schneiten regelmäßig herein: *Liege hier am Strand und denke an dich. Hans/Die Sonne scheint – in meinem Herzen bei dem Gedanken an dich. Dein Hans/So viele Menschen, aber keiner wie du. Hans, der dich liebt.*

Inzwischen sollte Hans längst zurück sein, aber er meldete sich nicht. Hannes rief an, einmal, zweimal, dreimal, schickte eine SMS, sprach eine Nachricht auf die Mailbox. Als er dann anfing, sich Sorgen zu machen, klingelte endlich das Handy. Eine SMS.

„Es war der Standardsatz, mit dem mittlerweile jedes schwule Handy ausgeliefert zu werden scheint", schnieft Hannes ins Telefon. „*Lass uns gute Freunde bleiben!* Kein Anruf, keine Erklärung."

„Ach, Hannes. Das tut mir Leid." Reiner liegt in Itchs Wohnzimmer auf dem Boden und starrt durchs Fenster in den Himmel. „Es scheint wirklich eine Menge gestörter Menschen da draußen zu geben." Hatte Etienne das nicht schon vor Wochen behauptet? Warum ist das so? Warum all die Lügen? Warum sich gegenseitig verletzen, wenn wir doch alle im selben Boot sitzen? Wieso sind wir unfähig zur Ehrlichkeit und zu aufrichtigen Gefühlen?

„Ich könnte mal wieder eine Nacht am See brauchen", flüstert Hannes schüchtern.

Reiner erinnert sich an damals, es muss ziemlich genau zwei Jahre her sein. Die Wärme, die Aufregung, die Nähe. „Ich auch!"

16.

„Fühlt sich an wie alte Zeiten, was?", fragt Itch, als sie bei Quentin an einem *Baileys* auf Eis nippen.

„Na ja, fast", antwortet Jan-Ulrich und wirft das Haar nach hinten, das er glätten und blondieren ließ. Dabei klappert die Halskette mit den großen Perlen aus handgeschnitztem Holz. Ohne Schnurrbart findet Itch, dass Jan-Ulrich fünf Jahre jünger aussieht.

„Ist jedenfalls nicht schlecht, wenn der Ehemann mal Termine hat", sagt Itch und grinst.

„Wie hält Reiner das nur aus?", fragt Jan-Ulrich und kratzt am Nagel seines rechten Mittelfingers herum. „Immer diese Schichtarbeit. Ich könnte das nicht. Andererseits bietet es dir gewisse Freiräume, nicht wahr?" Ein bohrender Blick.

Itch will sich mit dieser Anspielung nicht ködern lassen. Jan-Ulrich und Quentin sind zwar noch immer seine besten Freunde, aber er will nicht alles mit ihnen teilen. „Gibt's Nachschub?", fragt er und hebt sein leeres Glas.

Quentin, der seine naturroten Haare mit Henna nachgedunkelt hat und sie nun etwas länger trägt, so dass sie sich kräuseln, holt die Flasche aus dem Kühlschrank. Er schenkt Itch nach und sein Blick tastet ihn ab wie ein Scanner. „Bist du sicher, dass du in dieser Hose ausgehen willst?", fragt er. „Ich meine, diese Waldbeerenfarben sind einfach total out."

Itch schaut an sich herunter. „Bruno findet, dass ich darin klasse aussehe."

Jan-Ulrich verdreht die Augen und denkt: Wenn ich den Namen noch einmal höre, werde ich kotzen.

Quentin legt Itch stillschweigend eine Hose mit weinroten und schwarzen Streifen in den Schoß, die den weißen Stoff in große Karos unterteilen. „Das wird der Schrei im Sommer, ich schwör's dir."

Itch zögert und schlüpft dann mehr um der guten alten Zeiten willen denn aus Überzeugung hinein, wechselt auch das T-Shirt, weil „das mit den Haifischen trägt ja jetzt jeder", behauptet Jan-Ulrich. Dabei betont es die Konturen seiner paar Muskeln, auf die Itch so stolz ist. Schließlich hat er mit Bruno hart dafür gearbeitet.

Um zehn schlendern sie quer durch die schwule Meile auf das *Iwan* zu. „Einen Rossini?", fragt Quentin, der sich einen Platz an der Bar ergattert hat.

„Was ist das denn?", fragt Itch.

„Schätzchen, du warst wirklich ewig nicht mehr unterwegs."

„Nicht hier", rutscht es Itch heraus und er hofft im gleichen Moment, dass diese Aussage im Lärm untergeht.

„Wo denn sonst?", fragt Jan-Ulrich, und die Frage klingt fast empört. Als ob man nirgend woanders hingehen könnte.

„Im *Ochsengarten* zum Beispiel oder im *Big Horn*."

Quentin und Jan-Ulrich schauen ihn mit großen Augen an, und Itch sieht, dass sie um Worte ringen. Jan-Ulrich findet sie schnell wieder. „Was machst du denn da?"

Itch zuckt mit den Schultern. „Bruno geht gerne dorthin."

Das ist Jan-Ulrich nun wirklich zu viel. „Leute, ich geh mal für kleine Mädchen."

Der Abend vergeht mit dem üblichen Geplänkel, bis Quentin auf die Uhr schaut. „Schon bald eins", sagt er. „Wer hat Lust auf ein kleines Tänzchen?"

„Ich würde ja gerne mitkommen", antwortet Itch. „Aber ich bin noch verabredet."

„Mit Reiner?"

„Nein, ich hab Bruno versprochen, ihn von der Arbeit abzuholen." Als ihn die bohrenden Blicke seiner Freunde erreichen, küsst er sie hastig zum Abschied und steuert dann schnurstracks die Garderobe an.

Jan-Ulrich schaut ihm hinterher: „Findest du nicht, dass dieser Name in letzter Zeit sehr häufig auftaucht?"

Quentin stimmt ihm zu: „Captain Kirk, wir haben hier ein Problem."

17.

Hannes parkt den Wagen und folgt dann Reiner auf dem Waldweg zum See hinunter. Es ist fast so wie damals, als sie sich kennen gelernt haben, nur dass sie inzwischen Freunde geworden sind.

Auf halbem Weg hören sie ein Grölen. Sie schauen sich an, halten sich fest, gehen vorsichtig weiter. Je näher sie dem Gewässer kommen, desto mehr Stimmen dringen durch den Wald. Dann sehen sie ein Zelt. Eine Gruppe von Jugendlichen sitzt um ein Lagerfeuer herum und spielt Gitarre. Ihnen ist anzuhören, dass sie schon viel getrunken haben.

Weil Reiner mit Hannes ungestört sein will, bahnt er sich einen Weg zwischen den Bäumen hindurch, aber der Lärm dringt bis ans andere Ende des Sees. „Scheiße!", sagt er und dreht sich mit hängenden Schultern zu Hannes um.

„Du bist heute so gereizt", sagt Hannes. „Und ich hab gedacht, du könntest mich aufheitern." Er hebt Reiners Kinn und schaut in seine traurigen Augen.

„Ich verliere Itch", sagt Reiner, und seine Schultern fühlen sich an wie Blei.

„Wieso das denn?", fragt Hannes und zieht Reiner an der Hand hinter sich her.

„Er verbringt immer mehr Zeit mit Bruno. Sie gehen zusammen aus, und wenn Itch im Morgengrauen heimkommt, riecht er nach dem kleinen Muskelprotz."

„Ich dachte, Bruno ist mit Nik zusammen." Hannes steuert die Sitzbank oben am Weg an, weil man von dort aus den See überblicken kann.

„Ja, aber er ist auch ein Stricher."

„Du meinst, Itch bezahlt ihn?" Sie setzen sich, Hannes legt seinen Arm um Reiners Schulter.

„Ach, das ist mir egal. Mich macht nur traurig, dass ich mich wieder auf jemanden eingelassen habe, der gar nicht zu mir passt." Er wirft Hannes einen fragenden Blick zu, dann legt er ihm den Kopf in den Schoß.

„Aber wenn du erkennst, dass die Beziehung für dich nicht stimmt, warum bist du dann traurig, dass Itch sich mit Bruno herumtreibt?"

„Ich habe mich von Nik getrennt, weil ich das Gefühl hatte, dass er nicht für mich da war. Dass er immer auf Distanz zu mir geblieben ist. Jetzt zieht Itch an mir und will ständig, dass ich ihm sage, was er mir bedeutet, dass wir alles gemeinsam machen, Ringe kaufen, zusammenziehen ..."

„Und?" Hannes setzt sich bequemer hin und streichelt Reiner durch die Locken.

„Und?" Es klingt fast aggressiv. „Ich will es nicht. Ich kann es nicht."

„Dann mach doch einfach Schluss."

Reiner stöhnt. „Es liegt an mir, Hannes. Die Vorwürfe, die ich früher Nik gemacht habe, kriege ich nun von Itch zu hören. Und so wie ich heute auf Itch reagiere, hat damals Nik mir geantwortet. Ich kann Itch nicht nah sein, suche aber selbst nach Nähe, und in dieser Spannung bleibe ich immer unzufrieden."

Ob ich mit Jürgen das gleiche Problem hatte?, fragt sich Hannes. „Aber mir kannst du doch nah sein."

Reiner überlegt und schaut Hannes dann an. „Vermutlich aber nur, weil wir *nur* Freunde sind." Er dreht sich auf die Seite und drückt sich mit dem Gesicht fest gegen Hannes' Bauch, saugt die Wärme, den Geruch und die Nähe in sich auf. Sie lässt Reiner sich warm und geborgen fühlen. Aber sie ist anders als die Nähe, die er in kurzen, sehr intensiven Momenten mit Nik oder mit Itch empfunden hat.

Hannes hält Reiners Kopf und streichelt über seinen Rücken. Ihn zu halten und seinen Atem in seinem Schoß zu spüren erregt Hannes. Er findet es unpassend, und er würde es gerne vermeiden, aber das Blut schießt in seine Körpermitte.

Reiner spürt das Pochen unter seinem Ohr. Wie ein Anklopfen. Er schaut Hannes in die Augen. Der zuckt hilflos mit den Schultern, dann stützt Reiner sich auf und zieht den Reißverschluss von Hannes' Hose herunter.

Arm in Arm aneinander gelehnt, schauen sie auf den Mond, der sich im See spiegelt. Immer wieder raut der Wind die glatte Oberfläche auf, wirft das Wasser kleine Wellen und beruhigt sich wieder, bis ein erneuter Windstoß kommt.

„Vielleicht ist das die Art, wie sich Wind und Wasser küssen", sinniert Hannes.

Reiner schaut ihn an und gibt ihm einen Kuss. „Vielleicht wäre es besser, allein zu bleiben."

Hannes schaut ihn erschrocken an. „Würdest du dann kriegen, was du brauchst?" Er setzt sich auf und zieht eine Zigarette aus der Schachtel in seiner Brusttasche.

„Vielleicht." Reiner kramt in der Hose nach dem Feuerzeug.

Hannes lacht. „Nein, mein Lieber. Ganz bestimmt nicht." Das Feuer flammt auf und lässt seine Augen blitzen.

Reiner zündet seine Zigarette an, zieht den Rauch in seine Lunge hinunter und formt seine Lippen so, dass er ihn in einem geraden Strom ausbläst.

„Mit Nähe haben doch viele Menschen Probleme, wenn nicht alle", sagt Hannes und zieht Reiner wieder zu sich heran. „Du musst nur einen Weg finden, damit umzugehen."

„Heißt das, dass ich bei Itch bleiben soll?"

Hannes zuckt mit den Schultern. „Nun fahr doch erstmal mit ihm in Urlaub. Vielleicht bringt dich das ihm wieder näher."

18.

Reiner betrachtet das Getümmel am Strand. Hierher zu fahren hat er sich immer gewünscht. Und es ist so, wie er es sich ausgemalt hat: lange schlafen, ausgiebig frühstücken, sich dann strandfein machen, in der Sonne liegen, ein wenig plantschen, Nickerchen nach dem Mittagessen, Kaffeepäuschen am späteren Nachmittag und, wenn ihm danach ist, lesen. Das Ganze untermalt von Meeresrauschen und fröhlich entspanntem Strandgeschnatter, das sich aus vielen Sprachen zusammensetzt, kräftig durchmischt mit der einen oder anderen Eifersuchtsszene. Seifenopern sind nichts dagegen. Er findet es schon unterhaltsam, das affektierte Gehabe der deutschen Tunten zu beobachten, noch viel mehr Spaß hat er, den griechischen und den französischen beim Rumtucken zuzuschauen.

Nur eins ist anders als in Reiners Wunschvorstellung. Statt mit dem Partner an seiner Seite liegt er die meiste Zeit neben seinem Ex. Nik verschläft den Großteil des Tages unter dem Sonnendach, oder er blättert mäßig interessiert durch die Tageszeitung. Richtig lesen tut er nicht. Er unterhält sich auch kaum, die Umgebung scheint er ganz auszublenden. So ist es fast wie früher. Das Einzige, was Reiner von ihm trennt, sind die Liegen von Bruno und Itch. Die beiden toben im Meer herum oder spielen am Wasser Federball, ganz vorne, wo sie gesehen werden, und natürlich bandeln sie mit jedem an.

Abends essen sie dann zusammen, bevor sich die Paare auf ihre Zimmer zurückziehen, um ihr Disko-Nickerchen einzulegen. Bruno und Itch gehen natürlich jede Nacht aus, Reiner nur manchmal. Nik setzt sich lieber auf den Balkon in den Wind und lauscht der Brandung.

Samstagnacht gehen sie zu viert aus. Reiner hätte niemals erwartet, dass sich hinter der Tür in dieser Häuserfassade so eine bombastische Diskothek befindet. Zwei Etagen, großer Innenhof, Raum um Raum um Raum. Die Musik ist gut, aber um ein Uhr morgens ist noch kaum einer da.

„Vor zwei kommt kein Mensch", erklärt ihnen ein kleiner, glatzköpfiger Amerikaner, der dafür von einer spanischen Zeitschrift aufschaut. Sie stellen sich an die Bar im Nebenraum, weil man sich dort gut unterhalten kann, und schauen durch die große Fensterfront auf die sich langsam füllende Tanzfläche.

Beim Anblick von Itch und Bruno, die vor Ungeduld und Aufregung von einem Bein aufs andere treten, fühlt sich Reiner alt. Er schaut Nik an, sieht das Lächeln in seinen Augen und weiß, dass er in diesem Moment dasselbe denkt. „Warst du jemals so jung?", fragt er Nik.

„Das waren wir alle. Nur jeder auf seine Art", antwortet Nik. „Schön, nicht? Ich könnte ihnen stundenlang zuschauen."

Reiner überrascht der weiche Zug in Niks Blick.

Um drei ist der Laden brechend voll. Frauen, Männer, spanische Machomacker zwischen Kölner Szeneschwestern und den schwarzhaarigen Schönheiten aus der Umgebung. Als Reiner und Nik durch die Glastür treten, sind ihre Freunde längst auf der Tanzfläche.

Bruno erklimmt gerade einen der Würfel, die auf der Tanzfläche herumstehen, damit – wie Reiner findet – Tapfere und Exhibitionisten den anderen die Kunst, ihren Körper zu bewegen, vorführen können. Bruno zieht das T-Shirt aus.

„Guck mal!", schreit der bereits verschwitzte Itch Reiner über die Musik hinweg ins Ohr. „Ist er nicht klasse? Wie der sich bewegen kann."

„Richtig professionell", schreit Reiner zur Antwort und wendet sich ab. Itch geht auf die Tanzfläche zurück.

Um Brunos Würfel herum bildet sich ein Grüppchen, genauer gesagt wenden sich alle im Umkreis von fünf Metern Bruno zu. Natürlich auch Itch. Brunos Bewegungen sind schnell, dann hält er abrupt inne und schaut Itch an. Der tut es ihm nach. Wie eine Antwort. Es wird ein Spiel daraus, das mehr und mehr Mitspieler einfängt. Wie eine Welle. Als wäre Bruno ein Stein, den man in einen Teich wirft und die Erschütterung sich nun ringförmig ausbreitet. Die Menge johlt so laut, dass sie die Musik übertönt. Selbst Reiner ist fasziniert. Wäre es nur nicht Bruno, wäre er nicht der Freund von Nik.

Brunos Bewegungen sind erotisch geladen, jede Zelle sprüht vor Energie, als stünde der ganze Kerl kurz vor dem Orgasmus. Und es ist nicht gespielt, Bruno lebt es wirklich, das kann Reiner sehen. Er tanzt und tanzt und tanzt. Vielleicht traut er sich nicht mehr von seinem Podest herunter, denkt Reiner. Es ist wie mit Beziehungen: Je länger man drin ist, desto schwieriger ist es, wieder auszusteigen, ohne einen Idioten aus sich zu machen.

Er beobachtet Itch. Was würden meine Eltern denken, wenn ich mich von Itch trenne? Und meine Arbeitskollegen?

Dann schaut Reiner Bruno wieder an. Der könnte vermutlich die Hälfte aller Schwulen auf dieser Tanzfläche haben, die um diese nachtschlafende Zeit um Aufmerksamkeit buhlen. Sie gieren regelrecht nach ihm, aber er beachtet nur Nik. Nach ihm streckt Bruno die Hände aus. Wie ein Magier, der einen entfernten Gegenstand durch bloße Willenskraft bewegen will. Und Nik geht wie hypnotisiert auf ihn zu.

Der Himmel wird schon hell, als Bruno und Nik am Strand entlang zum Hotel zurücklaufen. Es ist warm, ein sanfter, salziger Wind fährt ihnen unter die verschwitzten Hemden, über ihren Köpfen toben die Möwen auf der Suche nach Frühstück.

„Ist das so, wie du dir das vorgestellt hast?", fragt Bruno.

„Ja, so jung habe ich mich schon lange nicht mehr gefühlt."

Bruno sucht nach Niks Hand. Jemanden festzuhalten tut gut. Vielleicht hat Itch Recht. Vielleicht sollte ich wirklich aussteigen und als Modell Karriere machen. Alles, was er bisher versucht hat zu halten, ist ihm entglitten wie der Sand unter den Füßen, wenn das schaumige Wasser nach ihm greift.

Nik spürt das Knirschen unter seinen Fußsohlen. Wenn man sich nur immer so fühlen könnte. Aber die Momente vergehen. So wie Reiner aus seinem Leben gegangen ist, so wie Bruno aus seinem Leben gehen wird, so wie er ihrer beider Leben verlassen wird. „Guck mal, das Strandgut!", sagt Nik. „Als hätte das Meer über Nacht gespielt und noch nicht aufgeräumt."

Bruno hält Nik fest. Er hat nie geglaubt, dass jemand ihn anders behandeln würde als die Freier, von denen er nun schon seit über zehn Jahren lebt. Und dann kommt Nik, nimmt ihn auf, fordert nichts. Noch kann er das alles nicht glauben.

Er schlingt die Arme um Niks Nacken, zieht ihn zu sich herab und gibt ihm einen Kuss. Niks Hände auf seinem Rücken, seine Zunge zwischen seinen Zähnen, das Klopfen tief in seiner Brust, die er an Niks Bauch drückt. Er riecht das Nikotin, Nik riecht Brunos Schweiß, er spürt den schweren Atem, den Wind auf ihren feuchten Körpern. Bruno fällt mit Nik im Arm in den kühlen Sand und wälzt sich auf ihn.

19.

Reiner sitzt auf seiner Liege und schaut Bruno und Itch zu, die unten am Wasser mit vier Bären eine Art Volleyball ohne Netz spielen.

Nik setzt sich seitlich auf die Liege und dreht sich eine Zigarette. „Willst du eine?"

„Ich rauche lieber Filter", sagt Reiner und zieht die Schachtel aus der Strandtasche.

„Du solltest mal eine Gedrehte probieren. Schmeckt nach mehr."

Reiner zögert.

„Du musst nicht", sagt Nik und steckt sie sich selbst in den Mund.

„Okay, ich probier mal eine." Reiner geht zu Nik hinüber und setzt sich neben ihn auf Brunos Liege.

„Die hier, oder soll ich dir eine neue drehen?"

„Gib schon her!", sagt Reiner und zupft sie ihm von den Lippen.

Der Deckel des Feuerzeugs schnappt auf, die Flamme lodert in ihrem kleinen Käfig, dann trägt der Wind den Rauch davon.

„Es ist echt schön hier", sagt Nik, während er eine weitere Zigarette dreht. „Ich hätte nicht geglaubt, dass mir so was gefallen könnte."

„Du hättest damals auf mich hören sollen", erwidert Reiner und lächelt.

„Ja, vielleicht."

Reiner schaut zu Boden und streift den Sand von seinen Zehen.

„Möchtest du was trinken? Wir haben ..."

„Nein, danke."

„Oder einen Schokoriegel?"

Reiner grinst. „Du weißt, dass ich da nicht nein sagen kann."

Nik öffnet die Kühltasche. Reiner begutachtet den Vorrat und wählt einen Riegel aus. „Darf ich dich mal was fragen?"

Nik schaut Reiner in die Augen. „Aber klar."

„War es schlimm mit mir?"

Nik überlegt. „Nein, schlimm war es nicht. Aber einfach auch nicht."

Nik sagt es auf eine Art, die Reiner rührt. Es ist kein Spruch, Nik meint es ernst. „Bist du mir böse, dass ich gegangen bin?"

Nik schüttelt den Kopf, dann nimmt er einen tiefen Zug und bläst ihn weit hinaus. „Nein, ich glaube sogar, dass du Recht hattest. Wir haben uns tatsächlich auseinander gelebt. Und wirklich getrennt sind wir ja doch nicht. Oder?"

„Stimmt", sagt Reiner und lächelt. „Das Schicksal hat uns wieder zusammengebracht."

Nik schaut ihn an. Reiner kann den Gesichtsausdruck nicht deuten: Verletzlichkeit, Betroffenheit, Freude?

„Herbert glaubt, dass ich eine Leberzirrhose habe."

„Was? Eine Leberzirrhose?" Jetzt versteht Reiner Niks Abneigung gegen Fett, die angebliche Magenverstimmung, seine Müdigkeit, die fahle, matte Haut. „Was heißt, Herbert glaubt?"

„Ich habe noch nicht alle Tests machen lassen." Nik zieht an seiner Zigarette und bläst den Rauch aus, als wollte er den Horizont damit erreichen.

„Warum nicht?"

„Was ändert das schon?" Er schiebt die Kippe langsam in den Sand, ihr Rauch wird immer dünner und reißt schließlich ab.

„Nik! Du kannst doch ..." Reiner sucht die Augen seines Ex-Freundes. Aufgrund von Reiners Arbeit sprachen sie früher oft darüber, wie sie damit umgehen würden, wenn einer von ihnen schwer erkranken würde. Reiner wird es flau im Magen. Obwohl er Niks Einstellung dazu kennt, sagt er: „Du kannst dich doch operieren lassen."

„Reiner. Versprich mir eins! Wenn es so weit ist, lass mich nicht leiden."

„Du kannst schriftlich regeln, dass keine lebenserhaltenden Maßnahmen ergriffen werden", entgegnet Reiner und schaut nun seinerseits auf den Horizont hinaus.

„Meine Mutter würde das nicht zulassen", erklärt Nik. „Nicht aus Liebe." Er lacht höhnisch. „Sie hätte mich lieber heute als morgen aus ihrem Leben. Am Sterbebett des verlorenen Sohnes zu harren, wäre verdammt öffentlichkeitswirksamer." Dann schaut er Reiner an und kneift die Augen zusammen, wie um in der Ferne ein Schiff auszumachen. „Ich will auf keinen Fall in einem toten Körper gefangen sein. Hörst du?"

Reiner reagiert nicht.

„Wenn es keine Hoffnung mehr für mich gibt, musst du es beenden, Reiner! Wir haben uns das gegenseitig schon vor Jahren versprochen."

„Warum bittest du nicht Bruno?", fragt Reiner.

„Dem habe ich es noch nicht mal erzählt."

Itch schmeißt sich in den Sand, um den Ball noch zu kriegen. Geschafft! Als er aufsteht, fällt sein Blick auf Reiner, der in Niks Schoß liegt. „He, Bruno. Schau mal!"

Bruno folgt seiner Aufforderung, und der Ball fliegt über seinen Kopf hinweg ins Aus.

20.

Die Cafés sind voll. Weil sie keinen freien Tisch finden, teilen sie sich auf: Itch und Bruno setzen sich zu einem älteren Herrn mit Gehstock und schwarz gefärbtem Haar, einem französischen Schriftsteller, wie sich herausstellt, der über seine jungen Tischgäste hoch erfreut ist. Reiner und Nik finden bei zwei Engländern Platz, bei Phil, einem behaarten, früh ergrauten Steuerberater mit Brille, und seinem mindestens zehn Jahre jüngeren LKW-Fahrer-Freund Chris, dessen rechter Arm von oben bis unten tätowiert ist.

Das übliche Strohfeuer der Gespräche flackert auf: in welchen Restaurants man gut essen kann, ob das Hotel, in dem man übernachtet, empfehlenswert ist und in welchen Clubs die schönsten Männer herumstehen.

„Ich glaube, ihr seid schon länger hier. Nicht?", fragt Chris, den Reiner aufgrund seines schweren Akzents kaum versteht. „Wir haben euch schon ein paarmal gesehen."

„Zehn Tage", antwortet Nik. „Samstag geht's zurück."

„Und, wie lange seid ihr schon zusammen?" Auch diese Frage wird immer wieder gestellt, gefolgt meist von einer kurzen Abhandlung über den Unsinn der Monogamie – es könnte ja sein, dass jemand Interesse zeigt.

„Wir waren neun Jahre zusammen und sind seit zwei Jahren getrennt", erklärt Nik.

„Fast zwei", korrigiert Reiner. „Mein neuer Freund sitzt da drüben, der mit dem blutroten Irokesenhaarschnitt."

„Mit dem was?"

„Mit den Haaren, die so spitz nach oben gegelt sind."

„Oh, oh. Und ich dachte, der wäre mit dem Kleinen zusammen, der neben ihm sitzt. Ich sehe sie immer gemeinsam am Strand."

„Nein, das ist mein Freund Bruno."

„Oh, oh, ich verstehe."

Reiner sieht, dass Chris es nicht versteht. Es ist ja auch nicht so einfach. Nik ist Reiner vertrauter als Itch, und Nik teilt eine Vergangenheit mit Reiner, die er mit Bruno niemals haben wird, während Bruno und Itch einfach mehr gemeinsam haben. Jeder ist auf seine Weise mit seinem Partner glücklich und frustriert zugleich, und doch können sie es nicht ändern. Das kann er niemandem erklären. Er versteht es ja selbst nicht.

21.

Bruno stellt das Fahrrad ab und läuft in die Fußgängerzone hinein. Der Sommer hat seinen Höhepunkt erreicht. Man sieht das an den Gesichtern der Passanten, man riecht es am Duft, der von den glühend heißen Pflastersteinen aufsteigt, und man spürt es am Prickeln, das den Körper lebendig und wach fühlen lässt.

Ein neues Leben tut sich Bruno auf: Nik arbeitet weniger und liegt mit ihm in der Sonne oder radelt an der Isar entlang. In Itch hat er einen Freund gewonnen, vielleicht den ersten in seinem Erwachsenenleben. Er hat eine Wohnung, und auch beruflich tut sich was: Aufgrund der Testfotos, die für die Unterwäscheanzeige gemacht wurden, buhlen plötzlich drei Modellagenturen um ihn. Mit seinem schwarzen Haar und den dunklen Augen, den leicht abstehenden Ohren und den groß geschnittenen Augen biete Bruno der Werbewelt ein völlig neues Gesicht. Eine Agentur, von der Itch ein schriftliches Vertragsangebot angefordert hat, nennt es die „neue deutsche Verletzlichkeit".

Dieses Leben lockt, und doch ist es ihm nicht geheuer. So viel hat Bruno schon verloren – erst seine Mutter, dann seinen Vater und seine Brüder und schließlich seine Gesundheit. Der Wunsch, auch nur zu versuchen, etwas festzuhalten, macht ihm Angst, und doch schaut er durch das Spiegelbild seines trainierten, braun gebrannten Körpers, der in einem Trägerhemd und weiten Jogginghosen steckt, in die Auslage.

Ringe, das liegt nahe. Auf der ganzen Welt verbindet man Beständigkeit, Verbundenheit und Treue mit ihnen, Bruno kann dabei aber nur an all die Freier denken, mit denen er schnellen Sex hatte, während ihre Ehefrauen oben am Bahnsteig, im Zelt auf dem Campingplatz oder im Wagen auf den Raststätten auf sie warteten. Nein, Ringe kann man abstreifen, Ringe kann man liegenlassen, ins Pfandhaus bringen, verlieren, wegwerfen. Bruno will etwas Dauerhaftes, etwas Unauslöschliches, etwas, das jedem ins Auge sticht, vor allem demjenigen, mit dem er Sex hat, damit jeder sofort weiß, dass er endlich wieder zu jemandem gehört.

22.

Itch schiebt Reiner das Brot hin, das er mit Gurke und einem Zweig Dill belegt hat. „Bruno will sich für Nik tätowieren lassen." Als er es ausspricht, nimmt er ein leichtes Ziehen in seinem Bauch wahr. Zuerst verliebte er sich in Reiner und glaubte, den Richtigen gefunden zu haben, nun hatte er wohl zuviel in die Freundschaft und den Sex mit Bruno hineininterpretiert.

„Ist das nicht ein bisschen *too much?*", fragt Reiner und geht mit seinem Brot auf den Balkon hinaus. Unten im Hof toben Kinder.

„Wieso?", fragt Itch mit vollem Mund und schluckt. „Ihm ist es ernst. Und sich den Namen der Liebsten tätowieren lassen, das machen sogar Stars. Denk nur an Beckham oder Johnny Depp." Dann beißt er wieder ab.

Reiner hält mitten im Kauen inne. Wie wird Bruno wohl reagieren, wenn er erfährt, wie krank Nik ist?

„Was ist?", fragt Itch und streicht sich die Brotreste vom T-Shirt.

Nik bat ihn, mit niemandem darüber zu sprechen. „Weiß Nik, wie ernst Bruno es meint?"

„Er wird es spätestens jetzt erfahren", sagt Itch und fühlt, wie traurig ihn das macht.

23.

„Mein letzter Wille" schreibt Nik auf das leere Blatt und setzt das Datum daneben. „Im Vollbesitz meiner geistigen und körperlichen Kräfte vermache ich, Dominik …"

Nik hat sich entschieden, keine weiteren Untersuchungen machen zu lassen, denn entweder ist er schwerkrank, dann wird er ohnehin bald sterben, oder er ist nicht krank, dann wären die Tests unnötig. Im Moment leben, das ist der springende Punkt!

Bruno kommt spät. Um die Nase herum ist er etwas blasser als am Morgen. Was Nik noch mehr irritiert, ist das Leuchten in den Augen.

Nik schiebt die Zeitung über die Papiere und deutet auf den Verband an Brunos linker Schulter. „Bist du gestürzt?"

Bruno schüttelt den Kopf, baut sich vor Nik auf, hält ihm die Schulter hin und zieht die Plastikfolie herunter: Auf einem prallen Herz liegt eine Schale, aus der Flammen schlagen wie ein Olympisches Feuer, die sich zu den Buchstaben N I K formen.

Weil Bruno sieht, dass Nik die Tätowierung verständnislos anstarrt, erklärt er: „Es ist noch nicht fertig. Die Flammen werden noch mit Gelb und Rot ausgestochen, und vom Herz soll ..."

„Warum hast du das gemacht?", fragt Nik.

Bruno schaut erschrocken zu Boden. „Hätte ich doch lieber Ringe kaufen sollen?"

Nik steht auf, nimmt Bruno in die Arme und steckt seine Nase in das Haar, das nach Gel riecht. Dann spürt er einen Schmerz in seiner Brust, ein Kribbeln, das zu einem Zittern wird, es brennt. „Du bist so lieb", flüstert er, und seine Tränen fließen an Brunos Nacken herunter.

In der Nacht liegt Bruno in seinen Armen, und Nik muss daran denken, dass zwar zwanzig Prozent aller Patienten, die auf eine Lebertransplantation warten, sterben, bevor sie ein Organ bekommen, aber achtzig Prozent überleben. Sie atmen, sie sehen, sie fühlen. Vielleicht kann ich ja einer von ihnen sein.

Nik will lieber noch eine Tablette nehmen, bevor die Übelkeit wieder allzu stark wird. Vorsichtig schiebt er Bruno von sich und rutscht unter der Decke hervor. Als er aufsteht, wird ihm schwindlig. Nik stützt sich ab und geht langsam ins Bad hinüber. Das Licht sticht in seine Augen, er sieht noch sein bleiches Gesicht im Spiegel, dann wird es schlagartig dunkel.

24.

Itch schläft schon fast in seinem Schoß. „Ab ins Bett!", sagt Reiner, gibt seinem Freund einen Klaps auf den Po und drückt auf die Fernbedienung, um den DVD-Player auszuschalten.

Itch rappelt sich auf, und während er ins Bad hinüberwankt, läutet das Telefon. Er wirft Reiner einen fragenden Blick zu. „Halb eins, wer kann das sein?" Dann nimmt er ab. „Ja, hallo?"

Reiner sieht, wie Itch die Augen weit aufreißt.

„Was ist denn passiert?", fragt Itch panisch. Kurz danach legt er auf. „Das war Bruno. Nik ist im Krankenhaus. Wir sollen kommen."

Reiner muss nicht fragen, was passiert ist. Er springt in seine Hose, schnappt sich die Helme von der Garderobe und nimmt mit jedem Schritt drei Stufen auf einmal. Dann jagen sie auf der Vespa mit vollem Karacho quer durch die Stadt.

Sie finden Bruno im vierten Stock vor der Tür zur Intensivstation. „Sie lassen mich nicht zu ihm, und sie sagen mir auch nicht, was los ist."

„Hat Nik dir etwas Schriftliches gegeben?", fragt Reiner.

Bruno schüttelt den Kopf.

„Dann haben wir keine Chance. Itch, hast du dein Handy dabei?"

„Klar." Er zieht es aus der Tasche und gibt es Reiner.

„Kommt mit! Hier drin dürfen wir nicht telefonieren."

Die drei fahren in den Hof hinunter. Es ist ein kleiner Park mit planierten Sandwegen, damit auch Rollstühle darauf fahren können. Der kühle Wind lässt die Bäume rascheln, irgendwo schreit ein Vogel, die Köpfe der Laternen tragen Heiligenscheine aus Nebel.

„Herbert! 'tschuldige, dass ich dich aus dem Bett hole ... Ja, ja, danke ... Doch, kann man so sagen ... Nein, hör mal. Es tut mir echt Leid, dich zu stören, aber Nik ist gerade eingeliefert worden. Er liegt auf Intensiv und ..." Ein Schwall von Trauer steigt in ihm auf und blockiert seine Kehle. „Kannst du bitte kommen?" Er nickt noch einmal, dann klappt er den Deckel des Handys zu.

Itch nimmt Reiner in den Arm. „Es wird schon nicht so schlimm sein", sagt er, und Reiner würde ihm am liebsten alles erzählen.

Bruno stopft die Hände tief in die Taschen seiner Jogginghose. Es ist zwar warm, aber in seinem Trägerhemd sieht er trotzdem aus, als würde er frieren. Reiner streckt die Hand nach ihm aus und zieht ihn zu sich heran. Es fühlt sich gut an, gehalten zu werden, in der Nacht.

Sie stehen lange zusammen, bis Reiner flüstert: „Niks Hausarzt kommt gleich. Wir sollten reingehen."

Die Tür quietscht in den Angeln, dann hat die Klinik sie wieder. Die Luft riecht elektrisch nach Neonlicht und EKG. Weiter vorne im Gang sieht Reiner einen Automaten. „Hat einer von euch Kleingeld?"

Bruno zieht die Innenfutter seiner Taschen heraus. Leer. Aber Itch hat welches. Reiner pickt ein paar Münzen aus seiner Hand. „Wollt ihr auch was?"

Sie schütteln den Kopf.

„Bin gleich wieder da."

Bruno schaut fragend hinter ihm her.

„Schokoriegel", erklärt Itch. „Die braucht er immer in Stresssituationen."

Reiner kommt kauend zurück, dann schlendern sie zum Aufzug und fahren in den vierten Stock hinauf. Sobald sie in den Gang hinaustreten, flüstert Reiner: „Scheiße!"

„Was ist?", fragt Itch.

„Niks Mutter! Kommt, wir machen uns dünn!" Reiner will Itch und Bruno in den Quergang ziehen, aber Bruno stellt sich ihm entgegen. Reiner schaut ihn entgeistert an. Brunos Blick ist stark und bestimmt.

Als die drei an der Intensivstation ankommen, tritt gerade eine Schwester vor die Tür. „Ja, bitte?"

„Ich bin die Mutter von Dominik. Sie haben angerufen", sagt sie und wickelt einen großen Blumenstrauß aus.

„Blumen sind hier leider nicht erlaubt", sagt die Krankenschwester. „Warten Sie bitte einen Moment, der Arzt kommt gleich zu Ihnen." Dann schließt sie die Tür wieder.

Niks Mutter lässt den Blumenstrauß sinken und dreht sich um. Beim Anblick der drei Männer erschrickt sie. „Was wollt ihr denn hier?"

Reiner schießt es durch den Kopf, die Frage an sie zurückzugeben, aber er traut sich nicht.

„Und was wollen Sie hier?", fragt Bruno.

Niks Mutter wirft den Kopf in den Nacken und lacht affektiert auf, dann marschiert sie auf das Grüppchen zu, als erwartete sie, dass es sich vor ihr teilen würde wie das Meer vor Moses. Ihr Blick ist so kalt, dass Reiner und Itch zurücktreten, Bruno bleibt stehen. Sie mustert ihn verächtlich. Er, einen guten Kopf kleiner als sie, verschränkt die Arme und tut es ihr nach.

Die Tür geht auf, und der Arzt tritt gehetzt aus der Station. Niks Mutter reicht ihm die Hand: „Vielen Dank, dass Sie mich gleich angerufen haben."

„Sie sind die Mutter?", fragt er. Und nachdem sie bestätigt: „Kennen Sie seinen Hausarzt?"

Reiner schießt vor. „Wir haben ihn schon informiert. Er ist unterwegs."

„Darf ich zu meinem Sohn?"

„Ich komme mit!" Bruno tritt dazwischen. „Ich bin sein Lebensgefährte."

Niks Mutter dreht sich auf dem spitzen Absatz um und schnappt nach Luft. „Das kommt überhaupt nicht in Frage."

Reiner zupft Bruno am Hemd, weil er weiß, dass sie rechtlich keine Chance haben, woraufhin ihm Bruno einen wütenden Blick zuwirft.

„Sie sagen mir jetzt, was los ist, oder ich schreie das ganze Krankenhaus zusammen", droht Bruno. „Ich lebe mit ihm, und ich habe mich heute verdammt noch mal sogar tätowieren lassen." Er reißt die Folie von seiner Schulter, und darunter tritt ein blutiges, verkrustetes Etwas zu Tage. „Ich habe ein Recht darauf, zu erfahren, wie es meinem Freund geht!"

Herbert kommt völlig außer Atem an, sein Haar ist verlegt, dem kräftigen Mann steht der Schweiß auf der Stirn. „Guten Abend", sagt er und stellt sich dem Dienst habenden Arzt vor. Für den ist Herbert die Rettung. Er bittet ihn zu sich. Als Niks Mutter und Bruno ihm folgen wollen, hebt er abwehrend die Hand und schiebt die Tür vor ihrer Nase zu.

Da stehen sie dann, die vier, und schweigen.

Niks Mutter zischt ein verächtliches „Tthhh!" – die weibliche Variante des Ausspuckens –, legt den schweren Blumenstrauß auf einen Stuhl und marschiert den Gang hinunter zum Aschenbecher neben dem öffentlichen Fernsprecher. Dort zündet sie sich eine Zigarette an, die sie, den Ellenbogen auf die von Altersflecken übersäte

Hand gestützt, pafft. Ihre rosa lackierten Fingernägel schimmern im Neonlicht.

„Cruella De Vil", knurrt Itch durch zusammengebissene Zähne. Die Situation birgt eine gewisse Komik, aber lachen kann niemand. Am wenigsten Reiner.

Herbert tritt durch die Tür, steuert auf Reiner zu und sieht Bruno und Itch irritiert an: „Du kannst ruhig vor ihnen sprechen, Bruno ist Niks Lebensgefährte" , sagt Reiner.

„Wenn Sie vor diesen Halbwüchsigen über den Gesundheitszustand meines Sohnes sprechen, verklage ich Sie", keift Niks Mutter.

Herbert schaut sich gelassen um. „Sie können sich ja derweil schon mal auf Zeugensuche machen."

Sie hebt den Kopf und klappert mit den angeklebten Wimpern.

Herbert wirft ihr noch einen scharfen Blick zu, dann erklärt er, was er in Erfahrung bringen konnte: „Sie vermuten einen Tumor in der Leber."

„Einen Tumor?", ruft Reiner entsetzt aus. „Er hat mir nur von der Zirrhose erzählt."

„Du hast es gewusst und nichts gesagt?", fragt Itch empört.

„Itch, bitte!"

„Nein, warte! Warum hast du uns das verschwiegen?"

Reiner weiß nicht, was er darauf antworten soll. Sagt er die Wahrheit, muss er sein Versprechen, Sterbehilfe zu leisten, preisgeben. Und das darf er auf keinen Fall.

„Könnt ihr das nachher ausdiskutieren?", fragt Herbert. „Nik hat es vermutlich selbst nicht gewusst. Als er das letzte Mal bei mir war, konnte man noch nichts feststellen."

„Wann war das?", fragt Reiner.

Herbert zögert, dann zieht er den Mundwinkel zur Seite, so dass sein Gesicht einen noch ernsteren Zug annimmt. „Vor sechs Monaten."

„O Gott!" Reiner hält sich an Itch fest.

„Was? Was heißt das alles?", fragt Bruno.

„Das heißt, falls sich die Diagnose bestätigt, dass es ein ziemlich aggressiver Krebs ist", erklärt Herbert.

Reiner muss sich setzen. Wenn der Krebs die Ursache für seinen Zusammenbruch ist, bildet er vermutlich schon Metastasen. Das macht eine Transplantation unmöglich und kommt einem Todesurteil gleich.

Bruno setzt sich neben ihn. „Reiner, erklär mir das! Ich versteh doch nichts davon."

Reiner schaut ihn an und legt ihm die Hand aufs Knie. Er versucht die Tränen zurückzuhalten, um die Situation nicht unnötig zu dramatisieren, doch Bruno schwimmt immer weiter weg. „Es sieht nicht gut aus, Bruno. Es sieht gar nicht gut aus."

Die Stille wird von einem Klappern durchbrochen. Reiner wischt sich die Augen. Niks Mutter geht den Gang hinunter, der Saum ihres Mantels schlägt gegen ihre schlanken Beine.

Sie hätten nach Hause fahren können, aber sie hätten ohnehin nicht schlafen können. Deshalb bleiben sie, Reiner und Itch, mit Bruno in ihrer Mitte, die Arme ineinander verschränkt.

Reiner erinnert sich daran, wie er Nik kennen gelernt hat, und an das Gefühl, für immer mit ihm zusammenzubleiben. Nun sitzt er hier, an vermutlich Niks letzter Lebensstation, obwohl sie eigentlich getrennt sind. „Unsere Freundschaft wird anders aussehen, als du denkst", hat Nik damals in New York zu ihm gesagt. Er hat Recht behalten.

Bruno stellt sich nur eine Frage: Warum passiert mir das immer wieder?

Und Itch zerbricht sich den Kopf, ob im Falle von Niks Tod Bruno nun doch zu ihm kommen wird.

Sonst gibt es nichts zu tun.

Herbert hat die Computertomographie gesehen. „Du kannst fast zuschauen, wie das Ding wächst", flüstert er Reiner zu und denkt: Wenigstens wird Nik nicht lange leiden müssen.

„Ist er wieder bei Bewusstsein?", fragt Reiner.

Herbert schüttelt den Kopf.

Niks Mutter kommt zurück. Ihr Gang ist wackelig und unsicher. Sie lässt sich neben den Blumen den dreien gegenüber auf einen Stuhl sinken und steckt sich eine Zigarette an, obwohl das Rauchen in dieser Ecke verboten ist. Ihr Anblick ist so Mitleid erregend, dass keiner es wagt, sie darauf hinzuweisen.

Reiner sieht, wie betrunken sie ist. Ihre kontrollierte Mimik und ihre aufrechte Haltung werden vermutlich selbst auf dem Totenbett noch perfekt funktionieren, denkt er und wendet sich ab.

Als sie die Asche auf den Boden schnippen will, entgleitet ihr die Zigarette. Sie will sich danach bücken und rudert mit den Armen, um das Gleichgewicht nicht zu verlieren. Ein jämmerlicher Anblick. Reiner geht hinüber und hebt den Glimmstengel für sie auf.

Sie reagiert mit einem künstlichen Lächeln, dann kehrt der Ausdruck von Verächtlichkeit in ihr Gesicht zurück. Sie schaut die drei an, die sie fassungslos beobachten, und spuckt: „Was wisst ihr schon über mein Leben?"

25.

Nik wird von einem Geräusch zurückgeholt, das wie der Tod klingt, der ungeduldig mit den Fingern trommelt. Nik hat das Gefühl, tagelang durch ein Labyrinth geirrt zu sein. Hinter hohen, undurchdringlichen Hecken war Licht, aber ganz gleich, in welche Richtung er lief, er gelangte nicht nach draußen.

Das Neonlicht blendet. Über ihm Gestänge, Schläuche, Kabel. Knöpfe auf seiner Brust, eine Art Fingerhut über dem Zeigefinger, Infusionen in seinen Armen und in seinem Schlüsselbein. Das Rauschen wird von der Schlange verursacht, die sich um seinen Hals windet: Sauerstoff. Es fehlt ihm die Kraft, sich zu bewegen.

Nach einer für ihn unschätzbaren Zeitspanne taucht ein Gesicht über ihm auf. Ein junger Mann in einem hellgrünen Kittel. „Hallo", sagt er und lächelt. „Sie sind wach."

Nik versucht, ihm zuzunicken, aber er kann nur blinzeln.

Der Pfleger verschwindet, und nach einer weiteren Ewigkeit setzt sich ein Arzt zu ihm. Nik kriegt mit, dass das Kopfteil hochgefahren wird, jemand nimmt ihm den Sauerstoffschlauch ab, das Röcheln verstummt.

„Können Sie mich verstehen?"

Nik leckt sich die Lippen und möchte Ja sagen. Seine Stimme krächzt.

Der Arzt informiert Nik bedächtig, was in den letzten Stunden passiert ist, welche Untersuchungen sie vorgenommen und welchen Schluss sie daraus gezogen haben.

Es erschüttert Nik nicht, vielleicht auch aufgrund all der Chemikalien, die in ihn hineingepumpt werden. Im Lichte seines bisherigen Lebens findet er es nur konsequent, dass er sich am Ende selbst zerstört.

„Weiß Bruno es schon?", fragt er mit brüchiger Stimme.

„Das kann ich Ihnen nicht sagen. Meines Wissens hat mein Kollege nur mit Ihrem Hausarzt gesprochen."

„Ich möchte, dass Reiner alles erfährt. Er wird wissen, was und wie er es den anderen beibringt. Können Sie das in die Akte aufnehmen?"

Der Arzt nickt. „Können wir sonst noch etwas für Sie tun?"

„Wasser? Ich habe einen fürchterlichen Geschmack im Mund."

„Selbstverständlich. Übrigens, Ihre Frau Mutter sitzt draußen. Wollen Sie sie sehen?"

Nik ist überrascht. Mit allem hat er gerechnet, aber nicht, dass seine Mutter die erste sein wird, mit der er in dieser Lage spricht.

Nik sieht seine Mutter auf sich zukommen. Sie ist hübsch, sie war es immer. Sie bleibt am Fußende des Bettes stehen, als wäre sie an einer Grenze angelangt und hätte kein Visum, um sie übertreten zu dürfen. „Wie geht's?"

„Ich werde sterben, Mom."

„Ich weiß", sagt sie und zieht ein Stofftaschentuch aus ihrer Manteltasche, mit dem sie sich die Nase tupft.

Sie hat Tränen in den Augen, sie weint. Es beruhigt Nik zu wissen, dass sie doch Gefühle hat.

„Es tut mir so Leid."

Nik versteht, dass sie nicht von seinem Krebs spricht. Seine Mutter. In seiner Kindheit waren sie unzertrennlich, nun fällt es ihnen schwer zu sagen, was sie meinen. Dabei gäbe es so viel zu sagen. Aber was würde es bringen?

„Ich weiß, es ist zu spät, dir das zu sagen." Sie weint. Nur ein paar Tränen, die aus ihren gelifteten Augenwinkeln rollen.

Nik hofft, dass sie um sich selbst weint. „Nein. Es ist niemals zu spät."

Wenn Nik ihr überhaupt etwas vorwerfen wollte, dann, dass sie ihr Leben verschwendet hat. Er hegt keinen Groll, es macht ihn nur traurig.

„Ich besuche dich wieder", sagt sie und winkt. Berühren kann sie ihn nicht. „Tschüs, Niki." Sie versucht zu lächeln, dann dreht sie sich um und geht. Schnell. Ihr Schluchzen ist das letzte, was er von ihr hört.

Niki. Wann hat er sie diesen Namen zum letzten Mal sagen hören? Er lächelt. Er weiß, dass er sie nicht wiedersehen wird.

Reiner ahnt, was ihn erwartet, und trotzdem ist er darauf nicht vorbereitet: Niks Urlaubsbräune ist einem schmutzigen Gelb gewichen, das Weiß seiner Augen ebenso. Er ist abgemagert und wirkt um Jahre gealtert.

Stumm stehen die drei vor seinem Bett. Reiner fällt nichts ein, das in diesem Moment angebracht wäre. Bruno versucht zu lächeln, aber in seinem Gesicht steht die Enttäuschung, Itch hält sich im Hintergrund.

„Was steht ihr rum wie die Ölgötzen?", fragt Nik. „Nimmt mich vielleicht mal jemand in den Arm?"

„Ich muss dich was fragen", sagt Reiner etwa eine Woche später zu Nik.

„Was?"

„Als ich damals aus Berlin zurückgekommen bin, hast du es da schon gespürt, dass …?"

„Natürlich!"

„Warum hast du mit mir nicht darüber gesprochen?"

„Hätte ich es dir auch noch leicht machen sollen, mich zu verlassen?"

Bruno bringt Nik einen tragbaren CD-Spieler mit Kopfhörern. Er hat ihm CDs von seinen Lieblingsgitarristen gekauft.

„Es tut mir Leid, mein Kleiner", sagt Nik zu Bruno. „Das habe ich nicht gewollt."

Bruno nickt, erwidern kann er nichts. Er hat das schon zu oft gehört. Am Ende kommt es immer auf dasselbe heraus. Wieder wird er allein gelassen.

Nik streckt die Hand aus, und Bruno hält sie fest. Sie ist kalt und klebrig.

„Geh nicht!", flüstert Bruno. „Lass mich nicht allein!"

Nik will Bruno umarmen, er will ihn halten. Eine Träne rollt ihm über die Wange. Bruno sieht es, steht auf und geht.

Als Reiner an diesem Nachmittag ins Krankenhaus kommt, hört er die Aufregung in Niks Stimme: „Kümmert euch um Bruno!", sagt er.

Reiner denkt daran, dass Itch die letzten Nächte bei Bruno schlief und ihn sicher nicht nur hielt, um ihn zu trösten. „Du liebst ihn, nicht wahr?", fragte er Itch noch am Morgen, und Itch konnte ihm nicht in die Augen schauen, als er antwortete: „Nicht mehr als dich, Reiner. Es ist nur einfacher."

„Versprichst du mir das?", fragt Nik.

Reiner nickt und senkt den Blick. Als er wieder aufschaut, sieht er, dass Nik eingeschlafen ist. Je schlechter die Leber entgiftet, desto mehr wird Niks Gehirn betäubt. Die Zeitspannen, in denen Nik bei Bewusstsein ist, werden von Tag zu Tag kürzer.

Itch legt den Helm leise auf den Boden, und Nik schlägt die Augen auf. „Hi."

„Hi. Wie geht's dir heute?"

„Prächtig", scherzt Nik und schwärmt unbekümmert von der wunderbaren Wirkung des Morphiums, das er seit einigen Tagen bekommt, er wettert über die letzten Bundesligaspiele, von denen Itch keine Ahnung hat, und fragt nach den Werbespots, die er, seitdem er Itch kennt und Bruno eine Karriere als Modell anstrebt, mit ganz anderen Augen betrachtet. „Hat das mit der Agentur geklappt?"

Itch senkt den Blick und antwortet nicht.

Nik starrt an die Zimmerdecke. „Er ist abgehauen, nicht?"

Itch nickt.

„Hat er was mitgenommen?"

Itch schaut auf, Nik sucht seine Augen. „Die Stereoanlage", antwortet er. Die E-Gitarre und den Verstärker verschweigt er.

„Gut", sagt Nik. „Das ist gut."

Nachdem Itch ihm erzählt hat, dass Bruno abgehauen ist, braucht Reiner einen Tag, bevor er Nik besuchen kann. Er betritt das Zimmer vorsichtig, fast als würde er hoffen, von Nik nicht bemerkt zu werden, aber der erwartet ihn bereits.

Sie umarmen sich zur Begrüßung. Zaghaft. „Hi, wie geht's?"

„Ich weiß schon von Bruno", sagt Nik. „Du brauchst mich also nicht zu schonen."

Reiner weicht Niks Blick aus und setzt sich auf die Bettkante. „Und wie kommst du damit klar?"

„Es überrascht mich nicht. Ich wäre dumm gewesen, wenn ich mich auf ihn verlassen hätte."

Reiner weiß nicht, was er darauf erwidern soll, deshalb legt er Nik die Hand aufs Bein.

„Und was wird nun aus euch beiden? Aus Itch und dir?"

Reiner schaut ihn mit großen Augen an. „Hast du gewusst …?"

„Natürlich wusste ich, dass sie miteinander schlafen."

Reiner lässt sich nach hinten fallen und stützt sich auf dem Ellenbogen ab, seine Füße stellt er auf den Stuhl. „Ich weiß ohnehin nicht, ob Itch der Richtige für mich ist."

Nik sieht Reiner dort sitzen. Zusammengesackt. Verwirrt. Ohne Hoffnung. „Du hast es immer noch nicht gelernt, oder? Wie viele Beziehungen brauchst du noch?"

26.

Netti stellt ihre übervollen Einkaufstaschen neben der Tür ab.

„Danke, dass du gekommen bist", sagt Reiner und begrüßt sie mit einem Kuss.

Sie schaut sich in der kleinen Wohnung um. So unordentlich kennt sie ihren Bruder nicht. „Wie geht es Nik?", fragt sie und lässt sich in den Sessel fallen.

Reiner nimmt eine Zigarette aus der Schachtel. „Jeden Tag ein bisschen schlechter. Es geht schnell. Erschreckend." Dann sucht er nach dem Feuerzeug.

„Sei froh." Sie lehnt sich erschöpft zurück und wischt sich das Haar aus der schweißfeuchten Stirn. „Ist nicht einfach für dich, hm?"

Reiner liegt es auf der Zunge, ihr von dem Versprechen zu erzählen, das Nik ihm abgenommen hat, aber etwas anderes belastet ihn im Moment mehr. „Sag mal, warum hast du den Vater von Nicole nie geheiratet?" Reiner nimmt einen tiefen Zug.

„Was wird das denn jetzt?", fragt sie ihren Bruder und setzt sich auf.

„Ich will herausfinden, warum ich mich in Beziehungen so fühle, wie ich mich fühle. Warum suche ich Nähe und flüchte, wenn sie sich mir bietet? Warum spüre ich es nicht, wenn mich jemand liebt? Warum fällt es mir so schwer, mich jemandem zugehörig zu fühlen?"

Netti lacht. Ein kurzes, betretenes Lachen. Dann lehnt sie sich zurück und überlegt, was sie ihm antworten soll. Natürlich drängt sich ihr die Erinnerung auf: Es war im Sommer, bevor Reiner zur Welt kam, und ihre Mutter ging mit ihr ungewöhnlich oft in diese Eisdiele am Ende der Allee. Netti war zwar erst neun, aber sie merkte sehr wohl, dass es der Mutter um mehr als nur das Eis ging. Sie hat oft darüber nachgedacht, schon als Kind und dann als Erwachsene.

Sie könnte ihrem Bruder davon erzählen, wie sie draußen unter der Eiche saß und sah, wie ihre Mutter aufgeregt kicherte, wenn sie von dem Italiener angesprochen wurde. Sie könnte ihm erzählen, wie ihre Mutter mit den Hüften wackelte, wenn sie auf die Eisdiele zugingen. Und sie könnte ihm noch viel mehr erzählen, aber was soll das bringen? Ihre Mutter würde es abstreiten, ihren Vater würde es zutiefst verletzen, und Reiner hätte eine Information mehr, mit der er fertig werden müsste. „Schau dir an, was du anders haben willst, und tu es einfach!"

27.

Nik streckt seinen Arm nach ihm aus. Er ist schwach.

Reiner beugt sich vor, nimmt die Hand und erinnert sich, dass er früher immer Niks Hand gesucht hat, wenn ihm Situationen zu viel wurden. Ein Hohn des Schicksals, denkt er. Bruno ist abgehauen, Itch hat ihn zumindest emotional schon verlassen. Es ist fast wie früher. Als wäre die Zeit stehen geblieben.

„Kannst du dich noch an das Spiel erinnern, das wir vor dem Einschlafen gespielt haben?", fragt Nik.

Zu Beginn ihrer Beziehung war Reiner oft zu aufgeregt, um einschlafen zu können, weil er am liebsten jede Sekunde mit Nik gefüllt hätte. Nik nahm ihn dann in den Arm und sagte: „Komm, schlaf! Ich versprech dir, dass ich dich in deinen Träumen besuchen werde!" Dann malte Nik aus, wo und wie er Reiner treffen und was er dann mit ihm anstellen würde, so lange, bis Reiner einschlief.

Reiner nickt und sagt: „Komm, schlaf! Ich verspreche dir, dass ich dich in deinen Träumen besuchen werde."

„Und wenn ich mich verstecke?", gibt Nik zur Antwort.

„Dann werde ich so lange suchen, bis ich dich finde!"

Nik schließt die Augen.

Später in der Straßenbahn muss Reiner immer wieder an Niks Augen denken. Dieser Blick. „Und wenn ich mich verstecke?", hört er ihn immer wieder sagen.

Ich werde diese Augen nicht mehr sehen, denkt er. Deshalb überrascht es ihn auch nicht, als er am nächsten Morgen einen Anruf aus der Klinik bekommt, dass Nik das Bewusstsein verloren hat.

„Warum fällt er in ein Koma?", fragt Reiner den Dienst habenden Arzt seiner Station.

„Es wird ein Leberzerfallkoma sein."

„Wird er daraus wieder aufwachen?"

Der Arzt schüttelt den Kopf. „Unwahrscheinlich."

„Wie lange kann er damit noch leben?"

Der Arzt überlegt. „Vielleicht drei Wochen. Hängt von den restlichen Organen ab. Das ist eine tierische Belastung für die Nieren und fürs Herz."

„Wenn es so weit ist, lass mich nicht leiden!", hat Nik in Sitges gebeten. Reiner wägt ab, ob er sich der Gefahr aussetzen sollte, erwischt zu werden, wenn Nik ohnehin bald sterben wird.

„Versprich mir das, bitte!"

Reiner hat es versprochen. Schon vor Jahren, als sie noch zusammen waren, haben sie sich versprochen, das füreinander zu tun.

Er wäscht einen Patienten, er wechselt die Bettwäsche und hängt eine Infusion an. Morphium wäre eine Möglichkeit. Aber um eine ausreichende Menge abzuzweigen, erfordert es einige Zeit. Diese Option scheidet also aus.

„Du weißt, wie man Leiden beendet", hat Nik gesagt, und er hat Recht.

Du kannst doch nicht einfach jemanden töten!

Aber Nik hat es so gewollt. Er wird ohnehin sterben.

Dann überlass es dem natürlichen Lauf!

Ich habe es aber versprochen. Nik will es so.

Soll ich mit Hannes darüber sprechen?, fragt Reiner sich. Nein, ich kann unmöglich mit jemandem darüber sprechen. Sterbehilfe ist verboten. Mitwisser würde ich damit nur belasten. Ich muss es selbst entscheiden. O Nik, was hast du dir nur dabei gedacht?

Die Uhr tickt. Sich nicht zu entscheiden ist auch eine Entscheidung. Werde ich damit leben können, wenn ich mein Versprechen nicht halte?

28.

Das Sauerstoffgerät röchelt: *Chchchchchchchchchchch*, die einzige Konstante in dem aufgeregten Piepen und Schnurren der Geräte, das der Intensivstation die Ruhe einer Bahnhofshalle verleiht. Kein schöner Ort, um zu sterben, denkt Reiner.

Reiner setzt sich zu Nik, nimmt die kraftlose Hand und starrt in das ausgezehrte Gesicht. „Sag mir, was ich tun soll!", flüstert Reiner leise, so dass es niemand außer ihm hören kann. „So wie früher. Da hast du mir auch immer geraten."

Das Gesicht regt sich nicht. Es ist so starr wie damals, als Nik während einer der ersten Auseinandersetzungen, die zur Trennung geführt haben, auf Reiners Brust gedeutet und gesagt hat: „Da sollst du hinschauen. Nicht immer nur nach den anderen."

Reiner dreht Niks Hand und legt seine Stirn hinein. Hinter seinem Rücken hört er Schritte.

„Wir kriegen gleich einen Notfall", sagt der Pfleger leise. „Ich muss Sie bitten zu gehen."

Reiner dreht sich zu ihm um. „Nur eine Minute!" Sobald der Pfleger weg ist, steht Reiner auf, geht um das Bett herum auf die Seite, wo die Infusion durch eine Nadel in Niks Unterarm fließt. Noch einmal schaut er in Niks Gesicht. Keine Regung. Aber er sieht seine Augen wieder, Niks Blick von ihrer letzten Unterhaltung. Dann nimmt er die Spritze heraus, steckt die Nadel darauf und zieht die Schutzkappe ab.

„Komm schlaf!", flüstert Reiner Nik zu, „Ich werde dich in deinen Träumen besuchen", während er die Nadel durch den Infusionsschlauch sticht und die trübe Flüssigkeit hineindrückt.

„Und wenn ich mich verstecke?", hört er Niks Stimme.

„Dann wache ich über deinen Schlaf ..."

Dank

Viele haben direkt oder indirekt zur Entstehung dieses Romans beigetragen. Ich danke (in chronologischer Reihenfolge):

- Peter (dir wird die Grundidee dieses Romans sicherlich bekannt vorkommen).
- Axel für die Umarmungen und die inspirierenden Reisen.
- Richard für unser Kennen lernen.
- Hein für die Diskussionen, die nicht nur dazu beigetragen haben, meine Figuren besser zu verstehen.
- Mario, meinem brüderlichen Kollegen, für die vielen brieflichen Umarmungen. (Das Haus in Zanvoordt habe ich nicht vergessen!)
- Christian für die Beratung in Sachen Leberzirrhose.
- Hans und Martin für den Arschtritt.
- Karin für die Kommas und all die kritischen heterosexuellen Fragen.
- Andreas für die letzten Korrekturen.

Und danke (in alphabetischer Reihenfolge) an meine treuen Begleiter Adam, Fritz & Joseph, Judith, Rainer, Rico, Rolf.

SERIE PIPER

Stephan Niederwieser

An einem Mittwoch im September

Roman. 333 Seiten. Serie Piper

Das ungleiche Paar Bernhard und Edvard löst eine Lawine der Emotionen aus, als es seine Beziehung besiegelt und Edvard seinem Geliebten einen goldenen Ring an den Finger steckt. Sie haben den gesamten Freundeskreis dazu eingeladen: Nicht nur Bernhards Familie, sondern auch einen bisexuellen Stricher und den leicht gealterten Grand-Seigneur, der für seine Lover zum Abschied immer einen Gugelhupf bäckt. Sie alle sind aufs engste miteinander verwoben und sehen sich nun vor eine neue Situation gestellt ... Eine abenteuerliche Verwicklungsgeschichte aus der Feder des Erfolgsautors Stephan Niederwieser.

»Ein magisches Buch über die Kraft, der sich am Ende kein Mensch entziehen kann: Liebe.«
Elle

05/1798/01/L

Stephan Niederwieser

Eine Wohnung mitten in der Stadt

Roman. 395 Seiten. Serie Piper

Bernhard wünscht sich nichts mehr vom Leben als eine harmonische Beziehung, Ruhe und viel Zeit zum Lesen. Seinem Freund Edvard dagegen kann es nicht turbulent genug zugehen. Als dessen Neffe plötzlich vor der Tür steht und sich auch noch Bernhards Mutter für längere Zeit bei den beiden einquartiert, kommt es zu vielen Konflikten, die nicht ohne Komik verlaufen ...
Mit Wärme und Humor beschreibt Stephan Niederwieser die Höhen und Tiefen von zwischenmenschlichen und gleichgeschlechtlichen Beziehungen.

»Eine zeitgemäße Geschichte, in der man garantiert jemanden wiedertrifft.«
Bayerischer Rundfunk

05/1605/01/R